Jung-hyuk Kim

DEIN SCHATTEN IST EIN MONTAG

Roman

Aus dem Koreanischen
von Paula Weber

cass

Originally published in Korea by Munhakdongne

German translation rights arranged with Munhakdongne
through Barbara J. Zitwer Agency, New York,
in association with KL management, Seoul,
represented by Anoukh Foerg Literary Agency, Munich

The German edition is published with the support of the
Literature Translation Institute of Korea (LTI Korea)

ISBN 978-3-944751-20-7

Erste Auflage 2019

Lektorat: Veronika Koffer
Umschlag: Carsten Tiemessen, Düsseldorf
Umschlaggestaltung: Artographie-Werkstatt, Weimar
Satz: Satz für Satz, Wangen im Allgäu
Druck und Bindung: CPI – Clausen & Bosse, Leck

Printed in Germany

www.cass-verlag.de

Prolog

Der Geruch durchzog das ganze Crocodile Building. Sobald man einen Fuß in das Gebäude setzte, stieg er einem unweigerlich in die Nase. Er war der Atem des Gebäudes, sein Blut, das zwischen den Betonwänden, den Rohrleitungen und den schmalen Treppenaufgängen zirkulierte. Unsichtbar, ohne Form und Gestalt, unerklärlich, von nebulöser Natur. Woher dieser Geruch kam, ob aus der Erde oder aus den Wänden – niemand wusste es. Er war einfach überall, im Restaurant im Souterrain, in der Eisenwarenhandlung im Erdgeschoss, in der Hapkido-Kampfkunstschule im ersten Stock, im Internet-Café im zweiten Stock, in den als Büros genutzten Studiowohnungen im dritten Stock und unter dem Dach, doch alle taten so, als nähmen sie ihn gar nicht wahr, als gäbe es ihn nicht.

Irgendjemand, der diesen Geruch einmal zu erklären versucht hatte, hatte behauptet, die wahrscheinlichste Methode, ihn hervorzubringen, sei, Küchenabfälle, Tierkadaver, Schimmel und rostiges Metall vermischt mit dem Schweiß von Menschen fünfzig Jahre lang tief in der Erde reifen zu lassen – eine Erklärung, die bei den Leuten im Crocodile Building ein zustimmendes Nicken hervorrief.

Am wenigsten penetrant war der Geruch im dritten Stock. Hier lieferte er sich mit der von draußen eindringenden Luft Tag für Tag erbitterte Schlachten. An hellen, sonnigen Tagen gelang es der Außenluft, den Sieg davonzutragen, bei regnerischem oder schwülem Wetter aber behielt auch im dritten Stock der merkwürdige Eigengeruch des Gebäudes die Oberhand.

Der dritte Stock teilte sich in zwei Bereiche, A und B. Dongchi

Gu war in B. An der Stahltür seines Büros hing ein kleines, längliches Schild mit der Aufschrift *Büro Dongchi Gu*. Gu hatte sich die Plazierung des Schildes genau überlegt. Es hing ungefähr in Brusthöhe; etwas darüber, in Augenhöhe, befand sich ein weiteres Schild mit der Aufschrift *Klopfen!* Die meisten Menschen hätten die Schilder vermutlich umgekehrt aufgehängt, aber Gu war der festen Überzeugung, dass das »Klopfen«-Schild *über* dem Büroschild hängen müsse, da jeder, der in den dritten Stock heraufkomme, ohnehin zu ihm wolle. Gut sichtbar sein müsse daher nicht das Firmenschild, sondern die Aufforderung, anzuklopfen. Dennoch kam es immer wieder vor, dass Besucher ohne Vorwarnung die Klinke drückten. Und deshalb schloss Gu meistens ab.

Die einzigen Möbel in seinem Büro waren ein metallener Schreibtisch, ein luxuriöser Schreibtischsessel mit verstellbarer Rückenlehne, ein geräumiger, randvoll gefüllter, etwa mannshoher Aktenschrank, ein knapp ein Meter breiter Kleiderschrank aus Kunststoff und ein einfaches Klappbett. In dem Kunststoffschrank befanden sich – in schöner Ordnung – drei einander sehr ähnliche schwarze Jacketts, zehn unifarben schwarze T-Shirts und drei Paar Jeans. Auf dem Schreibtisch stand nur eine Audioanlage mit einem einzigen Lautsprecher, Gus »Zyklop«, auf dem ständig Arien italienischer Tenöre liefen, ausnahmslos Mono-Aufnahmen aus den 1920er Jahren. Gu brauchte kein Stereo. Das Kratzen, Rauschen und Knistern der alten Aufnahmen gab dem kargen Büro ein wenig Atmosphäre. Und harmonierte außerdem mit dem unappetitlichen Geruch, der überall in der Luft hing.

Am liebsten verbrachte Gu seine Zeit damit, zurückgelehnt, die Füße auf dem Tisch, in den vertraulichen Akten seiner Klienten zu blättern und dabei Arien zu hören. Wenn ein Stück verklungen war, warf er dem Zyklopen einen scharfen Blick zu und wartete ungeduldig auf das nächste. In den Sekunden, in denen kein Rauschen zu hören war, war die Welt mit einem Mal vollkommen still. Wenn dann inmitten einer Klangwolke aus Knacken und Knistern das nächste Stück einsetzte, atmete er innerlich auf und wandte sich wieder seinen Akten zu.

Manchmal sang er die Arien auch mit. Das heißt, er intonierte zu den Melodien Sätze aus den Akten, die er gerade studierte. Über die Angelegenheiten seiner Klienten legte sich auf diese Weise ein zarter Schmelz, und die Trauer und der Schmerz, der eigentlich aus ihnen sprach, erschien ein wenig gemildert. Lieder haben offenbar die Kraft, selbst die schrecklichsten Dinge schön erscheinen zu lassen. Oft summte Gu also in seinem kahlen Büro vor sich hin und hob so seine Laune. Denn der Gesang machte ihn auch unempfindlich gegen den aufdringlichen Geruch. Er stellte sich vor, wie die Geruchspartikel in eine Ecke des Raumes drängten, dort brav Platz nahmen und wie Opernbesucher andächtig lauschten. Gu mochte den Klang seiner eigenen, tiefen Stimme. *An diesem monotonen Montag also kommst du zu mir. Verrate mir dein Geheimnis, du, der du um die Kürze des Lebens weißt. Die Schatten der Geheimnisse überfliegen Grenzen und Ozeane. Nur mit Liebe bestehen wir in dieser flüchtigen Welt. Verrate mir dein Geheimnis. Dein Geheimnis, dessen Schatten sich dehnt wie die Zeit an einem Montag.*

1

In den Gesang des Tenors mischte sich ein Klopfen. Gu rührte sich nicht. Die Füße auf dem Schreibtisch, war er in eine Art Halbschlaf versunken. Nur sein Mund ragte noch gerade so über die Oberfläche des Schlummers hinaus. Durch die offenen Fenster drang der Lärm spielender Kinder. Dem Gekreische nach war es schon nach drei Uhr. Gu saß weiter mit geschlossenen Augen da und wartete darauf, dass es das zweite Mal klopfte. Das Geschrei der Kinder und der Gesang des Tenors lieferten sich ein zähes Ringen. Selbst der stimmgewaltigste Tenor der Welt wäre nicht ohne Weiteres gegen den Radau der Blagen angekommen.

Beim zweiten Klopfen stand Gu auf. Er stellte den Zyklopen leiser und ging zur Tür. Dort blieb er stehen und lauschte. Da der Lärm der Kinder alles übertönte, konnte er nicht hören, ob sich vor der Tür etwas regte. Verdammt nochmal, womit hatte man diese verfluchten Gören bloß gefüttert, dass sie so einen Radau veranstalteten ... Durch Lauschen ließ sich jedenfalls nicht feststellen, wer vor der Tür stand. Gu entriegelte und machte auf.

»Entschuldigen Sie bitte, ist hier das Büro Dongchi Gu?«

Ein Mann um die Fünfzig, etwa eins siebzig groß, dünne Goldrandbrille, der Nasenform nach anfällig für Nasenschleimhautentzündung, im Gesicht zwei Leberflecken, Ansätze abdominaler Adipositas. Kein Kugelbauch, sondern eher verfettete Organe. Normales dunkelblaues Jackett, normales weißes Hemd. Potentieller Klient. Vorläufige Inspektion abgeschlossen.

Gu zeigte nur stumm auf das Türschild mit der Aufschrift »Büro Dongchi Gu«.

»Darf ich hereinkommen?« fragte der Mann.

»Worum geht's?« Gu ließ den Türgriff vorerst nicht los.
»Um eine Sache, die besser in Vergessenheit geriete.«
»Was soll das heißen? Ist das eine Art Code?«
»Ich dachte, Sie wüssten Bescheid, wenn ich das sage.«
»Kommen Sie erst mal rein.«
»Also bin ich hier richtig?«

Statt einer Antwort ließ Gu ein leises Lächeln über sein Gesicht huschen. Ein Lächeln der untersten Kategorie, ein simples Ja andeutend. Er holte einen Klappstuhl aus einer Ecke und stellte ihn vor dem Schreibtisch auf. Gegenüber Gus protzigem Sessel wirkte das Stühlchen noch mickriger und armseliger. Gu erwies seinen Klienten keine besondere Höflichkeit. Wer lange sitzen musste, saß in einem guten Sessel, wer bald wieder ging, bekam einen Klappstuhl. Fertig. Gu dachte einfach und geradeaus. Mit einem gewissen Unbehagen, als hätte er Angst, der Stuhl könne unter ihm zusammenbrechen, ließ sich der Mann auf dem Klappstuhl nieder.

Gu schaltete den Zyklopen aus. Wie auf Kommando verstärkte sich der Lärm der Kinder. Gu schloss die drei kleinen Fenster. Nun war es zwar ruhig, aber wegen der mangelnden Frischluft dauerte es nicht lange, bis sich der Geruch des Hauses unangenehm bemerkbar machte. Gu zog ein Raumspray aus der Schublade und sprühte einmal kurz in den Raum. Die Tröpfchen des Sprays stoben in die Luft, und Gu stellte sich vor, wie sie es mit den Geruchspartikeln aufnahmen. Wie sie denen wohl zu Leibe rückten? Im Einzelkampf, Mann gegen Mann? Oder in Trupps, jeweils eines zuständig für eine bestimmte Zone? Vielleicht stürzte sich ja auch jedes einzelne Tröpfchen wie ein Terrorist mit einer Handgranate auf jeweils ein Geruchspartikelchen, um es unschädlich zu machen. Die Qualität der Luft rund um den Schreibtisch besserte sich jedenfalls merklich.

»Gut, kommen wir zur Sache.« Gu ließ das Raumspray wieder in der Schublade verschwinden.

»Sie können Informationen aus dem Netz entfernen, habe ich gehört.«

»Wenn Sie das sagen.«

»Tja, äh … Also … Ich hätte gerne ein paar Informationen zum *Deleting*«, sagte der Mann mit gedämpfter Stimme.

Gus Augen blitzten auf. »Von wem wissen Sie davon?«

»Muss die Person, die Sie empfohlen hat, nicht geheim bleiben?«

»Wenn es um *Deleting* geht nicht. Die Quelle muss vertrauenswürdig sein.«

»Ich bin mir nicht sicher, ob ich den Namen preisgeben darf.«

»Dann können Sie gleich wieder gehen. Sie kennen ja den Weg.«

»Nun … Die Person zählt zu Ihrer Klientel, verehrter Herr Gu.«

»Das ›verehrter‹ können Sie sich sparen. Ich heiße Dongchi Gu und fertig. Wer ist es?«

»*Dongchi Gu*. Ein ganz besonderer Name, dachte ich schon beim ersten Mal, als ich ihn hörte.«

»So besonders, dass einem gleich die Spucke wegbleiben muss, ist er nun auch wieder nicht. Obwohl ich natürlich nicht weiß, wie gewöhnlich oder ungewöhnlich Ihrer ist. Also, wer?«

»Yongmin Lee. Ziemlich gewöhnlicher Name, nicht wahr? Also, nicht ihr, sondern mein Name.«

»In welcher Beziehung stehen Sie zu Yumi Han?«

»Woher wissen Sie, dass ich von Yumi Han gesprochen habe?«

»Sie sagten: *ihr*. Ich habe nur eine Klientin. Also? In welcher Beziehung stehen Sie zu ihr?«

»Wir sind im selben Tennisclub. Mehr nicht.«

Gu schwieg einen Moment. Das Gespräch mit Lee ermüdete ihn bereits. Es war wie beim Curlen. Schrubbte man zu wenig, kam man nicht zum Ziel, schrubbte man zu viel, schoss man übers Ziel hinaus. Yongmin Lee. Einer, mit dem die Unterhaltung zur Qual werden konnte, einer, dem entweder jegliches Gespür für Konversation abging oder aber der so clever war, dass er sich wie ein Aal aus jeder Gesprächssituation herauswinden konnte, fügte Gu seiner mentalen Datei *Yongmin Lee* hinzu.

Gu war Yumi Han ebenfalls zum ersten Mal in einem Tennisclub begegnet. Vielleicht, schoss es ihm durch den Kopf, war er dort auch Lee schon einmal über den Weg gelaufen. Möglicherweise kannte Lee ihn bereits. Kalt lief es Gu den Rücken hinunter; unter seinen Ohren bildeten sich erste Schweißtropfen. Er war immer sehr darauf bedacht, im Hintergrund zu bleiben. Im Geiste öffnete er die Datei »Tennisclub« und ließ das darin abgelegte Video laufen. Der Reihe nach zogen die Gesichter der Menschen, denen er dort begegnet war, an ihm vorüber. Yongmin Lee war nicht dabei.

»Wie heißt der Club?«

»*Noble. Noble Club*. Den gibt es noch nicht so lange«, antwortete Lee, das Gewicht nach wie vor auf beide Beine gestützt.

Gu atmete innerlich auf. Das war nicht der Club, in dem er Yumi Han getroffen hatte. »Wie kam es zu der Empfehlung?«

»Na ja, wir sind einen trinken gegangen, zu zweit und eher zufällig. Nach dem Tennis. Alle anderen waren schon weg. Wir sind in eine Bar in der Nähe gegangen. Sie trank ein japanisches Bier und ich einen Single-Malt-Whisky. Eigentlich trinke ich meinen Whisky gerne pur, aber wenn man sich in Ruhe unterhalten will, ist auch *on the rocks* nicht schlecht. Ich mag das Knacken, wenn das Eis schmilzt. Und das Klirren der Eiswürfel. Manchmal klingt es fast wie ein Weckruf. Aber eben mit einem Klirren, nicht mit einem Kuckucksruf oder so. Das beruhigt, wenn Sie verstehen, was ich meine, und im Gespräch kommt keine Hektik auf. Mir ist es sehr wichtig, den Fluss der Zeit zu spüren.«

Irgendwie konnte Gu sich des Eindrucks nicht erwehren, dass Lee dazu neigte, auf belanglosen Details herumzureiten. Er selbst nahm Details durchaus ernst, aber nur, wenn sie etwas sagten, wenn sie eine Metapher oder ein Symbol für etwas waren oder auf irgendetwas hinwiesen. Lees Details dagegen schienen sinnlos. Es sei denn, er beabsichtigte, seine Geschichte bewusst so langatmig und langweilig wie möglich zu gestalten. Gu verschränkte die Arme. Eine ganze Menge von dem, was er bisher zu hören bekommen hatte, hätte man auch einfach weglassen können.

»Irgendwie kamen wir dann auf ›Daten im Netz‹ zu sprechen«, fuhr Lee fort. »Und in diesem Zusammenhang erwähnte Yumi Han das *Deleting*, allerdings ohne zunächst dieses Wort zu benutzen. Stattdessen fragte sie mich plötzlich, ob es etwas gäbe, das ich unbedingt tun wolle, bevor ich stürbe.‹«

»Womit wir langsam zur Sache kämen.«

»Ja. Könnte ich vielleicht ein Glas Wasser bekommen?«

»Sehen Sie sich um. Sehen Sie hier etwas in der Art?«

»Verehrter Herr – äh, Herr Gu ... Trinken Sie denn kein Wasser?«

»Wenn ich welches trinke, trinke ich es unten. Lebensmittel haben hier nichts zu suchen.«

»Wieso nicht?«

»Aus Prinzip. Außer Menschen kommt mir nichts ins Büro. Wenn ein Getränk hier reinwill, muss es vorher Menschengestalt annehmen. Also, kein Wasser. Kommen Sie zur Sache.«

Lee fuhr sich mit der Zunge über die Lippen und wischte sie dann mit der Hand ab. Trotz des mittlerweile recht frischen Herbstwetters rollten ihm hier und da ein paar Schweißtropfen von der Stirn. Seit Gu die Fenster geschlossen hatte, stand die Luft. Lee hatte das Gefühl, in ein Vakuum zu sprechen.

»Als sie mich fragte, ob es etwas gäbe, das ich zu Lebzeiten noch unbedingt tun wolle, hatte ich plötzlich ein regelrechtes Loch im Kopf. Eigentlich hört man diese Frage ja recht häufig. Ich habe sie bestimmt schon Dutzende, wenn nicht Hunderte von Malen gehört. Aber in dem Moment versetzte sie mir seltsamerweise einen Stich. Weil es so klang, als wüsste Yumi Han, wann ich sterben würde, was mir einen Schauer über den Rücken jagte. Das lag wohl eher am Alkohol, mögen Sie vielleicht denken, aber glauben Sie mir, ich vertrage ein paar Gläschen. Eine Flasche Single Malt ist für mich nichts. Noch in der Kneipe fing ich dann an nachzudenken. Was ich wohl aufbewahren und was ich wegwerfen würde. Und was ich unbedingt noch würde tun wollen. Ich listete alles auf, was ich besitze. Und überlegte, ob vielleicht Dinge dabei sind, die nie jemand zu Gesicht bekommen sollte. Und, was soll ich sagen, das waren mehr, als ich gedacht hätte. Dinge, die – mal angenommen, ich würde morgen sterben – jede Menge Probleme machen könnten, die andere Menschen verletzen, die missverstanden werden, die meinen Ruf schädigen könnten … Jede Menge.«

Es klopfte. Lee sah Gu an. Doch der sagte nichts, sondern wartete bloß stumm darauf, dass es ein zweites Mal klopfte. Der Geruch, die Geräusche und der Schweiß, die bis zu diesem Moment durchs Zimmer gezogen waren, schienen einen Moment zu verharren. Es klopfte wieder. Und mit dem Klopfen hörte man jemanden fragen: »Gu Sonsaeng? Herr Gu? Hier ist Gihyon Baek vom Eisenwarenladen im Erdgeschoss! Sind Sie da?«

Gu bearbeitete sein Ohrläppchen und verzog das Gesicht.

»Gu Sonsaeng! Hallo? Es ist dringend! Sie sind doch da, oder?«

Das Klopfen wurde heftiger, die Stimme lauter. Gu öffnete die Tür; kühle Luft zog herein.

»Ah, da sind Sie ja. Oh, Sie haben Besuch …«

»Was gibt's?«

»Ach, nichts Dringendes. Na ja, obwohl, ein bisschen dringend ist es schon, aber Sie haben ja gerade einen Gast. Soll ich später wiederkommen?«

»Nein nein. Sagen Sie mir einfach, worum es geht.«

»Sie müssen uns mal kurz helfen, etwas zu klären. Der Kerl von der Kampfkunstschule im ersten Stock, wissen Sie, der will das einfach nicht einsehen, ich hab mir schon den Mund fusselig geredet. Wenn Sie mal eben den Schiedsrichter geben könnten, gibt der sicher sofort klein bei. Aber Sie sind ja gerade beschäftigt …«

»Geben Sie mir zehn Minuten?«

»Aber ja, gewiss, natürlich! Wir halten schön den Mund und warten. Sie kommen dann runter und entscheiden die Sache!«

Baek lächelte so breit, dass seine Augen nur noch Schlitze waren, und schloss die Tür. So klein und kräftig wie er war, sah er von weitem wie ein Geräteturner aus. Vielleicht lag es an der körperlichen Arbeit, die er verrichtete, dass er einen so trainierten Eindruck machte. Sein Gesicht hatte allerdings etwas Jungenhaftes, das nicht recht zu seiner bulligen Statur passen wollte. Baek war genau zwanzig Jahre älter als Gu, hatte sich aber ein helles, freundliches Lächeln bewahrt, das ihm etwas Verschmitztes gab.

Vor etwa zwei Jahren hatte er angefangen, Gu mit der höflichen Bezeichnung »Sonsaeng« anzusprechen. Damals hatte ein Beamter im Bezirksamt – wahrscheinlich in der Hoffnung, auf diese Weise ein paar Won einsparen zu können – nach einer Reparatur Installationsmängel moniert und Baek das Leben schwergemacht. Gu hatte die Sache schließlich geregelt. Innerhalb von nur zwei Tagen fand er den schwachen Punkt des Beamten und schickte ihm einen knapp formulierten Brief. Was darin stand, wusste niemand. Nur Gu. Baek hätte es auch gerne gewusst, aber gefragt hatte er nicht. Danach sprach er Gu mit dem sehr höflichen »Sonsaengnim« an, kombiniert mit dem vollen Namen des Detektivs – »Dongchi Gu Sonsaengnim« – aber nach einigen Verhandlungen einigten sie sich auf das etwas schlichtere »Gu Sonsaeng«, und dabei war es geblieben.

Breitbeinigen Schrittes eilte Baek die Treppe hinunter. Im ersten Stock warf er einen kurzen Blick in das Dojo der Hapkido-Schule, wo ein Dutzend Schüler umherhüpfte und laut durcheinanderplapperte. Was für ein Drunter und Drüber! Manche spielten an einem Sandsack Tarzan, andere übten Purzelbäume oder Tritte, und wieder andere führten unter martialischem Geschrei Kampfbewegungen aus. Was sollte man da lernen? Wie der Lehrer, so die Schüler, dachte Baek und schnalzte verächtlich mit der Zunge, bevor er sich wieder in Bewegung setzte. Das letzte Stück ging er langsamer.

Cholho Cha, der Leiter der Hapkido-Schule, saß im Kampfanzug auf einer Bank vor der Eisenwarenhandlung. Er war immer noch aufgebracht. Als er Baek kommen sah, sprang er auf. An seinen breiten Schultern, den buschigen Augenbrauen, den wulstigen Lippen und dem schlanken Hals erkannte man auf den ersten Blick den Sportler. Cha wirkte zäh und war so kompakt gebaut, dass man sich fragte, ob er überhaupt je ins Schwitzen geriet.

»Und? Kommt er?« fragte Cha, die Hände am Gürtel seines Anzugs.

»Gemach, gemach! Er sagt, in zehn Minuten. Er hat Besuch«, antwortete Baek und rang nach Atem.

»Und warum haben Sie dann so lange gebraucht? Sie haben ihm wohl gleich den Sachverhalt dargelegt und ihn auf Ihre Seite gezogen, was?«

»Wofür hältst du mich, Freundchen? Für mein Alter war ich schnell – schneller als eine Gewehrkugel!«

»Wenn alle Gewehrkugeln so schnell wären wie Sie, würde nirgendwo mehr jemand erschossen.«

»Pass bloß auf, Bürschchen!«

»Bürschchen, Freundchen – wie reden Sie eigentlich mit mir? Ich bin immerhin vierunddreißig. Wie wäre es, wenn Sie mir ein bisschen Respekt zollen würden? Wie heißt es so schön? *Inja mujok*: Der Wohlgesonnene hat keinen Feind. Wir Kampfkunstmeister handeln stets nach dieser Devise.«

»Kampfkunstmeister? Dass ich nicht lache! Ziehst mit deiner Hapkido-Schule den Kindern im Viertel das Geld aus der Tasche und kommst mir mit schlauen Sprüchen! *Der Wohlgesonnene hat keinen Feind!* Geht's noch?«

»Das war eine Beleidigung.«

»Ja. Und?«

Baek setzte sich, ohne Cha eines weiteren Blickes zu würdigen, auf die Bank. Er fasste sich an den Hemdkragen, um Luft unter seine Kleidung zu lassen. Der Herbstwind strich über seinen Körper. Sein Schweiß war im Nu getrocknet. Cha funkelte ihn an, doch Baek sah bloß zum Himmel.

»Ahhh … Was für ein herrliches Wetter!«

Cha sah nun ebenfalls zum Himmel, über den der Wind ganze Heerscharen von Wolken trieb. »Ist eine Überwachungskamera nicht ein Eingriff in die Privatsphäre?« fragte er matt.

»Ich habe die Kamera in meinem Geschäft installiert, wessen Privatsphäre soll da verletzt werden? Meine eigene, oder was?«

»Aber die Kamera ist auf die Straße gerichtet.«

»Da steht ja auch meine Ware. Die gehört auch zu meiner Privatsphäre.«

»Sie wollen mich nicht verstehen.«

Cha setzte sich zu Baek. Von weitem hätten man die beiden für Brüder halten können, in Eintracht auf einer Bank.

Vor dem Crocodile Building wehte oft der Wind. Das Gebäude befand sich an der Ecke einer kleineren Gabelung, und eine der Straßen führte in die Berge hinauf. Von dort wehte unablässig der Wind. Die Gasse, die sich vom Crocodile Building aus etwa fünfzig Meter lang erstreckte, war der kühlste Ort des Viertels. Im Sommer stellten die Leute hier nachmittags gerne ihre Stühle auf die Straße. Die alten, in der Gasse sitzenden Leutchen boten ein seltsames Bild. Ein Foto davon war im Netz einmal zum »Foto des Tages« gekürt worden. Zu sehen waren darauf alte Frauen und Männer, die sich auf ihren Hockern frische Luft zufächelten. Im Herbst allerdings saß niemand mehr auf der Straße. Im Herbst war der Wind zu kalt.

Ungefähr zwanzig Minuten später kam Gu die Treppe herunter, gefolgt von Lee. Der grüßte etwas unbeholfen in Richtung der beiden Herren vor dem Eisenwarenladen und ging die Gasse hinunter. Bis zum Parkplatz waren es etwa fünfzig Meter. Gu sah ihm nach. Dann sagte er: »Hat leider etwas länger gedauert, tut mir leid. Also, worum geht es?«

Cha und Baek sprangen gleichzeitig auf.

»Gu Sonsaeng, hören Sie zu«, rief Baek. »Ich erzähle Ihnen, was passiert ist. Ach, Moment, zuerst: Habe ich vorhin, als ich oben war, gesagt, Sie sollen für mich Partei ergreifen? Habe ich so etwas gesagt?«

»Nein.«

»Pah, Sie könnten sich abgesprochen haben«, wandte Cha ein.

»Hör mal, Freundchen, wofür hältst du unseren Schiedsrichter, unseren guten Gu Sonsaeng? Meinst du etwa, der lässt sich auf so was ein?«

»Schon gut, in Ordnung.«

»Noch einmal so eine Bemerkung, mein Freund, und ich reiß dir die Lippen ab und häng sie auf dem Dach an die Wäscheleine. Du kennst doch diese Wäscheklammern aus Draht? Wenn ich dir damit die Zunge abklemme, bist du tot. Ich sage nur: Metallvergiftung. So, mein guter Gu Sonsaeng, jetzt erkläre ich Ihnen, wie sich die Sache zugetragen hat. Es ist nämlich so. Seit einiger Zeit verschwindet hier Ware. Was ich vorm Laden so aufstelle, Rohre, Besen, Staubwedel und so weiter. Deswegen habe ich vor einem Monat eine Überwachungskamera installiert.«

»Sagen Sie, Herr Gu, darf man einfach irgendwo eine Überwachungskamera installieren?«

»Sei still! Jetzt rede ich. Beachten Sie ihn gar nicht, Gu Sonsaeng. Ich habe diese Kamera ja nicht installiert, um Diebe zu fangen, sondern nur, um herauszufinden, was vor sich geht. Und siehe da – heute nachmittag entdecke ich etwas sehr Interessantes.«

»Nämlich?«

»Zwei Kerle in Kampfanzügen, die ganz gemütlich herbeischlendern und dann plötzlich weglaufen. Beide halten dabei was in der Hand. Kampfanzüge! Na? Ich würde sagen: Der Fall ist klar. Hapkido-Schule!«

»Was erlauben Sie sich!« rief Cha. »Auf dem Band lässt sich praktisch nichts erkennen. Nichts jedenfalls, was beweisen würde, dass meine Schüler stehlen!«

»Sind die Bilder so unscharf?« fragte Gu.

»Nun, die Kamera ist nicht die beste, das stimmt«, gab Baek zu. »Die Gesichter sind nicht zu erkennen, aber es ist ganz deutlich zu sehen, dass die Kinder was in der Hand haben.«

»Noch nicht mal das!« echauffierte sich Cha. »Das Bild ist so verschwommen, dass man im Grunde gar nichts sieht!«

Die beiden lieferten sich ein Gefecht wie vor Gericht. Weder der eine noch der andere war auch nur im geringsten bereit, zurückzustecken. Gu seufzte.

»Gu Sonsaeng, kommen Sie doch mal herein und sehen Sie selbst. Dann werden Sie verstehen, wovon ich spreche«, sagte Baek und zog Gu am Arm mit sich.

Den Geruch in der Eisenwarenhandlung empfand Gu als besonders unangenehm. Die Ausdünstungen des Crocodile Buildings und der Geruch des Metalls ergaben einen infernalischen Gestank. Wie Baek das bloß aushielt? Gu hielt jedes Mal die Luft an, wenn er in den Laden musste. Mit seiner ausgeprägten Geruchsempfindlichkeit hatte das nichts zu tun: Der Gestank im Eisenwarenladen war wirklich unerträglich. Gu holte also einmal tief Luft, bevor er sich, gefolgt von Cha, ins Innere wagte.

Im Laden gab es ein Kabuff, in dessen einer Ecke ein kleiner Monitor stand. Darauf erschien nun das Bild, das die Kamera vor Baeks Laden aufgezeichnet hatte. Die Auflösung war so grob, dass man praktisch überhaupt nichts erkannte. Zwei Kinder tauchten auf. Sicher war nur, dass sie Hapkido-Anzüge trugen. Fröhlich hüpften sie am Laden vorbei. Da das Band ständig hängenblieb, waren ihre Bewegungen nicht eindeutig zu interpretieren. Dann machten sie sich eilig auf und davon.

»Na? Klarer Fall, oder?« sagte Baek und sah Gu erwartungsvoll an.

»Viel erkennen kann man da nicht«, erwiderte Gu.

»Aber die Kinder laufen doch plötzlich mit irgendwas in der Hand weg.«

»Das lässt sich anhand der Aufnahme nicht sagen. Fehlt denn Ware?«

»Da draußen steht so viel, dass ich das nicht sagen kann, aber das war heute nicht das erste Mal, glauben Sie mir.«

»Quatsch. Sie haben doch überhaupt keine Beweise!« rief Cha.

Gu entschied sich, nach draußen zu gehen, um einen Moment zu überlegen. Bei dem Gestank im Laden war kein klarer Gedanke zu fassen. Baek und Cha folgten ihm.

»Herr Baek, dieses Video beweist nicht, dass die Kinder etwas haben mitgehen lassen.«

Baek verzog das Gesicht.

»Da haben Sie's!« triumphierte Cha. »Ich habe Ihnen ja gleich gesagt, dass Aufnahmen so miserabler Qualität nicht als Beweis taugen!«

»Und Sie, Herr Cha«, fuhr Gu fort, »sagen Sie Ihren Schülern doch bitte, dass wegen einiger Unregelmäßigkeiten vor dem Eisenwarengeschäft eine Überwachungskamera installiert worden sei und sie deshalb besser nicht auf dumme Gedanken kommen sollten.«

»Ich bitte Sie, Herr Gu, meine Schützlinge kämen nicht im Traum auf die Idee zu stehlen. Ich lehre sie jeden Tag, was die Haltung eines wahren Kampfsportlers ausmacht.«

»Das stellt niemand in Frage. Aber Vorsorge ist besser als Nachsorge.«

Cha nickte. »Besser hätte ich es nicht sagen können! Welch wahres Wort. Das werde ich den Kindern in der Moralkunde gleich sagen. Und dabei natürlich nicht vergessen zu erwähnen, dass Sie es waren, verehrter Gu Sonsaeng, der uns diese Worte beschert hat.«

»Danke, aber ich glaube, das ist nicht nötig.«

»Wäre Ihnen das unangenehm? … Ich könnte es auch ein wenig anders formulieren.«

»Nämlich?«

»›Der Wohlgesonnene hat keinen Feind, und Vorsorge ist erste Bürgerpflicht.‹ Mit anderen Worten, ein tugendhafter Mensch braucht keine Feindseligkeit zu fürchten, und der, der vorsorgt, keinerlei Misstrauen.«

»Hört, hört: *Der Wohlgesonnene hat keinen Feind! Der* Spruch passt immer, was? So ein Unsinn!« höhnte Baek. Cha entgegnete etwas, aber Gu hörte schon nicht mehr hin, denn in der Hosentasche vibrierte sein Handy. Seine Telefonnummer kannten nur wenige. Es musste dringend sein.

Gu entfernte sich von den Streithähnen. Als sie sahen, wie sich sein Gesicht verfinsterte, unterbrachen sie ihr Wortgefecht. Abgesehen von ein paar kurzen Antworten, beschränkte Gu sich aufs Zuhören.

»Ich muss los«, sagte er schließlich und steckte das Handy wieder ein.

»Natürlich«, antwortete Baek und nickte. »Scheint ja dringend zu sein.«

»Sie beide regeln das unter sich?«

»Aber ja! Machen Sie sich keine Sorgen!«

Gu lief los. Seine Turnschuhe gaben bei jedem Schritt ein dynamisches Quietschen von sich. Es war ein herrlicher Tag. Auf einem Dach in der Nähe klopfte jemand Wäsche aus. Gu lief zum Parkplatz. Hier stellten die meisten Leute aus dem Viertel ihren Wagen ab, denn Anwohner zahlten nur die Hälfte.

»Bestimmt ein Mord«, murmelte Baek.

»Gu Sonsaeng war mal bei der Kripo, oder?« fragte Cha.

»Ja. Aber er muss ein lausiger Polizist gewesen sein. Jetzt ist er jedenfalls … Wie hieß das gleich? ›Staatlich anerkannter Privatermittler‹ oder so. Dass er schnell ist und gut kämpfen kann, sieht man ja auf den ersten Blick.«

»Das stimmt. Er würde sogar als Kampfkunstmeister durchgehen.«

»Das siehst du natürlich sofort.«

»Natürlich. Wir Meister erkennen einander.«

»Du ein Meister? Dass ich nicht lache.«

»Kommen Sie vorbei, dann zeige ich es Ihnen. Oder schicken Sie Ihren Sohn.«

»Mein Sohn hat wirklich Besseres verdient.«

»Geben Sie sich einen Ruck! Dann zeige ich Ihnen, was wahre Kampfkunst ist.«

»Keine Zeit, ich muss Rotzlöffel im Hapkido-Anzug schnappen.«

»Fangen Sie schon wieder damit an. Also gut. Sollten die Kinder wirklich etwas geklaut haben, werde ich dafür sorgen, dass es nicht wieder vorkommt, einverstanden? Und heute abend lade ich Sie auf ein Gläschen ein.«

»Was denn, wirklich?«

»Selbstverständlich. Kampfkunstmeister lügen nicht.«

»Aber heben gerne einen, oder wie?«

Ein schwarzer Kleinwagen verließ den Parkplatz und röhrte Richtung Hauptstraße davon.

2

»Wie oft soll ich es denn noch sagen? Ich bin hoch, weil ich eine rauchen wollte«, sagte Ganghyok Lee, beide Hände auf dem Tisch. Er machte ein Gesicht, als würde er am liebsten auf den Tisch hauen, aber sein Körper sprach eine andere Sprache.

»Glauben Sie, mir macht das Spaß? Sie sind hoch, um eine zu rauchen, schön. Aber wissen Sie, es ist mir völlig egal, ob Sie eine rauchen, ein Lagerfeuer machen oder eine Grillparty veranstalten wollten. Ich will, verdammt noch mal, wissen, wieso Sie am Tatort einen Knopf verloren haben«, brüllte Inchon Kim und haute mit der Faust auf den Tisch. Erschrocken wich Lee zurück.

»Den muss ich da vorher verloren haben. Ich geh da doch jeden Tag zum Rauchen hin«, erwiderte er.

»Aha. Und wie, bitte schön, verliert man beim Rauchen einen Knopf? Wollen Sie mir erzählen, Sie stellen sich da hin, krempeln die Ärmel hoch, fummeln hier und da herum, sagen sich dabei: Ahh, diese Zigarette – was für ein Genuss! Schade, dass sich der Rauch einfach in Luft auflöst … und dabei fällt der Knopf ab? Soll das ein Witz sein?«

»Der Knopf muss locker gewesen sein. Und dann ist er eben abgefallen.«

»*Und dann ist er eben abgefallen*. Aha. Ausgerechnet am Tatort, dass ich nicht lache. Auch der Zufall hat seine Gründe.«

»Können Sie das beweisen? Ich kenne den Toten doch überhaupt nicht. Warum soll ich eine mir fremde Person vom Dach stoßen? Bin ich verrückt oder was?«

»Woher soll ich das wissen? Das wird sich im Laufe der Ermittlungen schon zeigen.«

»Oh Mann, Sie machen mich wahnsinnig …«

»Jetzt noch mal der Reihe nach. Laut Zeugenaussage ist Herr Bae heute um achtzehn Uhr achtundzwanzig von der Dachterrasse im vierzehnten Stock gestürzt. Er war sofort tot. Um achtzehn Uhr fünfunddreißig war die per Notruf alarmierte Polizei vor Ort. Ganz schön schnell, die Burschen. Von wegen, die Bullen sind immer zu spät! Egal, Sie behaupten, sich zu dieser Zeit in Ihrem Büro im zehnten Stock befunden zu haben. Die Aufzeichnung der Videoüberwachung belegt aber eindeutig, dass Sie nicht am Platz waren.«

»Ich guck doch nicht jedes Mal auf die Uhr, wenn ich eine rauchen gehe.«

»Wie oft gehen Sie denn?«

»Keine Ahnung. Drei, vier Mal am Tag.«

»Kommen Sie. Raucher haben doch meistens feste Zeiten. Eine nach dem Mittag, eine zum Kaffee, eine nach Feierabend.«

»Ich nicht.«

»Warum waren Sie überhaupt noch im Büro? Ihre Kollegen hatten doch alle schon Feierabend.«

»Ich war noch nicht fertig. Deshalb wollte ich eine Spätschicht einlegen.«

»Ohne Abendessen?«

»Ich wollte gleich nach der Arbeit was essen.«

»Und wie erklären Sie sich dann, dass Sie kurz nach dem Vorfall im vierzehnten Stock gefilmt wurden?«

»Ich sag Ihnen doch, ich war's nicht.«

»Aha. Und Sie sind sicher, dass Sie Herrn Bae nicht kennen? Sie wissen ja, unser Gespräch wird aufgezeichnet. Wenn sich herausstellt, dass Sie mir hier nicht die ganze Wahrheit gesagt haben, kann es für Sie richtig unangenehm werden.«

»Offenbar hat der Mann ja im selben Gebäude gearbeitet, da kann es natürlich sein, dass wir uns irgendwann mal über den Weg gelaufen sind, aber ich schwöre, ich habe noch nie mit ihm gesprochen.«

Kims Handy plärrte los. Es war das Remix eines alten *Trot*-Schlagers, neu interpretiert von einer beliebten Girl Group, ein Song, den man nicht so schnell wieder loswurde, wenn man ihn einmal im Ohr hatte. Kim zog das Handy aus der Hosentasche und verzog sich in eine Ecke des Verhörraums.

»Ja, hallo ... Hm ... Alles klar?«

Der Anruf war ihm sichtlich unangenehm.

»Das Tablet? Keine Ahnung. Ja ... ja ... Nein. Zu Hause gelassen hat er's sicher nicht. Genau. Ja ... Verdammt, wo könnte das Ding bloß sein?«

Nachdenklich sah Kim an die Decke. Er schien in seinem Gedächtnis zu kramen. Jedes Mal, wenn sein Blick an der Fuge zwischen Wand und Decke hängenblieb, fluchte er.

»Im Büro ist es jedenfalls nicht. Da bleibt nur suchen.«

Kim beendete das Gespräch, setzte sich wieder und rückte mit dem Stuhl dicht an den Tisch. Lee überlegte, worum es wohl gegangen sein könnte. Während der Inspektor telefonierte, hatte er sich das Foto auf dem Tisch noch einmal angesehen.

»Herr Inspektor, dieser Mann, jetzt erinnere ich mich wieder.«

»Aha, und woran? Nicht zufällig an einen gemeinen Mord?«

»Ich habe ihn nicht umgebracht. Aber ich habe ihn schon mal gesehen. Auf der Dachterrasse.«

»Wann?«

»Ungefähr vor einer Woche. So gegen vier, denke ich. Es regnete. Deswegen stand ich nicht an meinem gewohnten Platz. Und da hab ich ihn gesehen. Er guckte links unter dem großen Firmenschild durchs Geländer nach unten. Als ob er springen wollte. Schon da hatte ich so ein ungutes Gefühl. Sie wissen doch, je mehr man sich einbildet, jemand könnte was tun, desto stärker das Gefühl, dass er's wirklich tut. Was mach ich, wenn der jetzt tatsächlich springt, dachte ich. Hinrennen und festhalten? So was halt.«

Kim zog eine Schachtel Zigaretten aus der Brusttasche seines Hemdes. Er steckte sich eine Zigarette in den Mund, verstaute die

Schachtel, um sie einen Moment später wieder herauszuziehen und Lee eine Zigarette anzubieten. Der nahm das Angebot zögerlich an.

»Darf ich?« fragte er.

»Wieso fragen Sie? Sie rauchen doch so gerne.«

»Ich meine, ist hier nicht Rauchverbot?«

»Ich bin Inspektor, Mann, nicht der letzte Penner. Meinst du, wenn ich hier eine rauche, kommen die Bullen und bitten mich zur Kasse?«

»Sie vielleicht nicht, aber ...«

»Willst du jetzt eine oder nicht?« brüllte Kim.

Lee steckte sich die Zigarette in den Mund und beugte sich vor. Die Flamme des Feuerzeugs warf ein warmes Licht auf die Gesichter der beiden Männer. Kurz darauf stieg Rauch auf. Kim zog einen Plastikaschenbecher aus der Schublade. Lee paffte vorsichtig, ängstlich darauf bedacht, dem Inspektor keine Rauchwolken ins Gesicht zu blasen.

»Weißt du eigentlich, dass der Raum videoüberwacht wird? Sieht nicht gut aus, würde ich sagen. Rauchen im Verhörzimmer, bei laufender Kamera. Das dürfte dich ne Stange Geld kosten.«

»Was? Sie haben doch eben gesagt, rauchen wär okay!«

»Angst gekriegt? War nur'n Witz, red weiter.«

Lee war offenbar verunsichert. Er legte die Zigarette im Aschenbecher ab.

»Er schien zu weinen. Es regnete ja, und er stand da, mitten im Regen, und weinte.«

»Er weinte?«

»Ja, seine Schultern bebten.«

»Bist du sicher?«

»Ganz sicher bin ich mir nicht, aber es sah so aus. Ich hatte auch den Eindruck, dass er das Gesicht verzog. Genau konnte ich es nicht sehen, es regnete ja, aber ich bin ziemlich sicher, dass es dieser Mann war.«

»Ziemlich sicher reicht leider nicht.«

»Wieso, Sie geben mir doch auch die ganze Zeit zu verstehen, Sie wären ziemlich sicher, dass ich ihn umgebracht habe.«

»Leck mich am Arsch. Auf den Mund gefallen bist du nicht …«

»Der Mann stand jedenfalls etwa fünf Minuten da, bevor er durch den Notausgang wieder nach unten verschwand. Daraufhin hab ich meine Zigarette ausgemacht und bin an die Stelle gegangen, an der er gestanden hatte, unter das große Firmenschild, und hab runtergeschaut.«

»Und?«

»Ganz schön hoch.«

»Weiter nichts?«

»Na ja, wenn man da runterfällt, hab ich noch gedacht, ist man bestimmt sofort tot.«

»Willst du mich verarschen? Mehr als diese Nullnummer hast du nicht zu bieten? Willst du hier'n neues Genre einführen?« raunzte Kim ihn an, während er sich eifrig Notizen machte, vielmehr zeichnete. Sein Kugelschreiber huschte über das Papier. Lee griff nach seiner Zigarette im Aschenbecher und nahm einen tiefen Zug. Da Kim in sein Notizbuch vertieft war, blies er den Rauch bedenkenlos in den Raum. Kim schrieb weiter, ohne auch nur den Kopf zu heben.

Lee sah auf die Uhr. Halb elf. Bleierne Müdigkeit überfiel ihn. Er rollte den Kopf nach links und rechts, dann legte er ihn kurz in den Nacken.

3

Chan'il Park, Inhaber und Küchenchef des Restaurants »Aroma Sicilia« im Souterrain des Crocodile Buildings, ging nach Feierabend stets in das Internet-Café im zweiten Stock. Um seinen Tag einigermaßen gutgelaunt beschließen zu können, brauchte er eine Zigarette zwischen den Lippen, einen Sessel, in den er sich fläzen konnte, und ein Computerspiel, bei dem er nach Lust und Laune über all die Leute fluchen konnte, mit denen er sich tagsüber in seinem Restaurant hatte herumschlagen müssen. Die Computerspiele, die er bevorzugte, waren simpler Art. Park brauchte keine Endlosszenarien. Um in eine Story einzutauchen und darin herumzurühren, fehlte ihm die Zeit. Er bevorzugte Spiele mit zügigem Endresultat, das heißt Sport- oder Kampfspiele. Am besten solche, wo man auf irgendwen oder irgendetwas eindreschen konnte. Dabei stellte er sich dann die Kunden des jeweiligen Tages vor, schön der Reihe nach, von mittags bis abends. Die meisten von ihnen waren die letzten Arschlöcher. Der Typ, der ihn einfach geduzt, die fette Kuh, die laut schmatzend ihren Teller geleert hatte, der Kerl, der dutzendmal verlangte, dass doch bitte schön der Brotkorb nachgefüllt werde, und der Idiot, der den billigsten Wein bestellte, um sich dann vor seiner Begleiterin als Connaisseur aufzuspielen – all die ließ er noch einmal an sich vorüberziehen. In einer Wolke aus Qualm saß er in der Raucherzone an Tisch Eins und drückte ununterbrochen die Enter-Taste, um ihm entgegenfliegende Baseball-Bälle wegzudreschen oder heranpreschende Feinde per Faustschlag oder Fußtritt außer Gefecht zu setzen. Ohne den täglichen Ausgleich am Computer hätte er das womöglich im Restaurant schon einmal getan. Dem einen oder anderen Gast mit dem Baseballschläger eins überzuziehen oder einen saftigen Fußtritt zu verpassen, hatte er sich schon öfter vorgestellt. Und sich dabei ausgemalt, wie rotes Blut auf das Weiß der Tischdecken spritzte. Vielleicht würde es dereinst noch dazu kommen.

Nach dreiundzwanzig Uhr war das Internet-Café relativ leer. Die Teenies waren zu Hause, jetzt waren nur »Erwachsene« da. Wenngleich es sich bei denen hauptsächlich um Herumtreiber handelte, die kein Zuhause mehr hatten, um faule Säcke, die keine Lust hatten, nach Hause zu gehen, oder um Schwachköpfe, die nicht mehr zwischen realer und virtueller Zeit unterscheiden konnten. Eine Hand auf der Tastatur, die andere an der Zigarette oder in der Kekstüte, nebenbei Instantnudeln aus dem Plastikbecher schlürfend, versanken sie in den Welten ihrer Computerspiele.

»Bin'il, mach mir mal'n Becher Nudeln!« rief Park zur Theke hin. Bin'il Lee war die Aushilfe, die jeden Tag von neunzehn Uhr bis sieben Uhr morgens für den Betrieb im Internet-Café verantwortlich und zugleich eine Art Mädchen für alles war. Es gab kein Computerspiel, das er nicht kannte, und kaum ein Problem, das er nicht mit wenigen Handgriffen zu lösen verstand. Tagsüber war er bei den Proben seiner Theatergruppe, er wollte nämlich Schauspieler werden, obwohl er selbst wahrscheinlich am besten wusste, wie beschränkt sein Talent war. Er hatte ein absolutes Durchschnittsgesicht, ein eher kleines allerdings, das abgesehen von den dichten Augenbrauen so gut wie nichts Individuelles ausstrahlte.

»Was bist du bloß für ein Küchenmeister, dass du jeden Tag Instantnudeln isst?« meinte Bin'il und stellte den dampfenden Nudelbecher neben die Tastatur. Wie Park seine Nudeln gerne hätte, brauchte er nicht zu fragen. Es war immer dasselbe: Instantnudeln mit Meeresfrüchten, darauf ein rohes Ei und dazu eine Mini-Portion gebratenes Kimchi.

»Du hast ja keine Ahnung!« entgegnete Park. »Nudeln aus dem Plastikbecher sind die perfekte Mahlzeit!«

»Was soll denn daran perfekt sein?«

»Das sieht man doch! Allein schon die Form des Bechers: schlank, elegant, stilvoll.«

»Hm … Würde ich nicht unbedingt sagen …«

»Du verstehst das nicht. Du kochst nicht. Verdammt, wieso ist dieser Scheißkerl so schnell?«

»Den musst du zerlegen, was anderes hilft da nicht.«

»Mit den Fäusten, oder wie?«

»Erstmal volles Rohr ununterbrochen in die Fresse und dann ein satter Turning Kick.«

»Rolling Attacks bringen nix?«

»Nee, bei deinem Tempo nicht.«

»Bei meinem Tempo? Wie redest du mit mir? Ich bin immer noch ein paar Jahre älter als du! Ist die neue Version von Major League Baseball noch nicht raus?«

»Noch nicht.«

»Okay. Danke für die Suppe. Ich sag Bescheid, wenn ich noch was brauche.«

»Na dann, guten Hunger.«

Bin'il hatte gerade wieder an der Kasse Platz genommen, als er jemanden die Treppe heraufkommen hörte. Das hörte er trotz des Lärms, der im Internet-Café herrschte, immer eindeutig heraus. Außerdem vibrierte es. Das heißt, das Vibrieren bildete er sich vielleicht ein, aber wenn jemand die Treppe heraufkam, veränderte das definitiv die Atmosphäre im Raum. Bin'il sah auf die Uhr an der Wand. Null Uhr fünfzehn.

Die Glastür ging auf und Dongchi Gu trat herein. Reflexartig klappte Bin'il sein Buch zu und stand auf.

»N'Abend.«

»N'Abend, Bin'il. Ist Park da?«

»Schon seit elf, wie immer. Haut mal wieder alles kurz und klein und vertilgt derweil seine perfekte Mahlzeit.«

»Perfekte Mahlzeit?«

»Gehen Sie doch einfach rein.«

Der Raum war so verqualmt, dass man sich nur wundern konnte, dort noch lebendige Menschen anzutreffen.

»N'Abend, Maître!«

»Hallo, hallo.«

»Dass du hier überhaupt noch atmen kannst.«

»Atmen?! Ich muss fighten. Dieses Spiel ist der reinste Krieg.«

»Hast du mal ne Sekunde? Ich muss dich was fragen.«

»Schieß los.«

»Nicht hier. Hier ersticke ich.«

»Bist du sicher, dass du ein Detektiv bist? Detektive müssen rauchen. Oder kennst du einen, der nicht raucht?«

»Ne ganze Menge sogar.«

»Echt? Okay, warte draußen. Ich komm gleich. Muss nur noch schnell den Kerl hier weghauen.«

Gu ging und schloss die Tür hinter sich. Die Luft im Nichtraucher war auch nicht sonderlich gut, aber im Vergleich zum Raucher die reinste Wohltat. Selbst der eigentümliche Geruch des Crocodile Buildings kam einem hier geradezu angenehm vor.

Gu setzte sich an den Platz, der der Theke am nächsten war. Dort saß er immer, wenn er einen Computer brauchte. In seinem Büro hatte er keinen.

Eine Viertelstunde später spürte er Parks Hand auf seiner Schulter. Parks große, schwere Hand, die einige Narben aufwies (wie bei einem Koch vielleicht zu erwarten), aber auch ein paar Schwielen (wie bei einem Koch eher nicht zu erwarten).

»Was gibt's?«

»Guck dir mal dieses Messer an. Wer benutzt so was?« fragte Gu und drehte den Monitor zu Park. Auf dem Bildschirm sah man ein Messer von ungewöhnlicher Form. Griff und Klinge ähnelten einem Sushimesser, aber die Klinge war nicht spitz, sondern rund. Ungeeignet, um Fisch aufzuspießen oder zu tranchieren.

»Ganz schön lang. Das sind doch gut und gerne vierzig Zentimeter, oder?«

»Dreiundvierzig.«

»Scheint mir was Neues zu sein. Sushimesser gibt's zwei Sorten: Sashimi und Deba. Sashimi-Messer kennst du wahrscheinlich, die benutzt man zum Filetieren, die breiteren Deba-Messer zum Tranchieren. Du kannst das eine natürlich auch für das andere benutzen, aber in der Regel macht das keiner. Dein Messer sieht aus wie ein Sushimesser mit breiter Klinge und gerundeter Spitze. Komisch, nicht wahr? Ein Messer brauchst du zum Stechen. Damit kann man nicht stechen. Wer würde es also benutzen?«

»Du meinst, niemand?«

»Ich sehe, es wird Zeit, dir ein paar Krumen vom reichgedeckten Tisch meines Wissens zuzuwerfen. Es gibt nämlich tatsächlich Leute, die solche Messer benutzen.«

»Mach's nicht so spannend!«

»In den siebziger Jahren gab es eine Kampfkunsttruppe, die sich Wonsudojang nannte. *Wonsudo*: Messer mit gerundeter Spitze. Die Artisten benutzten es für ihre Kunststücke, gestochen wurde nicht. Das hätte nämlich ihrer Auffassung von Kampfkunst widersprochen. Schneiden, säbeln und schlagen erlaubt, stechen verboten. Dein Messer könnte so eins sein. Ein bisschen kurz vielleicht, aber von der Form her kommt es hin. Die Wonsudojang-Messer waren ungefähr sechzig Zentimeter lang.«

»Was du alles weißt ...«

»Bei Messerfragen nicht verzagen, Messermeister Chan'il fragen.«

»Gibt es die Truppe noch?«

»Schon lange nicht mehr. Wer betreibt denn heute noch Kampfkunst mit Messern? Wo kommt deins überhaupt her?«

»Es wurde neben einer Leiche gefunden.«

»Ach ja? Dann war der Täter Psychopath.«

»Wieso?«

»Überleg mal. Wenn du einen umbringen willst, nimmst du doch ein scharfes Messer. Eins, mit dem du dein Opfer nach Lust und Laune zurichten kannst. Die gibt's doch heute zuhauf. Mit einem Messer wie dem da hast du richtig Arbeit.«

»Da hast du wohl recht. Danke.«

»Musst du noch arbeiten? Mit Mord hast du doch gar nichts mehr zu tun, oder?«

»Nein. Ein alter Kollege von der Kripo hat mich um Rat gefragt.«

»Okay, ein Messergefallen für dich, ein Messergefallen für mich.«

»Heißt was?«

»Heißt: du schuldest mir jetzt einen Drink.«

»Ich hab noch was vor.«

»Ich kenne ein paar nicht uninteressante Geschichten über die Auflösung des Wonsudojang. Geschichten, die man nicht im Netz findet. Wenn du allerdings zu tun hast …«

»Netter Versuch.«

»Wieso Versuch?«

»Du solltest nicht kochen, sondern Geschäfte machen. Würden bestimmt laufen.«

»Mein Restaurant ist ein Geschäft. Und steht kurz vor der Pleite.«

»Weil dein Essen nicht schmeckt.«

»Danke, Arschloch. Deine Ehrlichkeit in Ehren, aber hast du schon mal was von Takt gehört?«

»Gehen wir. Ich lad dich ein.«

Sie gingen zur Kasse. Bin'il stand auf. Der in Falten gelegte Charlie Chaplin auf seinem T-Shirt glättete sich.

»Schau doch morgen abend vor der Arbeit mal rein«, sagte Park zu Bin'il. »Ich koch dir was, das haut dich um!«

»Die perfekte Mahlzeit?«

»Komm schon, wofür hältst du mich? Ich bin Koch. Du bekommst eine Mahlzeit, die perfekter ist als die perfekte Mahlzeit!«

Gu und Park machten sich auf den Weg zu ihrem Stammlokal, einer Kneipe zwei Blöcke vom Crocodile Building entfernt. Als sie ankamen, mussten sie allerdings feststellen, dass die Kneipe schon geschlossen hatte. Auf der Suche nach einem anderen Lokal entdeckten sie an einem Tisch im Freien zwei Männer, die ihnen bekannt vorkamen: Gihyon Baek und Cholho Cha.

»Sieh mal, der Chef vom Eisenwarenladen!« rief Park gutgelaunt.

»Willst du dich etwa zu denen setzen?« fragte Gu, während sie die Straße überquerten.

»Warum nicht? Crocodile Building-Hausversammlung!«

»Na dann viel Spaß! Ich geh hoch, hab noch zu tun.«

»Ach komm, du Spaßbremse, sei mal ein bisschen gesellig! Verkriech dich doch nicht dauernd in deinem Kämmerlein!«

»Wie gesagt, viel Spaß! Ich hab mich mit denen heute nachmittag schon ausgiebig unterhalten.«

»Ach ja? Worüber?«

»Nicht wichtig. Du wolltest mir aber noch was über den Wonsudojang und seine Auflösung erzählen.«

»Stimmt. Komm doch morgen mittag vorbei. Dann erzähl's ich dir. Heute brauch ich was zu trinken.«

»Also gut. Bis morgen dann.«

»Moment. Sag mal …«

»Was?«

»Ist mein Essen wirklich so schlecht?«

»Quatsch! Ich wollte dich nur ärgern. Es ist für unser Viertel viel zu gut.«

»Wirklich?«

»Wirklich.«

»Danke. Bis morgen!«

Park vergub die Hände in den Hosentaschen und ging zu den beiden Männern hinüber. Als Cha ihn erkannte, winkte er und rief: »Na sieh mal einer an, wer kommt denn da!« Gu drehte sich rasch um und ging zurück zum Crocodile Building. Das einzige Schild, das dort noch erleuchtet war, war das des Internet-Cafés.

Im Gebäude empfing ihn sogleich der altvertraute Geruch. Gu schnupperte und stieg die Treppe hinauf. »Der Wohlgesonnene hat keinen Feind. Lernen Sie Hapkido und Sie haben keine Feinde mehr!« »Computer bester Ausstattung. Spitzenservice. 1500 Won pro Stunde.« Den Blick auf die Werbesticker der Hapkido-Schule und des Internet-Cafés gerichtet, die die Stufen zierten, stieg Gu die Treppe hinauf. Als er am Internet-Café vorbei war, nahm er plötzlich einen Hauch von Fremdheit wahr: Es roch anders. Ein Mensch konnte sich im Crocodile Building verstecken, ein Geruch nicht. Es heißt zwar bekanntlich, schlechtes Geld verdrängt gutes Geld, aber bei manchen Dingen ist es auch umgekehrt. Ein Duft in einer Wolke aus Gestank sticht sofort heraus. Gu stieg in den unbeleuchteten Bereich des Treppenhauses hinauf. Gleich würde automatisch das Licht angehen.

»Herr Gu? Dongchi Gu?« fragte jemand. Die Stimme war bar jeder Aggressivität. Ein Angreifer würde sich vor seiner Attacke nicht erst noch zu Wort melden. Gu lockerte seine Fäuste und machte einen Schritt nach vorne, das Licht ging an. Vor der Tür seines Büros hockte Yongmin Lee. Er trug dieselbe Kleidung wie am Nachmittag. Blaue Jacke, weißes Hemd. Er zitterte. Er vibrierte geradezu. So, als wollte er jeden Augenblick in Tränen ausbrechen.

4

Entgegen seinen Prinzipien besorgte Gu im Convenience Store eine Dose heißen Kaffee und für sich selbst zwei Dosen Bier. Sonst kaufte er nichts. Einen Augenblick hatte er mit dem Gedanken gespielt, noch eine Packung Mandeln mitzunehmen – Mandeln waren ihm lieber als Erdnüsse oder Pistazien, die musste man nicht schälen –, sich dann aber dagegen entschieden. Die Dosen in der Plastiktüte klapperten rhythmisch, als er die Treppe wieder hinaufsprintete.

Yongmin Lee saß auf dem Klappstuhl. Er zitterte am ganzen Körper. Gu dachte einen Moment daran, ihm den Sessel anzubieten, ließ es dann aber. *Ein* Verstoß gegen die eigenen Prinzipien war genug. Er stellte den Kaffee und das Bier auf den Tisch. Lee griff nach dem Kaffee, als ginge er jemandem an die Gurgel.

»Sie wissen, dass er … dass er tot ist?« stotterte Lee.

»Wer?«

»Herr Bae.«

»Sie kannten Donghun Bae?«

»Ja.«

»Woher?«

»Herr Bae war auch Mitglied im Tennisclub.«

»Im *Noble Club*?«

»Ja, im *Noble*. Wussten Sie das nicht?«

»Woher sollte ich das wissen? Trinken Sie erst mal einen Schluck.«

Gu machte sich eine Dose Bier auf. Genießerisch sog er den Gerstenduft ein und nahm einen Schluck. Dann wischte er mit dem Finger das Kondenswasser von der Dose. Die Kälte zog ihm bis ins Herz.

»Seit ich weiß, dass Herr Bae tot ist, mache ich mir Sorgen.«

»Wieso?«

»Ich habe gestern noch mit ihm zu Abend gegessen. Ich hätte nie gedacht, dass er einfach so geht.«

»Das ist in der Tat betrüblich. Aber das ist nicht der Grund für Ihren späten Besuch, nehme ich an.«

»Ich musste daran denken, was Sie heute nachmittag gesagt haben, dann ging mir alles Mögliche durch den Kopf, und bei dem Gedanken an Bae bekam ich Angst.«

»Heute nachmittag? Wieso? Was habe ich denn gesagt?«

»Dass ein sauberer Tod wahrscheinlich schwerer ist, als man denkt. Das ist mir nachgegangen. Irgendwie hinterlässt doch jeder Spuren, und diese Spuren spiegeln gewissermaßen das Wesen dieses Menschen. Ich möchte nicht als mieser, schmutziger Mensch in Erinnerung bleiben.«

»Wer will das schon?«

»Herr Bae hat bei Ihnen doch ein Deleting in Auftrag gegeben, nicht?«

»Dazu kann ich Ihnen nichts sagen.«

»Ich weiß es. Yumi Han hat es mir erzählt.«

»Was Frau Han Ihnen erzählt hat, weiß ich nicht. Ich kann Ihnen dazu nichts sagen.«

»Sie unterliegen einer Schweigepflicht?«

»Schweigepflicht hin oder her. Ich bin Detektiv. Informationen über meine Klienten sind tabu.«

»Ist ein Deleting schon einmal schiefgegangen?«

»Dazu kann ich nichts sagen.«

»Also ja. Sonst würden Sie stolz verkünden, dass die Erfolgsquote bei hundert Prozent liegt.«

»Herr Lee, ich weiß nicht, worauf Sie hinauswollen, aber Sie bewegen sich auf sehr dünnem Eis. Ich bin kein dahergelaufener Möchtegern-Detektiv, der Erfolgsstatistiken aufbläht, bis sie platzen. Ich kümmere mich auch nicht um den Müll, den irgendwer ins Netz stellt. Ich bin kurz davor, zu explodieren. Wenn Sie mir einen Auftrag erteilen wollen, werde ich versuchen, mich zusammenzureißen. Ihrer Gesundheit zuliebe. Sie wären dann ein Klient. Andernfalls möchte ich Ihnen dringend empfehlen, mein Büro zu verlassen und im Laufschritt die Treppe zu nehmen. Mit zugeschwollenen Augen sieht man die nämlich nicht mehr so gut.«

Gu kippte sein Bier hinunter. Das Gluckern erfüllte den ansonsten stillen Raum. Die leere Dose stellte er auf die Fensterbank. Dann schaltete er, ohne Lee noch eines Blickes zu würdigen, den Zyklopen ein. Die Stimme eines Tenors erklang aus dem Lautsprecher.

»Eins würde ich gerne noch wissen.«

»Noch eine unverschämte Frage, und ich schmeiße Sie raus.«

»Gut. Vielleicht ist diese Frage auch ein wenig unhöflich, aber … Angenommen, das Deleting geht schief, wie werde ich dann entschädigt? Das wäre ja nach meinem Tod, also, wie komme ich zu meiner Entschädigung? Vielmehr mein Sohn oder meine Tochter? Für mich selbst wäre sie ja bedeutungslos. Wobei, wäre eine Entschädigung, egal wie sie aussieht, für mich nicht sowieso bedeutungslos? Es gibt ja niemanden, der Sie, wenn's schiefgeht, zur Verantwortung ziehen könnte.«

»Es gibt keine Entschädigung, Herr Lee.«

»Dann habe ich ja nicht die geringste Sicherheit.«

»Es ist eine Sache des Vertrauens. Sie werden mein Klient und ich erledige Ihren Auftrag. Nach bestem Wissen und Gewissen. Ob es mir gelingt oder nicht. Es kann sein, dass sich die Spuren eines Klienten nicht restlos beseitigen lassen. Und es kann Probleme geben, die auch ich nicht lösen kann. Ich kann Ihnen nur versichern, dass ich alles tun werde, was in meiner Macht steht. Das ist das Versprechen, das ich Ihnen gebe. Mein Beruf lebt von Vertrauen. Nur wenn ich die Spuren verstorbener Personen einwandfrei beseitige, betrauen mich lebende mit ihren Aufträgen.

Gelingt das Deleting nicht, werden Sie zwar nicht entschädigt, aber für mich wäre die Sache viel schlimmer. Mein Ruf wäre nämlich beschädigt. Und das kann in meinem Metier tödlich sein. Soll ich Ihnen sagen, warum Sie hier sind?«

»Nun ja …«

»Weil ich gute Arbeit leiste. Und weil man mich deshalb empfohlen hat.«

»Sie haben recht. Und ich vertraue Ihnen. Lassen Sie uns einen Vertrag schließen.«

Dongchi Gu fixierte Lee. In Lees Augen lag Unsicherheit. Welcher Art, war Gu egal. Unsicherheit war wie ein ungeschlüpftes Küken. Wenn sie wuchs, wurde sie manchmal zu Angst oder Gewalt, und manchmal schrumpfte sie auch wieder auf einen kleinen Punkt zusammen und verschwand. Gu liebte die Unsicherheit des Menschen. Wenn es sie nicht gäbe, käme niemand zu ihm. Er lebte von ihr.

Gu stellte den Zyklopen leiser und zog einen Deleting-Vertrag aus der zweiten Schublade oben rechts. Der Vertrag umfasste vier Seiten. Seite 1 betraf Angaben zur Person, Seite 2 Pins und Passwörter, und auf Seite 3 waren die zu beseitigenden Dinge anzuführen und wo man sie fand. Die Grundgebühr umfasste ein Deleting von drei Objekten. Der Endpreis hing letztlich aber davon ab, wo diese Objekte sich befanden. Ein Objekt zu beseitigen, das in einem Banktresor lag, war einfach. Etwas verschwinden zu lassen, das sich in der häuslichen Schlafzimmerkommode befand, ungleich schwieriger. Dafür musste man in ein Privathaus einbrechen. Bei Objekten, die ständig am Körper getragen wurden, Handys oder Notizbüchern beispielsweise, war der Preis besonders hoch. Die zu stehlen oder auszutauschen, insbesondere wenn der Klient im Krankenhaus verstorben war, war beileibe nicht einfach.

Unter der Spalte für die zu beseitigenden Objekte stand, dass die Frist für das Deleting fünf Tage betrug. Innerhalb dieser Frist musste alles beseitigt sein. Darunter gab es eine Leerzeile für sogenannte »Zeugen«. Der Auftraggeber hatte die Möglichkeit, einen Zeugen zu benennen, der das Deleting überprüfen und am Ende bestätigen würde. In den meisten Fällen wurde auf diese Option allerdings verzichtet.

Seite 4 führte eine Reihe von Sonderkonditionen auf. So zum Beispiel fettgedruckt: »Das Deleting wird nicht ausgeführt, wenn der Klient gewaltsam zu Tode kommt.« In dem Fall würde der Deleter womöglich Beweise vernichten und sich strafbar machen. Oder, weniger fett, darunter: »Das Deleting muss nicht ausgeführt werden, wenn sich das Objekt unter Wasser befindet.«

Lee füllte alles aus, las sich aufmerksam die Ausnahmen durch und hob dann den Kopf: »Das hier verstehe ich nicht.«

»Welchen Punkt meinen Sie?«

»Das mit dem gewaltsamen Tod.«

»Trachtet Ihnen jemand nach dem Leben?«

»Wer weiß.«

»In dem Fall verdreifacht sich die Gebühr.«

»Das spielt keine Rolle. Was hat Herr Bae gemacht?«

»Warum interessiert Sie das? Sie glauben, Bae wurde ermordet?«

»Was glauben Sie?«

»Nichts. Dafür ist die Polizei zuständig.«

»Aber müssen Sie nicht wissen, ob es Mord war oder nicht, um entscheiden zu können, ob Sie die Objekte beseitigen oder nicht? Wenn ich mich für die Sonderkondition ›auch bei gewaltsamem Tod‹ entscheide, führen Sie das Deleting auf jeden Fall durch? Herr Bae hat sich bestimmt für diese Option entschieden. Alles andere würde mich wundern. Geld hatte er schließlich genug.«

»Dazu sage ich nichts. Ob Sie die Sonderkondition ›auch bei gewaltsamem Tod‹ ankreuzen oder nicht, bleibt Ihnen überlassen. Aber wenn es jemanden gibt, der es auf Sie abgesehen hat, müssen Sie mir das sagen. Wer, warum, und auf was er oder sie es möglicherweise abgesehen hat. Wenn Sie mir nicht hinreichend erklären, warum ein Objekt unbedingt beseitigt werden soll, beseitige ich es nicht. Ein Detektiv muss sehr genau abwägen.«

»Natürlich. Daran hängt ja sozusagen Ihr Leben.«

Der verängstigte Lee verwandelte sich wieder in den detailversessenen Schwafler Lee.

»Sagen Sie, Herr Gu, wie viel verdienen Sie eigentlich mit Ihrer Arbeit?«

»Genug.«

»Was glauben Sie, wie viel ich im Monat verdiene?«

»Vermutlich auch genug.«

»Ich verdiene wahrscheinlich erheblich mehr, als Sie annehmen. Ich sage das nicht, um anzugeben. Aber wissen Sie, wenn man so viel verdient wie ich, macht man sich zwangsläufig Feinde. Dafür ist weniger meine Person verantwortlich als mein Verhalten. Ich bin einfach immer nur vorwärts gegangen. Die Leute, denen ich dabei vielleicht auf die Füße getreten bin, betrachten mich als Feind. Ich habe Dinge, die mir gefielen, einfach gekauft. Diejenigen, die sich diese Dinge nicht kaufen konnten, sind mir deshalb feindlich gesonnen. Verstehen Sie, was ich meine?«

»Herr Lee, Sie langweilen mich. Worauf wollen Sie hinaus?«

»Sie wollten doch wissen, wer es auf mich oder meine Sachen abgesehen haben könnte, und warum. Wenn ich das wüsste, lieber Herr Gu, hätte ich vermutlich noch mehr Geld verdient.«

»Gut. Unterschreiben Sie erst einmal den Vertrag. Sobald Sie die Gebühr überwiesen haben, beginne ich mit der Recherche. Dann sehe ich klarer.«

»Und was, wenn nicht? Wird der Vertrag dann annulliert?«

»Wie Sie eben sagten: Man kann nie wissen.«

»Haben Sie bei Herrn Bae auch recherchiert?«

»Hier unterschreiben.«

Lee schrieb seinen Namen in die unterste Zeile des Vertrags und setzte dann seine Unterschrift darunter. Gu sah aufmerksam zu. Lees Unterschrift hatte nichts Markantes. Nachdem Lee beide

Ausfertigungen unterschrieben hatte, trank er den Rest seines Kaffees aus.

»Einen Zeugen brauchen Sie nicht?« fragte Gu, während er die Papiere entgegennahm.

»Ich verlasse mich auf Sie.«

»Offiziell handelt es sich um einen Vertrag zur Löschung Ihrer Daten im Netz. Der Löschung Ihres digitalen Fingerabdrucks. Ich werde alles dafür tun, dass das Netz Sie vergisst. Sie haben mich nie mit so etwas wie Deleting beauftragt. Wir bewegen uns auf vollkommen legalem Terrain. Sie verstehen, was ich meine?«

»Selbstverständlich. Ich vertraue Ihnen.«

Lee streckte ihm die Hand hin. Gu ergriff sie widerwillig. Sie war halb so dick wie seine.

»Jetzt ist mir wohler! Darin liegt wohl der Reiz einer Versicherung, was?« sagte Lee und erhob sich. Wortlos stand Gu ebenfalls auf. Er hoffte, dass Lee nun schnell verschwinden würde. Er wollte allein und in Ruhe in seinem Büro sitzen, den heutigen Tag noch einmal Revue passieren lassen und den morgigen planen. Lee war schon auf dem Weg zur Tür, als sein Blick am Aktenschrank hängenblieb. »Was ist denn da drin?« fragte er mit unverhohlener Neugier.

»Alles mögliche«, entgegnete Gu in einem Ton, der erkennen ließ, dass er das Gespräch als beendet betrachtete.

»Sie scheinen sehr ordnungsliebend zu sein! Und jedes Fach hat einen eigenen Schlüssel!«

»Ich weise Sie darauf hin, Herr Lee, dass Sie in erheblich geringerer Gefahr schwebten, eines gewaltsamen Todes zu sterben, wenn Sie Ihre Neugier besser zu zügeln wüssten.«

Bei den Worten »gewaltsam« und »Tod« zuckte Lee zusammen. Gu hatte sich zu seiner vollen Größe aufgerichtet und sah ihm ins Gesicht. Lee war ungefähr zehn Zentimeter kleiner, doch in diesem Augenblick schien Gu ihn um mindestens zwanzig Zentimeter zu überragen. Lee wirkte eingeschüchtert, aber er zitterte nicht.

»Entschuldigung. Das geht mich wirklich nichts an. Sie sind Detektiv. Natürlich haben Sie viele Geheimnisse.«

Dann ging er. Gu schloss ab, kaum dass die Tür zugefallen war. Endlich war er allein. Er stellte den Zyklopen lauter, zog seine Jacke aus und hängte sie in den Schrank. Allein das gab ihm schon das Gefühl, Ordnung geschaffen zu haben.

Dann nahm er die Dinge aus der Tasche, die er aus Baes Büro entwendet hatte, unmittelbar nachdem er von dessen Ableben gehört hatte. Drei von den vier Objekten, mit deren Beseitigung Bae ihn beauftragt hatte, hatte er sicherstellen können. Das kleine Notizheft aus dem Schreibtisch, den USB-Stick aus dem Geheimfach unter dem Schreibtisch und das Tagebuch aus Baes häuslichem Arbeitszimmer. Er war praktisch den ganzen Tag einer Leiche hinterhergelaufen. Das Problem war das Tablet. Gu hatte keine Ahnung, wo es war, und verfügte über keine Mittel, es herauszufinden.

Gu legte die Füße auf den Schreibtisch, streckte sich in seinem Sessel aus und schlug das Tagebuch auf. Menschen, die Tagebuch führten, mochte er nicht. Solche Menschen, hatte er das Gefühl, neigten dazu, zu viel nachzudenken. Und wer zu viel nachdachte, neigte dazu, das viele Nachdenken zum Vorwand für sehr schlechtes Benehmen zu nehmen. Das hielt Gu allerdings nicht davon ab, diese Tagebücher zu lesen, ja sogar, gerne zu lesen. Tagebücher offenbarten – wenn auch überschaubare – Informationen und gewisse Wahrheiten. Manchmal nahm er die Tagebücher seiner Klienten auch dann mit, wenn sie ihn gar nicht damit beauftragt hatten. Aus den Auslassungen darin ergaben sich nämlich nicht selten Hinweise auf Objekte, die er aufzuspüren hatte.

Wenn Gu gerade nichts zu tun hatte, vertrieb er sich die Zeit, indem er in den Tagebüchern seiner Klienten las. Auch für die hatte er seine eigenen Regeln. Tagebücher, die Probleme verursachen könnten, wenn sie an die Öffentlichkeit gelangten, bewahrte er nicht auf. Rufschädigende Tagebücher oder solche, die jemanden in Gefahr bringen konnten, wurden verbrannt. Wenn ein solches an die Öffentlichkeit gelangte, wäre er nämlich erledigt. Die Tagebücher, mit denen er sich die Zeit vertrieb, offenbarten keine großen Geheimnisse. Aber er lernte etwas über Menschen. Wie sie Probleme lösten, wie sie mit Krisen umgingen und so weiter. Und das in weitaus lebendigerer und interessanterer Form als in jedem Roman.

Natürlich tat es ihm auch ein bisschen leid. Viele der Verstorbenen hätten sicher überhaupt kein Verständnis dafür, dass er jetzt zum Vergnügen las, was er zu vernichten versprochen hatte. Aber da er diese Tagebücher nie jemandem zeigen und auch nie über ihren Inhalt sprechen würde, konnte er damit leben. In gewisser Weise war es eine Art Bonus.

In Baes Tagebuch blätterte er jetzt allerdings nicht zum Zeitvertreib. Er suchte vielmehr nach einem Hinweis, wo das Tablet sein könnte. Gu machte sich das zweite Bier auf. Die Dose schwitzte. Kein Wunder. Durch die geöffneten Fenster war ein Motor zu hören. Fuhr Lee etwa jetzt erst los? Gu rief sich Lees Gesicht vor Augen. Kein sympathischer Anblick. Gu trank sein Bier und blätterte sich durch Baes Tagebuch und das Notizheft. Die meisten Einträge waren geschäftlicher Natur. Ein Protokoll einer Filmproduktion mit einer Liste der Telefonnummern der Nebendarsteller und einigen knapp notierten Ideen. Immer nur Stichworte, kaum ganze Sätze. Gu versuchte, die Wörter zu gruppieren. Das Ganze kam ihm vor wie ein Puzzle.

Gu legte die Rückenlehne seines Sessels um. Aus dem Zyklopen erklang ein Stück, das ihm besonders gut gefiel. An den Text erinnerte er sich nur vage, es ging darum, dass der Kampf erst enden würde, wenn der Tod Frieden und Ruhe brächte. Gu mochte das Pathos darin.

In atemloser Nacht streicht Mondlicht über die Dächer. Morgen wird es wahrscheinlich bewölkt sein. Niemand weiß, was das Schicksal bringt. Gu machte aus den kurzen Sätzen in Baes Aufzeichnungen ein Lied und summte es vor sich hin. Was morgen auf ihn zukommen und wie das Wetter sein würde, wusste er zwar nicht, aber er ahnte, dass es ein anstrengender Tag würde. Er arretierte den Sessel in Liegeposition und schloss für einen Moment die Augen.

5

Irgendwo hinter der Mauer wurde Luft zerschnitten. So klang es wenigstens. *Du sollst die Luft nicht zerschneiden, du sollst sie zerschmettern,* meinte Gu seinen Tennistrainer aus Grundschultagen zu hören. Niemand hatte damals so gerne auf dem Tennisplatz gestanden wie er. Nur da konnte er die Probleme von zu Hause verdrängen. Nur da konnte er die Mauern seines familiären Gefängnisses wegdreschen. Immer wenn er Zeit hatte, ging er trainieren. Die Ellbogenbeschwerden, die sich im zweiten Jahr der Oberstufe eingestellt hatten, waren definitiv seinem exzessiven Training geschuldet. Wenn er damals vernünftig trainiert hätte, wäre er heute vielleicht Profi.

Wie das Leben eines Profispielers wohl aussah? Jeden Tag Luft zerschmettern, gelbe Bälle dreschen, Schweiß trocknen, dann wieder gelbe Bälle. Mit dem Trainer die Schlagtechnik optimieren, zu Turnieren fahren, mal gewinnen, mal verlieren, dann wieder an der Schlagtechnik feilen und Fehler korrigieren. So ein Leben hätte ihm gefallen. Was er am Tennis am meisten mochte, war, dass man andere besiegen konnte, wenn man sich selbst verbesserte. Man besiegte den Gegner nicht, indem man ihn schlug, biss oder beschimpfte, sondern allein durch die eigene Balance. Natürlich musste man im Match die Schwachpunkte des Gegners bearbeiten, immer und immer wieder, aber das Wichtigste war die eigene Balance. Weil er die nicht hatte halten können, hatte er sich verletzt. Seine Leidenschaft war zu groß gewesen, was dazu führte, dass er sich nicht an die Regeln gehalten hatte, was er nun zutiefst bedauerte. Keine Liebe ist besser als zu viel Liebe, dachte er nun jedes Mal, wenn Leidenschaft für eine Sache oder eine Person in ihm erwachte.

Der *Noble Club* lag in einem Waldgebiet am Rand der Stadt. Das weitläufige Gelände bot eine Neun-Loch-Golfanlage, fünf Tennisplätze, einen Schießstand und einen Swimming Pool. Sobald Gu das Tor passiert hatte und sich dem zentral gelegenen Verwaltungsgebäude näherte, sah er sich aufmerksam um. Längs des Fahrweges erstreckten sich funkelnagelneue Einrichtungen. Der Rasen war sauber gemäht, die Linien der freien Courts makellos gezogen, die Netze straff gespannt. »Da bekomme ich tatsächlich Lust zu spielen«, murmelte er, während sein Finger im Takt der Musik aufs Lenkrad klopfte.

Yumi Han wartete vor dem Verwaltungsbüro. Sie trug einen weißen Tennisrock und darüber ein weißes Shirt, beides sauber gebügelt, wie frisch aus der Reinigung. Von der Kleidung und ihrer Figur her hätte man sie für Mitte Zwanzig halten können.

»Dongchi, da sind Sie ja endlich!« rief sie und winkte.

»Zu einer Spritze in den Hintern würde ich nicht nein sagen«, scherzte Gu, während er den Wagen abschloss.

»Wo denken Sie hin! Ich bin doch keine Krankenschwester.«

»Da war wohl der Wunsch Vater des Gedankens.«

»Von so etwas träumen Sie? Das wusste ich gar nicht.«

»Davon träume ich, seit ich das erste Mal Tennisröckchen im Wind flattern sah.«

»Im Ernst?«

»Sagen Sie's mir.«

»Hat man Ihnen was in den Tee getan?«

»Wo ist denn der Typ, den Sie mir vorstellen wollten? Sagten Sie nicht, er wäre ein ganz hohes Tier? Dann müsste man ihn doch von hier aus schon sehen können, oder? Hahaha!«

»Ihnen ist wirklich nicht zu helfen … Kommen Sie.«

Sie stiegen in ein Golfmobil und fuhren zu Tenniscourt Nr. 3. Der Elektrowagen glitt so leise und sanft dahin wie ein Stück Eis über eine polierte Fläche. Perfektes Sinnbild für den *Noble Club*, dachte Gu: an der Oberfläche still und unbewegt, unten drunter ein Vulkan. Das Schnurren des Mobils war ihm unangenehm.

Sobald sie in die Nähe des Courts Nr. 3 kamen, war wieder das Zerschneiden von Luft zu hören. Mit einem Mal hatte er den Geruch der Asche in der Nase, spürte den Schweiß und die Sonne, die ihm in die Augen stach. Er rutscht über den Platz, um den Ball zu erwischen. Spürt, wie der Ball auf den Schläger prallt. Auch heute ging er noch manchmal spielen, aber die Leidenschaft von damals war weg. Heute schlug er nur entspannt ein paar Bälle übers Netz.

»Da! Das ist Generaldirektor Chon.«

Yumi hatte an einer Stelle angehalten, von wo der Tennisplatz gut einzusehen war. Auf dem Platz war ein Doppel im Gange. Yumi zeigte auf einen Mann mit kurzen, weißen Haaren, der trotz seines Alters athletisch aussah; er war groß, bestimmt über eins achtzig, hatte breite Schultern und muskulöse Waden. Seine ganze Konzentration galt dem Ball. Bei jedem Schlag entfuhr ihm ein Schnaufen.

Seine Partnerin war Miyong Song, seine Privatsekretärin. Sie spielten gegen ein junges Paar, einen Mann und eine Frau, die ausgesprochen elegant gekleidet waren. Man hätte fast meinen können, sie seien nur zufällig auf dem Platz und nicht bei der Modenschau, an der sie ursprünglich hatten teilnehmen wollen. Sie schienen mehr darum bemüht, eine gute Figur zu machen, als den Ball sauber zu treffen.

»Interessant«, sagte Gu, die Arme vor der Brust verschränkt, und blickte auf den Platz hinunter.

»Inwiefern?« fragte Yumi und beugte sich vor.

»Die eine Seite spielt ein Match und die andere serviert Bälle.«

»Serviert Bälle?«

»Ja. Sehen Sie das nicht?«

»Quatsch! Die können es nicht besser!«

»Kennen Sie die beiden?«

»Sie sind relativ neu. Sollen ein Importgeschäft für französischen Wein betreiben.«

»Sie kennen sie also nicht?«

»Nicht wirklich.«

Yumi begann, das Tennismatch etwas aufmerksamer zu verfolgen. Jetzt sah sie, was Gu gemeint hatte. Die meisten Bälle der jungen Leute landeten tatsächlich genau da, wo Chon sie mühelos erreichen konnte. Allerdings hatte Yumi nicht unbedingt den Eindruck, dass die beiden das absichtlich machten. Da sie selbst auch keine gute Tennisspielerin war, glaubte sie zu verstehen, wie die beiden sich fühlten. Den Willen, dem Gegner den entscheidenden Ball für ihn unerreichbar in eine Ecke zu dreschen und der Frust, wenn genau dieser Ball ihm dann doch wieder vor der Nase landete, kannte sie nur zu gut.

Das Match ging zu Ende. Die Spieler gingen zum Netz und wechselten ein paar Worte. Das junge Paar verbeugte sich mehrfach, Chon klopfte dem jungen Mann lachend auf die Schulter. Yumi und Gu gingen hinunter.

»Ich habe schon viel von Ihnen gehört«, sagte Chon und streckte die Hand aus. »Sie sind Privatdetektiv, nicht wahr?«

Gu versuchte immer, sich beim Händeschütteln ein Bild von seinem Gegenüber zu machen. Er glaubte, von der Feuchtigkeit oder Rauheit der Hand, von eventuellen Schwielen und der Stärke des Händedrucks Rückschlüsse auf das Leben und den Charakter der jeweiligen Person ziehen zu können. Bei Chon ging das allerdings nicht. Der verabreichte ihm mit schweißnasser Hand einen so kraftvollen, sportlichen Händedruck, dass Gu Mühe hatte gegenzuhalten.

»Detektiv, was heißt das schon. Ab und zu löse ich den ein oder anderen kleinen Fall, aber die meiste Zeit lasse ich den lieben Gott einen guten Mann sein.«

»Sie haben früher Tennis gespielt, habe ich gehört.«

»Naja, eher versucht, die Bälle übers Netz zu bringen.«

»Sehr bescheiden. Das hat Frau Han gar nicht erwähnt.«

»Ich bin auch nicht bescheiden. Nur gerade nicht in Stimmung.«

»Wieso? Ist etwas passiert?«

»Nein nein. Ich habe nur das ungute Gefühl, dass etwas passieren könnte. Vielleicht sollte ich mich ab heute ein bisschen mehr in Bescheidenheit üben.«

»Nun, ich hoffe, Sie können das Schlimmste abwenden. Lassen Sie uns bei Gelegenheit doch mal ein Spiel machen!«

»Mit Vergnügen. So leicht wie die zwei eben werde ich es Ihnen aber nicht machen, das kann ich Ihnen versprechen!«

»Umso besser. Ich bin gespannt!«

»Ihnen werden die Hände und die Füße brennen!«

»Wunderbar. Dann bis demnächst. Heute habe ich leider noch etwas vor. Bitte entschuldigen Sie mich.«

»Auf Wiedersehen.«

Chon ging. Sein verschwitztes Shirt klebte ihm am Rücken. Man sah, wie trainiert er war.

»Der Herr Generaldirektor scheint Sie ja gut leiden zu können«, meinte Yumi und versetzte Gu einen leichten Rippenstoß.

»Und deshalb hatte er es so eilig, oder wie?« erwiderte Gu achselzuckend.

»Doch, doch, er mag Sie. Sonst hätte er Ihnen kein Match vorgeschlagen.«

»Ich fühle mich geehrt! Soll ich ihm dann auch die Bälle *servieren*?«

»Er ist nicht so, glauben Sie mir. Er hat nur wirklich viel zu tun.«

»So viel, dass er Tennis spielt?«

»Und zwar jeden Tag. Ausnahmslos.«

»Naja, wenn man sich einmal an dieses Hochgefühl gewöhnt hat …«

»Jetzt ist aber gut, Dongchi. Lassen Sie uns lieber heute abend essen gehen. Ich bin unerwartet zu ein bisschen Geld gekommen.«

»Heute kann ich leider nicht.«

»Haben Sie so viel zu tun? Na gut, wann hätten Sie denn Zeit?«

»Übermorgen vielleicht?«

»Meine Güte. Sie haben ja mehr um die Ohren als der Herr Generaldirektor.«

»Im Gegensatz zu mir muss sich der Herr Generaldirektor auch nicht die Hacken ablaufen, um Geld ranzuschaffen.«

»Jetzt haben Sie ihn wenigstens einmal kennengelernt. Und die Gelegenheit, diese Bekanntschaft zu vertiefen, ergibt sich bestimmt.«

»Sicher. Man sieht sich im Leben immer mindestens zweimal.«

»Und wer weiß, vielleicht kann er Ihnen sogar nützen.«

»Zweifelsohne. Wenn man lang genug lebt, können einem die meisten Menschen irgendwann nützen.«

»Sie haben einen ausgeprägten Sinn für Sarkasmus.«

»War das seine Privatsekretärin? Seine Partnerin eben.«

»Miyong? Wieso fragen Sie?«

»Sie kommt mir bekannt vor.«

»Das sagen Männer immer, wenn eine Frau sie interessiert.«

Ohne auf Yumis Bemerkung einzugehen, stieg Gu in das Golfmobil. Auf der Rückfahrt zur Verwaltung sah er sich noch einmal zum Tennisplatz um. Drei Clubangestellte waren eifrig damit beschäftigt, den Platz zu walzen und die Linien nachzuziehen. Dieser Eifer war geradezu krankhaft. Wenn es schneite, rückte das Personal wahrscheinlich sofort aus, um die Flocken einzufangen. Und wenn es sich zuzog, um die Regenwolken wegzublasen. Eine Vorstellung, die Gu im Grunde verabscheute, auch wenn er sich bisweilen wünschte, in genau so einer Welt zu leben. Einer Welt, in der alles geordnet und perfekt unter Kontrolle war, wo alles und jedes sich genau dort befand, wo es zu sein hatte, und es nur Menschen gab, die man unbedingt brauchte. Er wusste, dass es eine solche Welt nicht geben konnte. In einer perfekten Welt gäbe es für ihn auch nichts mehr zu tun. Weit oben am blauen Himmel, hoch über den grünen Tennisplätzen, schwebten nun sanft und friedlich dicke weiße Schäfchenwolken, ganz so, als hätte es der *Noble Club* eigens arrangiert.

6

Seit zwanzig Minuten starrte Inchon Kim schon auf das Leder des Sofas und versuchte, eins mit ihm zu werden. Sein Körper existierte nicht mehr; alles, was da war, waren seine Gedanken und das Leder. Er stellte sich vor, welche Hintern auf diesem Sofa Platz genommen hatten. In einer Sendung über Meditation, die er ein paar Monate zuvor im Fernsehen gesehen hatte, hatte es geheißen, dass aller Schmerz und alle weltliche Begierde verschwänden, wenn man sein Ego überwinde. Dafür musste man sein Ego allerdings erst einmal finden, und das war Kim bislang trotz aller Bemühungen noch nicht gelungen.

Eine der Meditationstechniken, die in der Sendung vorgestellt worden waren, bestand darin, sich in die Betrachtung eines Gegenstands zu versenken und so mit ihm zu verschmelzen. Kim hatte das Gefühl, dass diese Art der Meditation gut zu seinem Beruf als Inspektor passte und er sie möglicherweise bereits praktizierte. Ein Gedanke aber ließ sich während der zwanzig Minuten, die er sich in das Sofa versenkt hatte, partout nicht verdrängen: die Frage, wie viel dieses Sofa wohl gekostet haben mochte. Bestimmt Millionen.

»Sagen Sie«, sagte er nonchalant. »Was kostet so ein Sofa?«

Inchon Kim war nicht besonders groß und hatte ein kleines Gesicht, in dem allerdings eine auffällig große Nase prangte, deretwegen er in seiner Kindheit oft gehänselt worden war. Seit seiner Ernennung zum Inspektor hatte er sich zudem angewöhnt, nach jeder Frage die Nasenflügel zu blähen. Manche der Befragten fühlten sich dadurch eingeschüchtert, so dass Kim auch nicht die Absicht hatte, diese Gewohnheit wieder abzulegen.

»Bitte?« fragte Miyong Song, die Privatsekretärin von Generaldirektor Chon, erstaunt zurück. Sie saß an ihrem Schreibtisch und ordnete Akten.

»Das Sofa. Das war doch sicher teuer?«

»Ich nehme es an.«

»Sie kaufen die Sofas also nicht?«

»Nein. Um solche Dinge kümmern sich andere Leute.«

»Die Zuständigkeitsbereiche sind also sauber getrennt. So wie sich das für eine anständige Firma gehört.«

»Ja.«

»Wissen Sie, was das Beschissenste, Verzeihung, das Unangenehmste an meinem Beruf ist? Dass man bei jedem Fall wieder von vorne anfangen muss. Material sichten, Tatverdächtige festnehmen, Berichte schreiben, das ganze Scheißprogramm. Verzeihung. Die Schimpfwörter sitzen bei mir ein bisschen locker … Jedenfalls muss man sich um alles Mögliche kümmern.«

»Das ist bestimmt nicht leicht.«

»Was machen *Sie* denn so, wenn ich fragen darf?«

»Bitte?«

»Na, worin besteht Ihre Arbeit? Was machen Sie so?«

»Wollen Sie mich verhören?«

»Um Gottes willen, nein. Ich bin Polizist. Neugier ist eine Berufskrankheit.«

»Ich bin die Sekretärin des Herrn Generaldirektors, seine Privatsekretärin.«

»Privatsekretärin? Dann machen Sie ja im Grunde nichts anderes als ich.«

»Wie bitte?«

»Sich um alles Mögliche kümmern, meine ich. Also um alles, was den Herrn Generaldirektor betrifft, versteht sich.«

»Wenn Sie das so sehen, ja, dann sind unsere Aufgaben wohl ähnlich.«

Da die Sekretärin nicht besonders gesprächig war, verfiel Kim erneut in Schweigen. Anstelle des Ledersofas musterte er nun sie. Schlank, blaue Bluse, weißes Halstuch, zweimal um den Hals geschlungen. Die Haare hinten zusammengebunden. Dünne Finger und auffallend volle Lippen. Einer der Mundwinkel leicht gehoben, ein minimal abweichender geometrischer Winkel, der sie gereizt aussehen ließ. Wenn sie ihn ansah, lächelte sie, doch sobald sie sich ihrer Arbeit zuwandte, wurde ihr Gesicht wieder ausdruckslos. Wie auf Knopfdruck. Ihre vollen Lippen verliehen ihr im Zusammenspiel mit der leicht vorspringenden Stirn etwas Niedliches. Außerdem trug sie ein Paar ungewöhnliche Ohrringe.

»Sagen Sie, was baumelt denn da an Ihren Ohren?«

»Ohrringe.«

»Das sehe ich. Aber sie sind so … besonders.«

Miyong Song betastete einen ihrer Ohrringe. Sie wusste nicht mehr, welche sie nach dem Tennis angelegt hatte.

»Das sind Tennisbälle.«

»Tatsächlich? Das hatte ich mir fast gedacht, so grün, wie die sind.«

»Sind sie nicht gelb?«

»Nun ja, vielleicht gelbgrün. Also eine Mischung aus Gelb und Grün, mit einem Stich mehr Grün. Sie würden womöglich sagen, grüngelb. Aber das wäre ja dann dasselbe, also, grüngelb oder gelbgrün.«

»Da haben Sie wohl recht.«

»Sie mögen Tennis?«

»Ja.«

Mehr sagte sie nicht. Da auch Kim weiter nichts einfiel, wandte er sich wieder dem Sofa zu. Das Telefon klingelte. Dann kam Generaldirektor Chon, vierzig Minuten nachdem Kim sich im Vorzimmer niedergelassen hatte. Seine Sekretärin folgte ihm in sein Büro, wobei sie ihm leise Verschiedenes mitteilte. Ihre Stimme war so gedämpft, dass Kim nicht hören konnte, was sie sagte. Nach einer Weile kam sie wieder heraus.

»Der Herr Generaldirektor lässt bitten«, sagte sie und nickte Kim zu.

»Verbindlichsten Dank«, ahmte Kim ihren Tonfall nach.

Chons Büro war von schier überwältigender Größe. Es hatte fast die Ausmaße eines Tennisplatzes. Bis auf einen riesigen Fernseher am Fenster, den Sessel und Schreibtisch des Generaldirektors sowie einen Besuchersessel war es leer. An einer Wand hingen Poster von Künstlern, die bei *Noble Entertainment* unter Vertrag standen, eine andere zierte ein aufgemaltes Tennisnetz. Und zwar in der Größe, die ein Tennisnetz tatsächlich hat. Kim setzte sich in den Besuchersessel vor dem Schreibtisch.

»Sie sind von der Polizei?«

»Ja, danke, dass Sie sich Zeit für mich nehmen. Ich würde Ihnen gerne ein paar Fragen zu Herrn Donghun Bae stellen.«

»Bitte. Ich werde Ihnen helfen, so gut es geht. Leider habe ich nicht viel Zeit. Ich wäre Ihnen deshalb dankbar, wenn wir es kurz machen könnten. Darf ich Ihnen eine Tasse Tee anbieten?«

»Nein, danke. Wenn die Zeit knapp ist, fange ich lieber gleich an. In welchem Verhältnis standen Sie zu Herrn Bae?«

»Verhältnis kann man das eigentlich nicht nennen. Herr Bae war einer unserer Auftragnehmer. Ich glaube, wir haben ein paar Musikclips bei ihm in Auftrag gegeben. Aber wenn Sie es genauer wissen wollen, sehe ich gerne nach.«

Chon drückte eine Taste seines Telefons und forderte knapp und in gleichgültigem Ton eine Liste der Geschäfte mit Donghun Bae an.

»Laut Anrufliste haben Sie wenige Stunden vor seinem Tod noch mit ihm telefoniert«, sagte Kim.

»Er sollte einen neuen Auftrag bekommen«, antwortete Chon.

»Die vergeben Sie persönlich?«

»Wenn es wichtig ist, kommt das schon mal vor, ja.«

»Was war das für ein Auftrag?«

»Das ist vertraulich. Muss ich Ihnen das sagen?«

»Wenn Sie sich selbst damit belasteten, nicht, nein.«

»Mich belasten? Was meinen Sie damit? Stehe ich unter Verdacht?«

»Sie müssen es nicht sagen, wollte ich nur sagen.«

»Sie sprachen von *belasten*. Stehe ich unter Verdacht?«

»Ja.«

»Sie verdächtigen mich, Herrn Bae umgebracht zu haben?«

»Kein Grund, gleich so empfindlich zu reagieren. Im Grunde sind wir doch alle irgendwie verdächtig. Sie, Ihre Sekretärin, ich. Die Frage ist immer nur, wessen wir verdächtigt werden. Niemand ist unschuldig. Jeder von uns hat seine kleine Plastiktüte, von der niemand weiß, was drin ist. Nur man selbst.«

»Wollen Sie mich belehren?«

»Nichts läge mir ferner. Ich wollte damit nur sagen: Wenn jemand nicht sofort die Karten auf den Tisch legt, denken wir in unserem Beruf sofort, dass da was faul ist. Ein klitzekleiner Blick in Ihre Plastiktüte würde ja genügen. Aber wenn Sie uns den verwehren, stellen wir uns immer gleich die dollsten Dinge vor. Was könnte da drin sein? Ein Messer? Eine Pistole? Geld? Und so weiter und so fort. Bis wir vor lauter Neugier die Tüte zerreißen.«

»Herr Bae sollte den Musikclip für eine neue Girl Group produzieren.«

»Aha, Sie wollen eine neue Girl Group auf den Markt bringen. Wie soll sie denn heißen?«

»Wir haben ein paar Ideen, aber noch steht nichts fest.«

»Wie spannend! Aber das ist sicher streng geheim?«

»Ich danke Ihnen für Ihr Verständnis.«

»War Herr Bae, als Sie mit ihm sprachen, irgendwie anders als sonst? War er vielleicht niedergeschlagen oder redete seltsames Zeug?«

»Nein, er war wie immer.«

»Das heißt?«

»Nun, *so* gut kannte ich ihn nicht, aber bei der Arbeit machte er immer einen sehr einfühlsamen Eindruck. Außerdem hatte er ein hervorragendes Gefühl für Rhythmus, und darauf kommt es bei der Produktion dieser Videos an.«

»Deswegen haben Sie mit ihm zusammengearbeitet.«

»So ist es.«

Kim sah sich um. Nichts, was auf einen ungewöhnlichen Geschmack hindeutete. Das einzig Besondere war das Tennisnetz an der Wand. Kim stand auf, ging hin und berührte das Bild. Die Farbe hob sich zu einem leichten Relief, wie bei einem Ölgemälde. In der Ecke lehnte ein Tennisschläger an der Wand.

»Ist das Ihre Trainingswand?« fragte er und sah wieder zu Chon.

»Ab und zu schlage ich hier ein paar Bälle, ja«, antwortete der.

»Darf ich mal? Ich habe früher auch ein bisschen Sport gemacht …«

»Haben Sie schon einmal Tennis gespielt?«

»Nein, nur Badminton.«

»Versuchen Sie es.«

Kim nahm den Tennisschläger und stellte sich vor die Wand. Er fühlte sich wie auf einem richtigen Tennisplatz. Er ließ den Ball auf den Boden tippen, holte aus und schlug. Der Ball flog durch den Raum, prallte an die Wand und schnellte zurück. Den Griff des Schlägers fest umklammert, fixierte Kim die heranfliegende Filzkugel.

7

Weder in Baes Notizheft noch in seinem Tagebuch fanden sich Hinweise zum Verbleib des Tablets. Gu hatte gehofft, aus den Aufzeichnungen eine Andeutung, einen Code oder irgendein Indiz lesen zu können, aber Fehlanzeige. Die Einträge waren viel zu simpel, um irgendwelche Spekulationen zuzulassen. Bae hatte nur notiert, wann er wen getroffen und welche Arbeiten er erledigt hatte. Auch die Aufzeichnungen im Notizheft betrafen nur Baes Arbeit.

Auf dem USB-Stick waren ausschließlich Pornoclips von jeweils zehn Minuten Länge. Es waren ungefähr hundert. Die hatte Bae sich vermutlich angesehen, wenn ihm langweilig war. Kein Wunder, dass er den Stick so gut versteckt hatte. Hätte ihn jemand gefunden, wäre sein Ruf ruiniert gewesen. Und den eigenen Ruf wollte natürlich niemand riskieren. Auch nach seinem Tod nicht. Deswegen beauftragte man einen Deleter.

Seinen Job als Deleter verdankte Gu einem Schriftsteller. Vor zwei Jahren war ein Mann um die Sechzig in sein Büro gekommen und hatte ihn mit einer heiklen Aufgabe betraut. Gu sollte Briefe, die der Mann einst an bestimmte Personen verschickt hatte, auffinden und vernichten. Da dies zwangsläufig Einbruch und Diebstahl erforderte, hatte Gu zunächst abgelehnt, aber seine Lage war so desolat gewesen, dass er es sich nicht leisten konnte, Aufträge nur deshalb abzulehnen, weil sie schwer auszuführen waren. Nachdem er die Polizei verlassen und sich als Detektiv selbständig gemacht hatte, war er nicht gerade mit Aufträgen überhäuft worden. Und wenn er mal einen bekam, ging es stets um triviale Dinge: einen Vermissten zu finden, unterschlagenes Geld zurückzuholen oder jemanden auszuspionieren. Doch selbst diese Aufträge waren rar. Deshalb verlegte er sich auf das Löschen von Daten oder Spuren im Netz, womit er sich rechtlich gesehen zwar in einer Grauzone bewegte, aber er hatte keine Wahl. Und solange es sich nicht um Mord handelte, nahm er jeden Auftrag an.

Gu erinnerte sich noch genau an den Blick des Mannes. Und an das, was er gesagt hatte.

»Wenn diese Briefe an die Öffentlichkeit gelangen, sterbe ich gleich zwei Tode.«

»Warum? Was steht denn drin?«

»Die einen enthalten kurze Erzählungen und Essays aus meiner Jugend. Die anderen sind voller kindischer Liebesbezeugungen.«

»Und die sollen alle vernichtet werden?«

»Ja. Ich wäre Ihnen sehr verbunden, wenn Sie sie ausfindig machten und vernichteten.«

»Warum wollen Sie, dass sie vernichtet werden?«

»Weil sie peinlich sind.«

»So peinlich, dass ich einen Einbruch riskieren soll?«

»Wenn Ihnen das zu riskant ist, frage ich jemand anders.«

»Es ist mir nicht zu riskant. Ich muss nur wissen, wie ernst Ihnen die Sache ist. Warum sprechen Sie nicht mit den Empfängern der Briefe? Und erklären, warum Sie die Briefe zurückhaben wollen. Wäre das nicht die einfachste Lösung?«

»Nein, ausgeschlossen.«

»Was ist ausgeschlossen? Dass Sie fragen? Oder dass man Ihnen die Briefe zurückgibt?«

»Sowohl als auch. Der eine wartet vermutlich nur darauf, dass ich sterbe. Damit er meine Briefe *zum Wohle nachfolgender Schriftstellergenerationen oder Akademiker, die sich mit meinem Werk befassen,* wie er sagen würde, endlich veröffentlichen kann. Aber die Texte sind Müll. Ich weiß es, und er weiß es auch. Aus diesem Grund will er sie ja herausbringen.«

»Und der oder die andere?«

»Ist wahrscheinlich nicht unbedingt darauf aus, die Briefe zu veröffentlichen. Aber es wird vermutlich nicht lange dauern, bis die ersten Hyänen bei ihr auftauchen und auf die Briefe stoßen. Es ist ja allgemein bekannt, dass wir früher ein Paar waren.«

»Ihr Auftrag ist schwierig.«

»Zu schwierig?«

»Das nicht. Dinge aufzuspüren ist mein Beruf ...«

»Worin besteht dann die Schwierigkeit?«

»Ich befürchte, dass bei Briefen das Besitzrecht nicht eindeutig geklärt ist. Es könnte sein, dass in dem Moment, in dem Sie einen Brief verschicken, dieser Brief gemeinsames Besitzgut wird. Dann wird es schwierig. Sie wollen den Brief gerne vernichtet wissen, wohingegen der, der ihn bekommen hat, ihn vielleicht aufbewahren möchte.«

»Es sind meine Briefe. Ich habe sie geschrieben.«

»Das stimmt. Aber Sie haben sie verschickt. Sie haben sie in Umschläge gesteckt, frankiert und eingeworfen. Und zwar freiwillig, niemand hat Sie dazu gezwungen.«

»Machen Sie's doch nicht so kompliziert.«

»Ich mache es nicht kompliziert. Ich kläre die Rechtslage.«

»Und wenn schon. Machen Sie es oder machen Sie es nicht?«

»Ich brauche Bedenkzeit.«

»Lassen Sie mich noch eines sagen. Zum Löschen gehört weniger, als man gemeinhin denkt. Ich lösche jeden Tag Dutzende, ja Hunderte von Sätzen. Ich schreibe etwas und lösche es wieder, schreibe etwas Neues und lösche auch das. Nur wer löscht, kann Neues schreiben. Wer etwas Neues schreiben will, muss ständig löschen. Nur das, was ganz am Ende, wenn man wieder und wieder gelöscht hat, übrigbleibt, ist es wert, bewahrt zu werden. Manche Leute sagen, den Schülern und Wissenschaftlern späterer Zeiten zuliebe sollte man nichts löschen, sondern alles aufbewahren. Ich sehe das anders. Für das Schreiben eines Romans gibt es nicht den einen Weg, den Weg aller Wege. Jeder sucht sich seinen eigenen. Das, was ich gelöscht habe, ist *mein* Weg, das Gestrüpp, durch das ich mich schlagen musste. Was wollte man daraus schon lernen? Nichts. Seit ich publiziere, führe ich Tagebuch. Ich dokumentiere meinen Weg. Jeden Tag. Das musst du irgendwann veröffentlichen, sagen meine Bekannten, aber nein, ganz im Gegenteil. Wer sich einen Weg durchs Gestrüpp bahnt, schlägt zwangsläufig Zweige und Äste ab. Mein Tagebuch dient mir als Machete. Und das, was ich wegschlage, muss verbrannt werden. Deshalb werfe ich meine Aufzeichnungen einmal im Jahr ins Feuer. Wenn ich das nicht tue, wenn ich sie nicht vernichte, komme ich nicht weiter. Sie denken vielleicht, dass ich die Briefe beseitigen will, weil ich das Urteil der Nachwelt fürchte. Das spielt in der Tat eine Rolle. Viel wichtiger ist jedoch, dass meine Romane für sich sprechen sollen, nicht das Gestrüpp. Man soll das Ergebnis sehen und es als solches genießen. Verstehen Sie, was ich meine?«

»Ja.«

»Das heißt, Sie machen es?«

»Ja.«

Gu war nicht mit allem einverstanden, was der Schriftsteller gesagt hatte, aber seine Worte hatten etwas in ihm gerührt. Was weg muss, muss weg, sagte er sich, und was den Blick trübt, muss nicht unbedingt bewahrt werden.

Innerhalb von zwei Monaten hatte er den Auftrag erledigt. Die Briefe aus der Wohnung der Frau zu entwenden, hatte ihm keinerlei Schwierigkeiten bereitet. Niemand studiert Tag für Tag die Liebesbriefe seiner Jugend, und kaum jemand wundert sich, wenn solche Briefe nicht mehr auffindbar sind. Selbst wer sie sorgsam hütet, wundert sich nicht, wenn er sie irgendwann nicht mehr wiederfindet. Erinnerungen sind wie Schuppen. Mit der Zeit bröseln sie weg, und je älter man wird, desto leichter findet man sich damit ab. Irgendwann macht man sich einfach nicht mehr die Mühe, die Krümel wieder einzusammeln und neu zusammenzusetzen.

An die anderen Briefe zu gelangen, hatte etwas länger gedauert.

Nachdem Gu in das Büro des Mannes eingedrungen war und die Briefe ausfindig gemacht hatte, hatte er Dummys davon angefertigt. Dankenswerterweise hatte der Mann die Briefe aus den Umschlägen genommen und chronologisch in eine Mappe sortiert, so dass es Gu einfacher erschien, den ganzen Ordner auszutauschen. Er kopierte einen der Briefbögen und vervielfältigte ihn mit immer neu umgestellten Textbausteinen. Mit ein paar Dutzend Bögen war der Ordner wieder gefüllt.

Allerdings täuschte Gu damals nicht nur den Mann, bei dem sich die Briefe befanden, sondern auch den Schriftsteller. Der wollte die Briefe nämlich stante pede verbrennen, als Gu sie ihm zeigte, ohne auch nur einen Blick auf das zu werfen, was er einst geschrieben hatte. Aber Gu hatte vorgesorgt und im letzten Moment auch diesen Ordner ausgetauscht. Die ersten drei Seiten waren Originale, den Rest hatte er durch Kopien ersetzt. Warum er das getan hatte, konnte er sich selbst heute nicht recht erklären. Irgendwie hatte er einfach das Gefühl gehabt, die Vernichtung der Briefe noch aufschieben zu müssen. Vielleicht war es die Tatsache gewesen, dass die Briefe handgeschrieben waren. Handschriften leben. Sie sprechen. Der Schriftsteller verbrannte den Ordner an Ort und Stelle. In diesem Augenblick entschied sich Gus Schicksal. Wäre der Schriftsteller im letzten Moment noch auf die Idee gekommen, den Ordner durchzusehen, hätte er festgestellt, dass er größtenteils Kopien enthielt. Damit wäre Gus Laufbahn als Deleter zu Ende gewesen, bevor sie überhaupt angefangen hatte. Noch heute überlief es ihn kalt, wenn er an diesen Moment zurückdachte. Was ihn damals zu diesem Vabanquespiel bewogen hatte, konnte er immer noch nicht sagen.

Ein Jahr später starb der Schriftsteller an Krebs. Gu erfuhr davon aus der Zeitung. Fraglos hatte auch der Mann, der sich im Besitz der Briefe des Schriftstellers wähnte, nach dessen Tod bemerkt, dass er bestohlen worden war. Der Gedanke an das Gesicht, das der Mann gemacht haben musste, als er in freudiger Erwartung, die Briefe nun veröffentlichen zu können, den Ordner öffnete, entlockte Gu ein Lächeln.

Von da an hatte Gu systematisch solche Aufträge übernommen. Er ließ Handys verschwinden, zerstörte Computer und machte Tagebücher zu Konfetti. Nachdem er erfahren hatte, dass man das als Deleting bezeichnete und dass es – wenn auch nur wenige – Leute gab, die dem beruflich nachgingen, fühlte er sich bei dem Gedanken, Dinge von dieser Welt verschwinden zu lassen, weniger schuldig. Und es gab vieles, was die Leute gerne verschwinden lassen wollten. Auch die Gründe waren vielfältig. Manche wollten ihren Ruf wahren, andere verhindern, dass bestimmte Geheimnisse ans Licht kamen, und wieder andere wollten jemanden schützen.

Gus Devise war: Was nicht vernichtet werden muss, heb auf. Den Anfang seiner Sammlung hatten die Briefe des Schriftstellers gemacht. Später war eine ganze Reihe von Tagebüchern, Dokumenten und Gegenständen, die er angeblich vernichtet hatte, hinzugekommen. Da sie in der Welt seiner Auftraggeber nicht mehr vorhanden waren, waren sie in gewisser Weise tatsächlich gelöscht. In einer anderen Welt aber existierten sie weiter. Die Welt, in der man lebt, ist kein großes Ganzes, sie ist zweigeteilt. In die Welt, in der man lebt, und die Welt, die man nicht kennt. In dem Maße, wie man durch Erfahrungen die eigene Lebenswelt vergrößert, schrumpft die unbekannte, die fremde Welt. Verschwinden wird sie allerdings nie. Deshalb zog Gu es vor, manche Dinge nicht verschwinden zu lassen, sondern sie nur zu verschieben, von der einen in die andere Welt. Eine Löschung, die in beiden Welten Gültigkeit hatte, nannte er »Full Deleting«, die Verschiebung eines Gegenstands »Half Deleting«. Für den Klienten war diese Unterscheidung natürlich ohne Belang.

Der Schriftsteller hatte Gu damals eine gewaltige Summe aufs Konto überwiesen. Gu hatte die Zahlen auf seinem Kontoauszug eine ganze Weile betrachtet. Es war ein unvorstellbarer Betrag. Von diesem Geld hatte er sein jetziges Büro angemietet und den

Wand-Aktenschrank installieren lassen. Der Schrank hatte für Gu auch symbolische Bedeutung. Darin befanden sich die Dinge, die er aus einer anderen Welt gestohlen hatte und die niemals an die Öffentlichkeit gelangen durften. Mit anderen Worten, eine Art Büchse der Pandora. Und so hatte Gu selbst auch eine Deleting-Versicherung abgeschlossen, mit einem anderen Detektiv, der für die Vernichtung seines Aktenschrankes sorgen würde, falls Gu etwas zustieße.

Niemand außer ihm bewahrte Deleting-Objekte auf. Eine solche Aufbewahrung war zu nichts gut. Flöge sie auf, wäre man arbeitslos. Dieses Risiko ging niemand ein, schon gar nicht, um ein bisschen in den Tagebüchern anderer Leute zu lesen. Dass Gu damit angefangen hatte, hing vor allem mit dem Schriftsteller zusammen. In den Briefen, die dieser ihm damals anvertraut hatte, las er bisweilen heute noch. Er fand sie allesamt herausragend, auch wenn er nichts von Literatur verstand. Warum er sie hatte vernichten sollen, war ihm ein Rätsel. Die schwungvoll geschriebenen Buchstaben verbanden sich zu wundervollen Geschichten. Und so war Gu zu der Auffassung gelangt, dass nicht alles, was jemand vernichtet wissen wollte, auch tatsächlich vernichtet werden musste.

Er legte Baes USB-Stick in den Aktenschrank und machte sich ans Tagebuch. Zwei Tage vor seinem Tod war Bae im Tonstudio ANE und im Wide Vision Building in Yongsan gewesen, wo sich zahlreiche Fachgeschäfte für Videotechnik befanden. Dort, beschloss Gu, würde er mit seinen Nachforschungen beginnen.

8

Der Ort, an dem der Geruch des Crocodile Buildings seine eigentümlichste Form annahm, war das Restaurant »Aroma Sicilia« im Souterrain. Dort verband er sich mit dem muffigen Geruch des Kellers und den Düften aus der Küche zu einem olfaktorischen Gemisch, das es sonst nirgendwo gab. Chan'il Park behauptete zwar, dass genau das das *aroma siciliana*, der »Geruch Italiens« sei, aber das wollte ihm niemand so recht glauben. Bevor er mit der Arbeit begann, sorgte Park mit allerlei Kräutern und Geruchskillern eine halbe Stunde lang für annehmbare Luft. Der Gestank, der geherrscht hätte, wenn er sich diese Mühe gespart hätte, ließ sich nur erahnen.

Park führte das Restaurant allein. Bei nur vier Tischen bestand keine Notwendigkeit, Personal einzustellen. Auch ohne Hilfe konnte er die Zutaten vorbereiten, kochen und die Gäste bedienen. Wenn er den ganzen Monat fleißig kochte, reichte es am Monatsende gerade so für die Miete und seinen Lebensunterhalt. Park war nicht unzufrieden mit seinem Leben. Manchmal fühlte er sich zwar ein wenig einsam und hätte vielleicht auch gerne mit jemandem zusammengelebt, aber seine Freiheit aufzugeben, daran dachte er nicht.

Einen Menschen hatte er jedoch im Stillen in sein Herz geschlossen. Yunjong Oh, die im dritten Stock des Crocodile Buildings wohnte und Drehbuchassistentin für Fernsehserien war. Schon bei ihrem Einzug hatte er sich in sie verliebt. Er hatte sich die ganze Zeit im Erdgeschoss herumgedrückt, beobachtet, was sie tat und ihr sogar den ein oder anderen Karton hinaufgetragen. Manchmal kam sie zum Essen ins Restaurant. Dann unterlief Park so manches Missgeschick: Mal ließ er Geschirr fallen, mal tat er Zucker statt Salz ins Essen, mal schnitt er sich in den Finger. Um seine Gefühle zu verbergen, gab er sich ihr gegenüber besonders ruppig und betonte, dass es sich bei seinem Essen um *tough stuff* handele. Yunjong nahm das nicht sonderlich ernst.

Als Bin'il ins Restaurant kam, um zu Abend zu essen, saß Park an Tisch Nr. 1, las Zeitung und rauchte. Es war fünf Uhr nachmittags, Zeit, mit den Vorbereitungen fürs Abendgeschäft zu beginnen.

»Willst du mir nichts zu essen anbieten?« fragte Bin'il und ließ sich Park gegenüber nieder.

»Bedien dich selbst!« entgegnete Park und drückte seine Zigarette aus.

»Hast du mir nicht gestern eine Mahlzeit versprochen? Eine Mahlzeit, die perfekter wäre als perfekt?«

»Das war ein Scherz, Kleiner.«

»Heut ist echt auf niemanden mehr Verlass.«

»Du bist hier, weil ich dich herbestellt hab? Hast du nichts zu tun?«

»Ich habe sehr wohl zu tun, ne ganze Menge sogar! Aber jetzt hätte ich erst mal gerne die perfekte Mahlzeit.«

»Was hast du denn schon zu tun?«

»Im Moment total viel, glaub's mir!«

»Für Gu?«

»Ja, ich krieg zwar praktisch nichts dafür, ne Menge Arbeit ist es trotzdem. Immerhin muss ich von jemandem sämtliche Daten löschen.«

»Und was zahlt er dir dafür?«

»Wir machen halbe-halbe.«

»Da kassierst du ja ganz schön ab.«

»Ich muss ja auch das meiste tun. Aber ich will mich nicht beschweren. Hab ja auch meinen Spaß dabei.«

»Bei halbe-halbe kannst du dich wohl auch kaum beschweren.«

»Was denn! Glaubst du, dass sich sämtliche Spuren, die jemand im Netz hinterlässt, per Knopfdruck beseitigen lassen?«

»Klar. Klick und fertig, etwa nicht?«

»Jungejunge. Dein Leben möcht ich haben. Keine Ahnung von nix.«

»Hast du'n Problem?

»Bring mir was zu essen.«

»Was darf's denn sein? Ein Teller Flüche? Haha.«

Park stand auf und verschwand in der Küche. Kurz darauf hörte man das Klappern von Töpfen und Geschirr. Bin'il mochte dieses Geräusch fast noch lieber als das Essen. Es bedeutete nämlich, dass etwas vorbereitet wurde, und das war etwas, das er aus seiner Kindheit nicht kannte.

»Warst du eigentlich schon mal in Sizilien?« rief er und legte die Zeitung beiseite.

»Was?« schrie Park aus der Küche zurück.

»Ob du schon mal in Sizilien warst!« rief Bin'il noch lauter.

»Seh ich so aus, oder was?« brüllte Park.

»Warum heißt dein Restaurant dann *Aroma Sicilia*?«

»Klingt doch super!«

Kaum hatte er das gesagt, ging die Tür auf. Es war Yunjong Oh. Zögernd blieb sie im Rahmen stehen.

»Yunjong, hallo.«

»Hallo, Bin'il. Gibt's schon was zu essen?«

»Ich glaub schon. Wart mal.«

Bin'il verschwand in der Küche und kam kurz darauf mit Park zurück. Der wischte sich umständlich die feuchten Hände am Hintern ab und stammelte eine Begrüßung.

»Ich habe den ganzen Tag noch nichts gegessen. Kann ich vielleicht einen Teller Pasta bekommen? Oder bin ich zu früh? Ich muss nämlich gleich wieder zur Arbeit.«

»Sie können mitessen. Bin'il, dieser Halunke, hat mich schon breitgeschlagen.«

»Nein nein, ich bestelle und bezahle natürlich.«

»Wofür halten Sie mich? Für einen Geizkragen? Das Essen ist gleich fertig. Ich muss nur noch die Nudeln ins Wasser geben. Sie wissen doch: *tough stuff*! Dauert nur noch einen kleinen Moment!«

Auf dem Weg zurück in die Küche blieb Park an der Türschwelle hängen und wäre beinahe gestürzt, konnte sich aber gerade noch fangen. Aus der Küche klapperte es lauter als zuvor.

Yunjong setzte sich zu Bin'il auf den Platz, auf dem Park vorher gesessen hatte. Ihre leicht hervortretenden Augen machten ihr rundes Gesicht noch runder, was sie wesentlich jünger erscheinen ließ, als sie in Wirklichkeit war. Sie war de facto nur zwei Jahre jünger als Park, sah aber zehn Jahre jünger aus.

»Schreibst du an einer neuen Serie?«

»Ja, für sonntagmorgens.«

»Und worum geht's?«

»Nichts Besonderes. Eine Liebesgeschichte halt.«

»Interessant?«

»Naja, so unausstehlich, wie die Tussi von Drehbuchautorin ist, wird's bestimmt ein Quotenhit.«

»Was hat die Quote denn mit der Persönlichkeit der Drehbuchautorin zu tun?«

»Ist halt so. Die schrecklichsten Typen machen irgendwie die besten Sendungen. Sag mal, was anderes. Du kennst doch den Typ aus dem dritten Stock, oder?«

»Dongchi? Klar. Ich arbeite ja mit ihm zusammen.«

»Du arbeitest mit ihm?«

»Er war ursprünglich bei der Polizei, aber da hat er aufgehört, und jetzt ist er Privatdetektiv. Sehr viel zu tun hat er aber nicht, und deshalb macht er nebenbei noch dies und das.«

»Detektiv? Echt?«

»Staatlich zugelassener Privatermittler, um genau zu sein.«

»Nicht schlecht!«

»Wieso fragst du?«

»Na, der wohnt mir doch gleich gegenüber, aber ich sehe ihn fast nie. Aber gut, wenn er Detektiv ist … Das erklärt's natürlich. Keine Spur, keine Fährte, irgendwie … geheimnisvoll.«

»Eher nicht. Nach allem, was er so erzählt, hat er kaum spektakuläre Fälle zu lösen. Eher so Kleinkram, um der Polizei zu helfen.«

»Trotzdem. ›Privatdetektiv‹ klingt doch voll spannend.«

»Kannst ja ne Serie mit einem Detektiv als Hauptfigur schreiben.«

»Gute Idee!«

»Nein nein, bleib du mal lieber bei deinen Liebesgeschichten.«

»Tja, für eine gute Liebesgeschichte müsste Amors Pfeil erst mal mich treffen …«

»Apropos, wie findest du eigentlich Chan'il?«

»Wen?«

Bin'il deutete Richtung Küche. Yunjong nickte ein »Ach so«.

»Nicht dein Fall?« flüsterte Bin'il.

»Hm? Keine Ahnung.«

»So als Mann doch nicht so schlecht, oder?«

»Er scheint ganz nett zu sein.«

»Ein ganz feiner Kerl ist das, du kennst ihn nur noch nicht gut genug!«

Yunjong lächelte. Im selben Moment kam Park mit zwei Tellern Nudeln aus der Küche. Auf dem einen lag ein ganzer Berg, auf dem anderen eine eher sparsame Portion. Den gehäuften Teller stellte er Yunjong hin.

»Heh!« beschwerte sich Bin'il. »Wieso krieg ich denn nur so wenig?«

»Nicht du kriegst wenig, sondern Yunjong viel!« entgegnete Park.

»Wer soll denn das essen?« sagte Yunjong. »Das ist viel zu viel.«

»Sie natürlich! Sie haben heute doch noch nichts gehabt. Wer nichts isst, kann auch nicht arbeiten. Also, guten Appetit!«

»Ich glaub's nicht! Einem kräftigen jungen Kerl wie mir, der

Stahldraht zerkauen könnte, nur so wenig aufzutun – das kann ja wohl nicht dein Ernst sein!«

»Du kannst von mir aus gerne Stahldraht kauen, Kleiner.«

»Ich geb dir was ab, Bin'il. Das ist viel zu viel für mich«, sagte Yunjong.

»Nichts da. Fangen Sie an. Ich pass auf, dass Sie ordentlich essen!« rief Park und setzte sich neben sie. Yunjong machte keine Anstalten, die Gabel in die Hand zu nehmen. Der Parmesan auf ihrer Pasta Carbonara zerfloss.

»Glaubst du, die Arme kann in Ruhe essen, wenn du danebensitzt? Da hat sie höchstens gleich Magenschmerzen.«

»Ach so … Ja?«

»Na ja … ein bisschen vielleicht. Aber die Pasta sieht wirklich köstlich aus.«

»Dann greifen Sie bitte zu. Und sagen Sie Bescheid, falls Sie noch etwas mehr wollen. Ich bringe Ihnen gerne Nachschlag!«

»Vielen Dank. Dann fange ich mal an. Ich hab wirklich Hunger.«

»Bin'il, kannst du hier'n Moment die Stellung halten? Ich muss mal kurz zum Gemüsehändler.«

»Und wie soll ich das machen?«

»Wenn einer kommt, sagst du, dass wir erst um sechs aufmachen. Und wenn er fragt, wieso ihr schon esst, sagst du, dass ihr hier arbeitet.«

»Das fragt eh keiner.«

»Falls jemand fragt, Bin'il, *falls*! Wär eigentlich ganz schön, wenn ihr hier arbeiten würdet. Du als Manager und Yunjong als Küchenhilfe.«

»Nein nein, wenn, dann müsste Yunjong die Gäste bedienen und ich in der Küche arbeiten. So, und jetzt hau ab und kauf dein Gemüse.«

Park verzog das Gesicht und ging. Kaum hatte er ihnen den Rücken zugedreht, machten sich Bin'il und Yunjong über die dampfenden Nudeln her. Park verstand sein Handwerk. Der ganze Raum duftete nach Pasta.

Auf dem Weg zum Gemüsehändler schaute Park in der Eisenwarenhandlung im Erdgeschoss vorbei. Im »Baekki« hatte die Luft etwas Dichtes, Massives an sich. Sie stand geradezu, schien kompakter als irgendwo sonst und roch nach Eisen.

»Hallo? Jemand da?«

Erst auf seinen Ruf hin rührte sich etwas im Laden. Die Tür zum Kabuff ging auf und Gihyon Baek schaute heraus: »Maître, du bist's.«

»Hast du geschlafen?«

»Nein, nein, bin nur ein bisschen verkatert. Ich war gestern einen trinken.«

»Ach so. Na ja, mein Mittagsgeschäft hab ich heute auch vermasselt.«

»Suchst du was Bestimmtes?«

»Ich glaube, ich brauche einen neuen Filter für meine Spüle. Aus dem Abfluss stinkt's. Hast du so was?«

»Na klar. Einen Moment.«

Baek räumte ein paar große Stangen aus dem Weg und ging an ein Regal, das von oben bis unten mit Zeug vollgestopft war. Wie auf einer Expedition durch den Dschungel kämpfte er sich durch Plastikbesen, pappverpackte Neonröhren, Türschlösser, Schlüssel, Schläuche, Nägel, Hämmer, Schrauben, Schraubenzieher, Wasserhähne, Styroporplatten, Putz- und Wischlappen, Rohre und Zangen, Schabmesser und Metallklemmen, um zielsicher nach einem Abflusssieb zu greifen.

»Meinst du so was?«

»Ja, genau. Aber wie in aller Welt hast du das jetzt auf Anhieb gefunden? Unglaublich.«

»Quatsch! Du weißt doch auch, wo in deinem Kühlschrank die Sachen stehen. Wenn nicht, würde ja alles verschimmeln.«

»Schon, aber mein Kühlschrank ist klein.«

»Mein Laden ist auch klein. So wie du deine Zutaten in Fächer für Gemüse und Fleisch sortiert hast, habe ich hier auch alles geordnet.«

»Danke, Meister!«

»›Meister‹, jetzt aber mal halblang … Du bist wenigstens nicht blöd. Cha kapiert rein gar nichts, wenn man mit ihm redet. Du bist Geschäftsmann, wir verstehen einander, aber Cha! Der hält sich für einen großen Kampfkunstmeister und schwafelt die ganze Zeit nur dummes Zeug. Es ist zum Verrücktwerden. Man muss die Dinge doch praktisch sehen. Verstehst du, was ich meine?«

»Herr Cha macht in der Tat manchmal einen etwas verkrampften Eindruck.«

»Gestern auch. Ich geh mit ihm einen trinken, und was macht er? Quatscht mich zu. Der sollte sich lieber um seine Schüler kümmern, als mir was von ›Moralerziehung‹ zu erzählen und dass man Kampfsport in der Schule unterrichten müsste. Seine Schüler kann er belehren! Aber doch nicht mich!«

»Immerhin hält er sich an seine Prinzipien.«

»Das ist ja gerade das Problem.«

Baek und Park saßen auf der kleinen Bank vor der Eisenwarenhandlung. Der Wind, der durch die Gasse zog, war merklich frischer geworden. Park sah auf seine Uhr. 17:30 Uhr. Er erhob sich. Im selben Moment sahen sie jemanden aus dem Gebäude kommen, jemanden, den weder Park noch Baek hier je gesehen hatten. Der Mann, der seine Mütze tief ins Gesicht gezogen und den Kragen seiner Jacke aufgestellt hatte, trug eine Arbeitshose, orangefarbene Sportschuhe und eine Art Werkzeugtasche um die Hüfte.

»Ist das jemand aus dem Internet-Café?« fragte Baek, nachdem der Mann etwa zwanzig Meter weg war.

»Nie gesehen, oder?« wunderte sich Park.

»Ob er was repariert hat?«

»Wegen der Werkzeugtasche? Könnte sein …«

»Obwohl wir ja eigentlich alle kennen, die hier was reparieren.«

»Stimmt.«

»Vielleicht einen Computer. Damit kennen wir uns nicht so gut aus.«

»Aber sich die Mütze so tief ins Gesicht zu ziehen ... Findest du das nicht komisch?«

»Doch. Sieht weniger nach jemandem aus, der was reparieren will, als nach einem, der was klauen will.«

»Soll ich ihm hinterher?«

»Und dann?«

»Keine Ahnung.«

»Musst du nicht zurück ins Restaurant?«

»Doch.«

»Dann sieh zu. Außer bei mir gibt's hier ja eh nicht viel zu holen.«

Park warf noch einen kurzen Blick zur Treppe, dann machte er sich auf den Weg zum Gemüsehändler. Der Unbekannte ging ein ganzes Stück vor ihm. Richtung Parkplatz. Als Park fast den Gemüseladen erreicht hatte, drehte der Mann sich noch einmal um. Die Blicke der beiden Männer trafen sich. Das ist kein Installateur, dachte Park. Jemand, der Dinge repariert, strahlt Zuversicht, Verantwortungsbewusstsein und Neugier aus. Dieser Typ strahlte nichts von alldem aus. Park warf noch einen Blick auf die Werkzeugtasche des Mannes. Für eine Hüfttasche war sie eigentlich zu groß. Es hätte durchaus auch eine Waffe hineingepasst. Park schüttelte den Kopf, um den unsinnigen Gedanken zu vertreiben, und ging zum Gemüsehändler.

9

Auf dem Weg zum World Vision Building in Yongsan erhielt Gu einen Anruf. Es war dringend. Einer seiner Klienten, Insu Jong, hatte einen Verkehrsunfall gehabt und war auf dem Weg ins Krankenhaus gestorben. Dank seiner Informanten bei der Polizei erfuhr Gu das praktisch zum selben Zeitpunkt wie die Familie. Es empfahl sich, sofort zu handeln. Ein Deleting erledigte man besser so schnell wie möglich. Andernfalls würde es womöglich kompliziert. Direkt nach einem Unfall waren die meisten Leute betroffen und zerstreut. Es umgab sie ein Wall aus Trauer, der sie unaufmerksam werden ließ. Eine von Gus Lieblingsarien hieß *Die Mauern der Traurigkeit sind aus Zucker gebaut*«. Jedesmal, wenn er an den »Wall aus Trauer« dachte, kam ihm dieses Stück in den Sinn und machte ihm ein schlechtes Gewissen.

Insu Jong wohnte in einem Einfamilienhaus in einem Neubaugebiet. Auf dem Weg dorthin vergewisserte Gu sich noch einmal, was zu vernichten war. Das einzige Objekt, das Jong bei ihm in Auftrag gegeben hatte, war die Festplatte seines heimischen Computers. Weder besonders schwierig noch besonders teuer. Gu musste dafür zwar einen Einbruch begehen, aber das war keine große Sache. Den Code der Wohnungstür, das Passwort des Computers und das Modell der Festplatte kannte er bereits.

Gu parkte in der Nähe von Jongs Haus und sah sich aufmerksam um. Es war Abend, das Viertel ruhig. Die meisten Leute aßen wohl zu Abend. Durch die Fenster fiel warmes Licht auf die Straße. Straßenlaternen gab es so gut wie keine. Gu beobachtete das unbeleuchtete Haus etwa zwanzig Minuten lang. Nichts. Keine Lichter, die angingen, und auch sonst nichts. Die Familie war offenbar zur

Totenwache im Krankenhaus. Gu streifte sich dünne Stoffhandschuhe über und machte sich an die Arbeit.

Er gab den Code der Eingangstür ein und betrat den Flur. Alles deutete darauf hin, dass man das Haus in aller Eile verlassen hatte. Die Schuhe lagen durcheinander, die Zimmertüren standen offen. Gu streifte sich Stoffüberzieher über die Schuhe und schlich in die Küche. Auch hier herrschte Unordnung, aber Herd und Mikrowelle waren aus. Von hier drohte also keine Gefahr. Er ging die Treppe hinauf zu Jongs Arbeitszimmer. Er musste nur die Rückseite des Computers aufschrauben und die Festplatte ersetzen, weiter nichts.

Als er die Tür zum Arbeitszimmer aufmachte, strömte ihm frischer Pflanzengeruch entgegen. Viel sehen konnte er nicht, aber irgendwo im Zimmer musste ein Zierstrauch oder ein Topf mit Kräutern stehen. Was für ein lebendiger Geruch! Und was für eine Qual für die Familie! Dieser Geruch im Zimmer des Toten, der nichts von seinem Tod hatte ahnen können, machte den Tod umso bewusster. Jemandem aus der Familie wären beim Öffnen der Tür bestimmt sofort die Tränen gekommen.

Der Computer war schnell gefunden. Gu steckte sich die Taschenlampe in den Mund und schraubte die Rückwand auf. Acht Schrauben. Acht Mal dieselbe Bewegung. Er legte die Schrauben säuberlich zur Seite, nahm die Rückwand des Rechners ab und hatte die Festplatte vor Augen. Es war das Modell, mit dem er gerechnet hatte. Gu nahm kurz die Taschenlampe aus dem Mund, um seinen Speichel zu schlucken. Seine Augen konzentrierten sich auf das Licht, seine Ohren auf die Geräusche um ihn herum. Er schraubte die Festplatte heraus und setzte die mitgebrachte ein. Vier Schrauben heraus, vier hinein. Besser konnte es nicht gehen. Die Rückwand stieß einmal leise an das Gerät, ansonsten war es vollkommen still. Gu schraubte sie wieder an. Die ausgebaute Festplatte steckte er in seine Hüfttasche. Dann stand er steifbeinig auf.

Lautlos verließ er das Zimmer. Schlich über den Flur und die Treppe hinunter. Dort machte er noch einmal kehrt. Oben stand ein Fenster offen. Ein Luftzug strich über die Gardine. Nach einem Einbruch sah es nicht aus; offenbar hatte man nur vergessen, das Fenster zu schließen. Sollte er es zumachen? Besser ja. Wenn jemand einstieg und etwas mitgehen ließe, würde das nur für unnötige Aufmerksamkeit sorgen. Das Fenster klemmte, ließ sich aber mit etwas Druck schließen.

Plötzlich ging im Flur das Licht an. Ein Bewegungsmelder konnte es nicht sein. Der wäre vorher angesprungen. Gu zögerte. Zur Not müsste er durchs Fenster verschwinden. Eine Frau trat auf den Flur. Den zerzausten Haaren nach zu urteilen, kam sie aus dem Bett. Sie reckte und streckte sich. Gu hatte keine Zeit mehr zu verlieren. Er entschied sich für die Treppe. Auf seinen Stoffüberziehern schlitterte er über den Flur. Die Frau reckte sich immer noch. Hoffentlich macht sie jetzt nicht die Augen auf, betete Gu, aber zu spät. Als er die Treppe erreichte, kreuzten sich ihre Blicke.

Die Frau musste ihn gesehen haben, genau so deutlich, wie er sie, aber sie stand nur da, wie vom Donner gerührt, unfähig etwas zu sagen. Gu rannte die Treppe hinunter. Auf der letzten Stufe wäre er beinahe über die eigenen Füße gestolpert, fing sich aber und stürmte weiter. Er drückte den Knopf für die Eingangstür, sie öffnete sich. Zeit, sich umzusehen, festzustellen, was hinter ihm geschah, wie die Frau reagierte, ob sie vielleicht irgendwo anrief, hatte er nicht. Er knallte die Tür zu und rannte weiter. Völlig außer Atem erreichte er sein Auto. Er hatte nicht das Gefühl, verfolgt zu werden, weg musste er trotzdem. Mit seinen Überziehern hatte er bestimmt ziemlich dämlich ausgesehen, aber jetzt hieß es erst einmal Gas geben. Erst auf der Hauptstraße streifte er sie ab und entledigte sich seiner Handschuhe.

Einige Monate vorher war er schon einmal bei einem Einbruch überrascht worden. Damals hatte er sich bei der Flucht ins Erdgeschoss die Hand vors Gesicht gehalten und war in den Gassen verschwunden, bevor irgendjemand »Haltet den Dieb!« rufen konnte. Niemand hatte ihn gesehen, jedenfalls nicht sein Gesicht, und insofern hatte er wenig zu befürchten gehabt. Auch eine Untersuchung wäre spätestens dann, wenn sich herausgestellt hätte, dass nichts gestohlen worden war, im Sande verlaufen. Hätte man ihn allerdings auf frischer Tat ertappt – damals musste er auch eine Festplatte tauschen – hätte er zwangsläufig einen »Beweis« zurückgelassen. Er hatte also doppeltes Glück gehabt.

Machst du zweimal denselben Fehler, du Idiot, schalt Gu sich selbst. Dieses Mal war es problematischer. Die Frau hatte ihn gesehen. Wenn sie wollte, könnte sie ihn ausfindig machen.

Aber warum sollte sie? Es ist ja nichts weg. Warum sollte sie also? machte Gu sich selber Mut. Das Deleting war perfekt. Um allen Aber-wenn-nun-dochs den Garaus zu machen, stellte Gu Musik an. Keine Arien, sondern Rock. Er ließ das Fenster herunter.

Warum war überhaupt jemand im Haus gewesen? Warum war die Frau, von der er annahm, dass es Jongs Tochter war, nicht wie die anderen im Krankenhaus? Konnte es sein, dass sie noch gar nicht wusste, dass ihr Vater tot war? Gu schüttelte den Kopf, um dem Gedankenstrom ein Ende zu bereiten. Sein Telefon klingelte. Inspektor Kim.

»Ja?« sagte Gu, stellte die Musik aus und klemmte sich das Headset ans Ohr.

»Wo bist du?« klang es leise aus dem Hörer. Gu stellte das Handy lauter.

»Im Auto, auf dem Weg nach Hause. Ich hatte was zu erledigen.«

»Ein Deleting?«

»Ja.«

»Über einen Mangel an Aufträgen kannst du dich anscheinend nicht beklagen. Hast du das Tablet gefunden?«

»Noch nicht. Dafür wollte ich nach Yongsan, aber dann kam mir der Auftrag dazwischen.«

»Wenn du es findest, bring's bitte sofort her. Bae hat womöglich Selbstmord begangen.«

»Glaubst du?«

»Ich ziehe es in Betracht.«

»Und was ist mit deinem Verdächtigen? Du hattest doch einen?«

»Ich weiß nicht. Vielleicht sollte ich meinen Job so langsam an den Nagel hängen. Irgendwie habe ich kein Gespür mehr.«

»Hattest du das je?«

»Das überhöre ich jetzt mal. Stellst du mich ein, wenn ich hier meinen Hut nehme?«

»Bei mir gibt's kaum genug für mich zu tun, was soll ich denn da mit einem zweiten Mann?«

»Ist das der Dank für meine Loyalität?«

»Was denn? Du machst doch keinen Finger krumm, wenn man dich nicht dafür bezahlt!«

»Nun hör sich einer diesen Mistkerl an! Am Ende behauptest du noch, ich wär korrupt, oder was? Aber ich, mein Lieber, ich halte mich an die Regeln!«

»Ja, ja, ich weiß, schon gut. War nicht so gemeint.«

»Sag mal, kannst du was mit dem Namen Ilsu Chon anfangen?«

»Das ist der Chef von Noble Entertainment.«

»Dem habe ich heute nachmittag einen kleinen Besuch abgestattet. Irgendwas ist faul mit dem, aber bei so viel Parfum, wie der versprüht, riecht man fast nichts mehr.«

»Chon habe ich heute auch getroffen.«

»Wo? Wann?«

»Man wollte mich mit ihm bekanntmachen.«

»Interessant. Aber gut, wenn dir was auffällt, gib mir Bescheid. Mach dir aber nicht die Hände schmutzig.«

»Glaubst du wirklich, dass Bae Selbstmord begangen hat?«

»Ich weiß es nicht. Möglich wär's.«

»Gut. Sobald ich das Tablet habe, geb ich Bescheid.«

»Okay. Ach übrigens, hast du was über das Messer herausgefunden?«

»Ich schick dir nachher einen kurzen Bericht.«

»Mach Feierabend. Morgen reicht. Heute ess ich mit meiner Familie schön Hähnchen und dann guck ich Fußball.«

»Na dann, guten Hunger.«

»Auf wen tippst du?«

»Ich weiß nicht mal, gegen wen Korea heute spielt.«

»Vaterlandsverräter!« scherzte Kim, verabschiedete sich und legte auf.

Gu überlegte, ob er noch zum Wide Vision Building nach Yongsan oder zurück ins Büro fahren sollte. Das V2U hatte vielleicht schon geschlossen. Gu entschied sich fürs Büro. An Tagen wie diesen wünschte er sich eine Badewanne. Er würde sich ins heiße Wasser legen, die Augen schließen und entspannen. Alle möglichen Verfolger würden sich in Nichts auflösen. Am Straßenrand leuchtete ein Schild mit der Aufschrift »Sauna«, aber Gu fuhr weiter. Nackt zwischen Nackten zu sitzen, war nichts für ihn. Er fasste sich an die Stirn. Bei jeder Bewegung war ihm warm. Hatte er Fieber? Jetzt eine heiße Suppe, dachte er, stellte seinen Wagen ab und ging zum Crocodile Building, in der Hoffnung, mit Park eine Suppe essen und ein Gläschen trinken zu können.

Im Internet-Café saßen drei Kunden rauchend vor ihren Computerspielen, aber von Park war weit und breit nichts zu sehen.

»N'Abend«, begrüßte ihn Bin'il.

»Ist Park noch da?« fragte Gu.

»Der ist heut früher gegangen. Meinte, er fühle sich nicht besonders.«

»Und wie steht's mit meinem Auftrag? Alles erledigt?«

»Bis auf ein, zwei Seiten, ja.«

»Sehr gut, danke. Vergiss den Rest nicht«, sagte Gu und ging wieder. Bevor er sich im Büro aufs Ohr haute, musste er noch etwas essen.

Die Kneipe, die er mit Park öfters besuchte, war wegen des Fußballspiels brechend voll. Aller Augen klebten am Bildschirm. Es gab nur noch einen freien Platz: den direkt neben der Küche. Gu erwog einen Moment, eine andere Kneipe aufzusuchen, fühlte sich dazu aber nicht mehr in der Lage. Er bestellte eine Suppe mit Fischklösschen und heißen Sake.

Fußball interessierte ihn nicht. Die Leute um ihn herum brüllten und schimpften, aber Gu konnte dem Spiel nichts abgewinnen. Rote und blaue Hemden, die auf einem grünen Platz mal hierhin und mal dorthin liefen, mehr nicht. Wie Insekten, die um ihr Territorium stritten. Gu war kein Teamplayer. Selbständig denken und handeln, Hindernisse überwinden und Lösungen finden, das konnte er. Sich dem Rhythmus anderer anpassen, weniger. Aus dem Grund hatte er auch seinen Job bei der Polizei an den Nagel gehängt.

Als die zweite Halbzeit begann, hatte Gu sein Fläschchen Sake geleert. Die Fischsuppe und der Alkohol hatten ihm eingeheizt. Seine Körpertemperatur war um geschätzte fünf Grad gestiegen. Gu verließ die Kneipe und spazierte durchs Viertel. Ihm gefiel die Gegend. Er mochte die aneinandergeschmiegten Häuschen, das unüberschaubare Geflecht der Straßen und Gassen, und er mochte das Crocodile Building mit seinem Gestank. In diesem Viertel fühlte er sich wohl. Falls sich hier allerdings ein Mörder herumtreiben sollte, dann war er so schwer aufzuspüren wie die Nadel im Heuhaufen. In Krokodil-Viertel lebten unüberschaubar viele Menschen. Wie viele genau, wusste niemand. Sie hingen dort so dicht an dicht wie die Schuppen auf dem Panzer eines Krokodils.

Das Fußballspiel lief noch, überall erhob sich Schlachtgebrüll in die erleuchtete Nacht. Niemand war unterwegs. Im Geiste sah Gu, wie der Morgen anbrach. Sah erst vereinzelt und dann immer mehr Menschen durch die Gasse drängen, so viele, dass man sich fragte, wo die bloß alle geschlafen hatten. Gu stellte sich vor, wie sie stapelweise in ihren winzigen Zimmerchen lagen, einer über dem anderen, wie sie aufwachten und mit zerknautschten Gesichtern wie eine Horde Lemminge die Gasse herunterwuselten und zur Hauptstraße drängten. Als rennten sie in den Tod. Dabei rannten sie natürlich vor ihm weg. Vor seinem geistigen Auge tauchten so lange Menschen auf, bis die Häuser leer waren. Vor Menschen, die rannten, um zu leben, hatte Gu großen Respekt.

Mit zwei Dosen Bier und einer Tüte Mandeln kehrte er zum Crocodile Building zurück. Schon auf dem Weg zu seinem Büro hatte er das Gefühl, dass etwas nicht stimmte. Der Knauf an seiner Tür ließ sich widerstandslos drehen. Jemand musste die doppelte Sicherung ausgehebelt haben, eine elektronische Verriegelung, die Gihyon Baek zufolge so komplex war, dass »drei Schlossermeister mindestens drei Stunden daran herumwerkeln« müssten, um die Tür zu öffnen. Sachte stieß Gu sie auf.

Das Büro war leer. Gu knipste das Licht an. Die Neonröhre zwinkerte ein paar Mal, dann wurde es hell. Alles wie immer. Wenn jemand dagewesen war, hatte er oder sie irgendetwas angefasst, doch zu sehen war nichts. Aktenschrank, Schreibtisch, Sessel, Kleiderschrank, Klappbett – alles war so wie immer. Gu scannte den Raum mehrfach. Nichts. Für den Sessel oder den Kleiderschrank würde sich ein Eindringling wohl kaum interessieren, und wenn jemand wirklich alles hätte durchsuchen wollen, hätte er zweifellos auch die Matratze aufgeschlitzt. Dass abgesehen vom Türschloss offenbar alles unverändert war, war Gu suspekt. Er stellte das Bier auf den Schreibtisch und ließ sich in den Sessel fallen. Dann stellte er den Zyklopen an und klappte den Sessel zurück. Irgendetwas war anders. Definitiv. Eine Arie erklang. Gu wollte gerade die Augen schließen, als ihm auffiel, was es war.

Er stand auf und ging zum Aktenschrank. Das Vorhängeschloss mit dem blauen Etikett an der untersten Schublade sah irgendwie anders aus als sonst. An allen Fächern des Tresors hingen kleine Vorhängeschlösser, unauffällig, aber mit extrem komplizierter Verriegelung. Man brauchte nur ein einziges Mal die falsche Pin einzugeben und das System war so blockiert, dass man erst den Resetbutton drücken musste, um das Schloss mit der richtigen Pin zu öffnen. Auch dieses System war nicht hundertprozentig sicher, aber immerhin so kompliziert, dass es nicht jeder im Handumdrehen knacken konnte. »Da war ein Profi am Werk«, murmelte Gu. Das Schloss war geknackt, das Fach selbst aber anscheinend unangetastet. Was wollte man ihm damit sagen? Beweisen, dass sein Schrank nicht sicher war? Gu entfernte das Schloss und zog die Lade auf. Die Papiere darin waren unversehrt. Er schob alles zurück, hängte das Schloss vor, verriegelte es und setzte sich in seinen Sessel.

Er musste nachdenken. Wer war in seinem Büro gewesen? Und warum? Die Gedanken kamen nur stockend. Gu machte sich ein Bier auf. Die Kälte vereiste ihm die Kehle.

10

Der Winter rückte heran. Mittlerweile war es schon empfindlich kalt, und so manch ein Bewohner des Krokodil-Viertels beschwerte sich darüber. Das Viertel war für die winterliche Kälte nämlich besonders anfällig. Und da man sich darauf nicht nur praktisch, sondern auch seelisch vorbereiten musste, tauschten die Bewohner sich rege über den »plötzlichen Kälteeinbruch« aus.

»Gehst du die Kinder abholen?« rief Gihyon Baek, der vor seinem Laden den Gehweg fegte, dem Richtung Parkplatz laufenden Cholho Cha zu. Cha trug einen Anorak über seinem Kampfanzug. Sein Gesicht war rot vor Kälte.

»Na, freust du dich, dass es endlich Winter wird?«

»Wieso sollte ich mich freuen?«

»Im Winter ist der Fußboden in deiner Schule doch bestimmt eiskalt. Und damit wie geschaffen für deinen Lieblingsspruch.«

»Ich verstehe den Zusammenhang nicht.«

»Der Hartgesottene hat keinen Feind, sagst du doch immer!«

»Nicht der *Hartgesottene*, der *Wohlgesonnene*! Meine Güte, wie oft habe ich das schon gesagt!«

»Wieso denn, das passt doch: Wer anderen immer wohlgesonnen sein will, muss ganz schön was abkönnen, oder nicht? Mit anderen Worten: hartgesotten sein.«

»Fällt Ihnen nichts Besseres ein? Wollen Sie mir am frühen Morgen schon die Laune verderben?«

»Iwo. Das ist meine Art, hallo zu sagen. Hast du denn wenigstens wohl geruht letzte Nacht?«

»Sehr wohl sogar! Danke der freundlichen Nachfrage!«

»Kein Grund, gleich aus der Haut zu fahren. Bist du in deinem Unterricht auch so aufbrausend?«

Cha zog es vor, darauf nicht weiter einzugehen. Die Schultern hochgezogen, machte er sich auf den Weg zum Parkplatz. Baek kehrte weiter und grinste dabei vor sich hin.

Als er fertig war und wieder in den Laden gehen wollte, sah er Yunjong Oh kommen. Sie war blass. Baek stellte den Besen ab und rief: »Junge Frau, so mitgenommen? Wie kommt's?«

»Oh, guten Tag!« grüßte Yunjong zurück und setzte hinzu: »Ich habe die ganze Nacht gearbeitet, wissen Sie.«

»Sie schreiben Drehbücher fürs Fernsehen, stimmt's?«

»Genau.«

»Das heißt, Sie schreiben das, was die Schauspieler sagen, oder? Nicht dass ich eine Ahnung davon hätte, aber das ist bestimmt anstrengend, und dann auch noch die ganze Nacht.«

»Naja … *so* schlimm ist es nicht. Ich bin ja nur die Assistentin.«

»Mädchen, Mädchen, viel Arbeit ist ja an sich nichts Schlechtes, aber wenn Sie immer so müde durch die Gegend laufen, finden Sie nie einen Mann! Und es wäre doch eigentlich so langsam an der Zeit, oder nicht? Die Männer heutzutage haben's gern frisch und munter!«

»Äh, ja, danke. Sagen Sie, gestern abend soll es eine Hausversammlung gegeben haben. Was wurde denn da besprochen? Ich konnte ja nicht hingehen.«

»Na, die Sache mit der Stadtteilsanierung natürlich. Aber das hat mit den Mietern ja nichts zu tun.«

»Stadtteilsanierung? Wollen die etwa unser Viertel sanieren?«

»Erst hieß es ja, dann wieder nein. Aber jetzt scheint es tatsächlich so weit zu sein. Alles weg und dann wird was Neues gebaut.«

»Was? Die wollen unser schönes Viertel plattmachen? Aber warum denn?«

»Schönes Viertel? Was soll denn hier schön sein? Dieses Viertel hätte man schon längst wegmachen sollen. Ein paar schicke, moderne Gebäude, und dann sieht das hier endlich nach was aus!«

Yunjong hätte dem gerne widersprochen, sagte aber nichts. Was sollte sie sich auf eine unfruchtbare Diskussion einlassen. Sie hätte natürlich noch gerne Näheres erfahren, aber für ein längeres Gespräch mit Baek reichte ihre Energie heute nicht. Sie wollte nur hoch, sich schnell Gesicht und Füße waschen und dann wenigstens für ein paar Stunden die Augen zumachen. Sie nickte Baek zu und ging die Treppe hinauf. Wenn man erschöpft war, nahm man den Geruch des Crocodile Buildings noch intensiver wahr als sonst. Und obwohl er im dritten Stock nicht ganz so ausgeprägt war, wurde einem, wenn man kaputt war, immer noch übel davon. Manchmal fragte sich Yunjong, ob das Gebäude nicht voller kleiner Löcher war, wie ein Wespennest oder ein Schweizer Käse. Wo sonst sollten all die abscheulichen Geruchspartikel stecken?

Seit einiger Zeit lauschte Yunjong, bevor sie in ihre eigene Wohnung ging, an der Tür zu Gus Büro. Sie sah sich um, schlich hinüber und legte das Ohr an die schwere Tür. Mit der Kälte des Metalls übertrugen sich wie aus weiter Ferne Klänge, die sie an das Radio in ihrer Kindheit erinnerten. Meistens waren es sonore Männerstimmen, die sangen, vermutlich Italienisch. Yunjong gefielen diese Klänge. Sie versetzten sie sofort in eine andere, ferne Welt.

Obwohl Yunjong hundemüde war und ihre Glieder so schwer wie ein Sack Steine, konnte sie sich ihr kleines Ritual auch heute nicht verkneifen. Mit der Stimme eines Italieners im Ohr könnte sie bestimmt gut einschlafen. Sie legte ihr Ohr an die Tür. Doch alles, was sie hörte, war irgendein Gerät und das Öffnen und Schließen einer offenbar schweren Tür. Kein Gesang. Sie wartete. Mehr als die Tür, die wiederholt auf- und zuging, war jedoch nicht zu hören. Dreißig Sekunden noch, sagte sie sich, dann gehe ich. Wasche mir das Gesicht und dann die Haare, nein, die Haare nicht – das dauert zu lange, bis die wieder trocken sind, lieber die

Füße ... Plötzlich ging die Tür auf und Gu stand da. Offenen Mundes starrte Yunjong ihn an, vielmehr zu ihm hoch. Gu war gut zwanzig Zentimeter größer als sie. Sie wollte etwas sagen, aber ihr fiel nichts Gescheites ein.

»Guten Tag!« brach Gu das Schweigen. »Sie sind meine Nachbarin, nicht wahr?«

»Äh ... ja, guten Tag ...«

»Ich habe gehört, Sie schreiben.«

»Schreiben? Äh, ja, äh, ich schreibe, na ja. Drehbücher für Fernsehserien ...«

»Komisch, dass wir uns noch nie begegnet sind, wo wir doch im selben Stock wohnen. Herr Park vom Aroma Sicilia hat mir aber schon einiges über Sie erzählt.«

»Es freut mich, Sie kennenzulernen.«

»Sie sind auf dem Weg zur Arbeit?«

»Ja. Nein. Eigentlich komme ich gerade von der Arbeit, aber zu Hause wartet auch noch welche, also ja, in gewisser Weise bin ich auf dem Weg zur Arbeit ...«

»Na dann, frohes Schaffen. Ich muss los, ich habe noch etwas zu erledigen.«

»Ach so? Äh, ja, natürlich, auf Wiedersehen. Entschuldigung«, sagte sie und trat zur Seite.

Gu schloss die Tür und ging die Treppe hinunter. Yunjong stand immer noch wie angewurzelt da und sah ihm nach. Gu hatte das Ganze so gleichmütig aufgenommen, dass sie noch gar nicht recht begreifen konnte, was gerade passiert war. Als im Treppenhaus nichts mehr zu hören war, schlug sie sich an die Stirn.

»Mann!! Bist du blöd?? Was in aller Welt machst du hier?«

Sie ging zu ihrer Tür, tippte den Code ein und verschwand in ihrer Wohnung. »Das ist eine Straftat, Mensch! Eine Straftat! An der Tür zu lauschen! Bist du verrückt? Der ist Detektiv! Sich so vor dem aufzuführen! Das ist wie bei Rot über die Ampel zu laufen, vor der Nase eines Verkehrspolizisten. Was hast du dir bloß dabei gedacht, du dumme Nuss, sterbensdämlich bist du … Hundemüde, aber an der Tür lauschen müssen, wie kann man nur so blöd sein! Dreißig Sekunden, noch dreißig Sekunden! … *Kein Gesang, bringt nichts*: Spätestens da hättest du gehen müssen, Mensch!« grummelte sie vor sich hin und zog sich aus. »Wie willst du dem denn noch unter die Augen treten, was soll der denn denken? Die ist ja komisch, der geh ich mal lieber schön aus dem Weg, *das* wird er denken!« Als sie nur noch Slip und BH anhatte, legte sie sich aufs Bett. Gus Stimme klang ihr noch im Ohr. »Immerhin hat er gesagt, dass er schon von mir gehört hat. Er kannte mich schon. Er wusste, wer ich bin. Und was machst du, du dumme Nuss? Du vermasselst alles! Er hat schon von dir gehört, und bei der allerersten Begegnung vermasselst du alles!« Zu müde, um sich noch zu waschen, blieb Yunjong liegen.

Sie stellte sich eine Fernsehserie vor, in der Detektiv Gu die Hauptrolle spielte. »Als Titel … Wie wäre es mit … *Das Geheimnis eines Schattens*? Ja! Na klar! Gu ist Detektiv, da muss was mit ›Geheimnis‹ rein. Wo soll die Geschichte spielen? … In Norwegen. Da ist es kalt. Da fährt er hin und verfolgt einen Mann. Fährt ihm immer weiter nach, bis sie sich an einem Fjord treffen, inmitten einer verschneiten Landschaft, auf einem Boot, das über das ruhige Wasser gleitet. Detektiv Gu sagt: ›Ich habe alles gesehen. Ich habe dich die ganze Zeit beobachtet!‹ Seine Haare flattern im Wind … Und dann sagt er noch: ›Ich kenne dein Geheimnis.‹ Und dann sagt der andere Mann: ›Was willst du von mir?‹ Aber Gu lächelt nur. ›Nichts‹«, legte sich seine Stimme auf sie. Die Schwere war angenehm. Kurz darauf schlief Yunjong ein.

Auf dem Weg zum Parkplatz ging Gu in Gedanken durch, was er zu erledigen hatte. Was andere Leute mit Hilfe elektronischer Geräte taten, bewerkstelligte Gu im Kopf. Unter der Überschrift »Heute zu erledigen«, die vor ihm aufleuchtete, erstellte er seine persönliche To-do-Liste. Gu mochte es nicht, Spuren zu hinterlassen. Er benutzte keine elektronischen Geräte, nur ein Handy, und das auch nur zum Telefonieren. Er verschickte keine Textnachrichten und speicherte auch keine Notizen. Möglichst nirgendwo Spuren zu hinterlassen, ist schwieriger und anstrengender, als man sich das vielleicht vorstellt. Entspannung fand Gu beim Betrachten der Spuren, die andere hinterlassen hatten, im Leben seiner Klienten, in ihren Ängsten und Geheimnissen.

Die Liste vor Gus innerem Auge umfasste ein gutes Dutzend Posten. Was erledigt war, bekam ein Häkchen und landete im Papierkorb, aber seit dem Einbruch in sein Büro vor ein paar Tagen war eine Menge liegengeblieben. Er hatte vieles nicht nur nicht erledigen können, die Lage insgesamt hatte sich verkompliziert. Weder im Tonstudio noch in der Firma für Videoproduktionen, die Donghun Bae zwei Tage vor seinem Tod aufgesucht hatte, hatten sich irgendwelche Anhaltspunkte finden lassen. Die Nachforschungen zu der Kampfkunsttruppe Wonsudojang, die Chan'il Park ins Spiel gebracht hatte, traten auch auf der Stelle, und ob Bae nun Selbstmord begangen hatte oder ermordet worden war, war ebenfalls ungeklärt. Was Gu allerdings am meisten beschäftigte, war die Frage, wer zum Teufel in sein Büro eingedrungen war. Er hatte Erkundigungen über diverse Schlossereien eingezogen, und fünf waren ihm verdächtig vorgekommen. Keiner dieser Schlosser hätte aber die Muße gehabt, sich an seinem Aktenschrank zu schaffen zu machen, alle hatten ein wasserdichtes Alibi. Zunächst hatte Gu erwogen, auch noch Schlosser unter die Lupe zu nehmen, die schwarz arbeiteten, den Gedanken aber schnell wieder verworfen. Das wäre ein Fass ohne Boden geworden. Dass nichts gestohlen worden war, deutete darauf hin, dass man ihn nur hatte warnen wollen – es waren ja nicht einmal alle Fächer des Aktenschrankes geöffnet worden –, ihm zeigen, dass man seine Schlösser knacken konnte. Dass sein Büro nicht sicher war. Vielleicht sollte er lieber darüber nachdenken, wer ein Interesse daran haben könnte, ihn einzuschüchtern. Gu telefonierte kurz mit Inspektor Kim, dann fuhr er los.

Kim stand auf der Dachterrasse, von der Bae gestürzt war, und sah nach unten. Das hatte er schon hundertmal gemacht, und jedesmal war ihm dabei schwindlig geworden. Er stellte sich vor zu fallen. Es würde keine zwei Sekunden dauern, bis er unten läge, in einer Lache voll Blut. Wobei – manchmal gab es bei Sprüngen in den Tod auch gar kein Blut. Bei dieser Vorstellung, einem Körper voll zersplitterter Knochen, drehte sich Kim der Magen um. Ihm wurde schwindlig. Mit beiden Händen umklammerte er das Geländer. Wer hier freiwillig runtersprang, musste verrückt sein. Wie verzweifelt musste man sein, um seinem Leben auf diese Weise ein Ende zu setzen?

»Was machst du da? Bist du lebensmüde?« hörte er Gus Stimme.

Kim wandte sich um. »Keinen Schritt weiter! Ich springe!« brüllte er.

»Was hast du denn für ein Problem?« Gu ging einfach weiter.

»Ich stelle mir vor, wie man sich fühlt, wenn man mit dem Rücken zur Wand steht.«

»Man? Wer?«

»Der Typ, den ich verfolgt habe.«

»Jetzt denkst du dich sogar schon in Verbrecher. Was ist los mit dir?«

»Stell dir vor, du bist so ein armes Schwein, bist auf der Flucht und stehst plötzlich vor so'nem Abgrund. Was machst du da? Springen? Umdrehen und den Bullen plattmachen?«

»Ich wette, Letzteres.«

»Ja, das würden wohl die meisten machen. Ich auch. Hier runterspringen? Keine Chance! Man hängt doch am Leben! Dafür müsstest du dann töten.«

»Was ist los? Du bist nicht du selbst.«

»Mir geht's nicht gut. Ich frage mich, wie es weitergehen soll.«

»Wieso? Du gehst in Rente, wenn es so weit ist, und fertig.«

»Wenn es so weit ist? Wenn ich das schon höre! Wann ist es denn so weit? Wenn mir die verdammten Handschellen aus der Hand fallen? Oder mein Block oder mein Kuli? Dieses ständige Gequatsche von der Rente geht mir auf den Sack.«

»Du wolltest mich sehen.«

»Was? Ach so. Stimmt. Ich hatte dich angerufen. Entschuldige, in letzter Zeit gehen manchmal die Pferde mit mir durch.«

»Den Eindruck habe ich auch.«

»Hast du Baes Tablet gefunden?«

»Nein.«

»Dann muss es jemand geklaut haben.«

»Deshalb überprüfe ich gerade die Leute in seinem Umfeld.«

»Was da wohl drauf ist.«

»Keine Ahnung.«

»Stell dir vor, wir finden das Ding, und es ist nichts drauf außer ein paar Computerspielen. Das wär doch absurd.«

»Es könnte aber auch was Brisantes drauf sein.«

»Du meinst, irgendwas, das jemandem gefährlich werden könnte?«

»Zum Beispiel.«

»Sein persönlicher High Score, oder was? Haha.«

»Etwas, das mit der Unterhaltungsbranche zu tun hat.«

»Je länger das Ding verschwunden bleibt, desto verrücktere Sachen stell ich mir vor ...«

»Zum Beispiel?«

»Zum Beispiel Pornos mit Mädchen aus einer Girl Group.«

»Girl Group? Bist du aus dem Alter nicht schon raus?«

Kims Funkgerät knackte. *Alles fertig?* fragte er. *Kann losgehen*, kam die Rückmeldung. *Gut. Seht zu, dass unten niemand versehentlich durchläuft.*

»Was hast du vor?« fragte Gu.

»Ein Experiment«, erwiderte Kim.

»Was für ein Experiment? Willst du dich wieder irgendwo *einfühlen*?«

»Quatsch. Mach mal die Augen auf. Wir machen ein Donghun-

Bae-Experiment!« sagte Kim und zeigte auf zwei Schaufensterpuppen, die am Geländer lehnten.

»Ein Donghun-Bae-Experiment?«

»Ja, um endlich Licht in die Angelegenheit zu bringen.«

»Du meinst, um herauszufinden, ob er gesprungen ist oder gesprungen wurde?«

»Komm. Hilf mir mal«, sagte Kim, und zu zweit hievten sie eine der beiden Schaufensterpuppen aufs Geländer. Sie hatte genau Baes Gewicht. Kim gab ihr einen Schubs. Wenige Sekunden später hörte man sie unten aufprallen.

»Okay«, sagte Gu. »Das war der Selbstmord.«

Kim erwiderte nichte. Er deutete auf die zweite Puppe: »So. Tu so, als wolltest du sie umbringen. Schmeiß sie runter.«

»Das ist eine Puppe. Wie soll ich die umbringen?«

»Mein Gott, ja, eine Puppe, ich weiß, aber tu doch mal so, als wäre sie ein Mensch. Ein Feind. Dein Feind. Ein mieses Schwein, das deine Arbeit kaputtmacht. Das mieseste Deleter-Schwein, das man sich vorstellen kann.«

»Das turnt mich auch nicht wirklich an.«

»Weil du eine Memme bist! Weil du immer an Mamis Rockzipfel gehangen hast!«

»Das stimmt nicht, und du weißt, dass es nicht stimmt.«

»Okay okay. Stell dir einfach jemanden vor, der dich zur Weißglut bringt, ja? Und den stößt du mit voller Wucht übers Geländer, okay?«

»Gut. Kann losgehen.«

Gu versetzte der Schaufensterpuppe einen gewaltigen Stoß. Sie kippte kopfüber und schlug Sekunden später unten dumpf auf. *Ich brauche die Abstände zwischen Puppen und Wand*, gab Kim über Funk durch. *Inspektor Kim?* meldete sich jemand einige Minuten später. *Ich höre. – Die erste Puppe ist vier, die zweite vier Meter fünfzig vom Gebäude entfernt gelandet. – Bist du sicher? – Soll ich noch mal nachmessen? – Ich frage dich, ob du sicher bist, und du kommst mir mit ›nachmessen‹? Kein Selbstvertrauen, oder was? – Ich bin sicher. Ich habe genau gemessen. – Okay, danke.* Kim ging zu der Stelle, wo der Aschenbecher stand. Gu folgte ihm.

»Wo lag Bae?« fragte er.

»Bei drei fünfzig.«

»Also Selbstmord?«

»Glaubst du?«

»Das Experiment legt es nahe. Er lässt sich fallen: vier Meter. Jemand hilft nach: vier fünfzig. Drei fünfzig sprechen für Selbstmord, oder nicht?«

»Wenn es um Mord geht, ziehst du noch genau so schnell zurück wie früher.«

»Was soll das heißen?«

»Dass du bei Mord immer sofort zurückgezogen hast.«

»Was sollte ich machen? Auf dem Gebiet konnte ich nicht mithalten.«

»Gut. Und wie erklärt sich der fehlende halbe Meter?«

»Sag du's mir!«

»Wir haben unter Baes Fingernägeln Reste von blauer Farbe gefunden. Genau diese Farbe hier. Zuerst habe ich mir nicht viel dabei gedacht, aber wer sagt mir, dass die Rückstände nicht von diesem Geländer stammen?«

»Das heißt aber nicht, dass er unfreiwillig gesprungen ist. Vielleicht ist er übers Geländer, hat nach unten geguckt und gedacht, verdammt, ist das hoch, und sich vor Angst ans Geländer gekrallt.«

»Kann sein. Aber würde jemand, der so große Angst hat, wirklich springen? Das Geländer ist hoch. Wer da rüberklettert, muss wildentschlossen sein. Wenn Bae tatsächlich so lebensmüde war, warum liegt er dann nicht weiter weg?«

»Was, wenn jemand nachgeholfen hat, und er nicht wie die Puppe eine halbe Drehung gemacht hat, sondern gerade aufgeschlagen ist?«

»Ja. In *dem* Fall läge er wohl tatsächlich nah an der Wand. Aber wieso hat er Farbe unter den Nägeln?«

»Was weiß ich?«

»Wie wäre es damit: Zwei Typen halten ihn an den Füßen übers Geländer und drohen loszulassen, wenn er ihnen nicht sagt, was sie hören wollen.«

»Und die Farbe?«

»Er wird versucht haben, an der Hauswand Halt zu finden. Bae war eins achtzig. Vielleicht lassen sich in der Höhe Kratzspuren finden.«

»Willst du nachsehen?«

»Bist du verrückt? Ich hab Höhenangst. Das musst du machen.«

»Du hast immer noch Höhenangst?«

»Besser als Höhlenangst.«

»Deine dämlichen Kaulauer kannst du dir sparen. Also, wenn an der Wand Kratzspuren sind, haben wir einen Mordfall?«

»Sieh nach«, sagte Kim und drückte Gu ein Seil in die Hand.

Gu knotete ein Ende ans Geländer und band sich das andere um die Hüfte. Minimalsicherung. Vorsichtig rutschte er kopfüber über das Geländer. Mit den Händen stützte er sich an der Wand ab. Kim hielt ihn an den Beinen fest. Gu prüfte die Wand unterhalb des Geländers. Sie sah insgesamt recht sauber aus; vielleicht war sie erst kürzlich gestrichen worden. Kratzer gab es so gut wie keine. Aber da! An einer Stelle sah es tatsächlich so aus, als hätte ein Vertreter abstrakter Malerei ein paar Pinselstriche hinterlassen.

»Und?« fragte Kim ungeduldig.

»Moment!« sagte Gu, ohne dass Kim ihn hörte. In seinem Kopf staute sich das Blut. Was er sah, waren ohne Zweifel Kratzer. Scharfe Fingernägel, die von oben nach unten über die Wand gefahren waren. Spuren der Verzweiflung. Spuren unbedingten Willens, am Leben zu bleiben. Hier hatte jemand versucht, sich an die Wand zu klammern. Um nicht abzustürzen. Es waren die Spuren eines aussichtslosen Kampfes. »Verdammte Scheiße … Genau das ist der Grund, warum ich Mordfälle hasse …« murmelte Gu.

»Heh! Hast du jetzt was gefunden oder nicht?« brüllte Kim. Gu antwortete nicht. Er konnte nicht. Es waren nur ein paar Kratzer, aber sie verursachten ihm Brechreiz. Sie kamen ihm vor wie Blutspuren. Vielleicht, weil ihm in diesem Moment immer mehr davon in den Kopf schoss. Seine Kräfte erlahmten. Kim zog ihn wieder hoch.

11

Soyun Jong sah auf ihre Liste. Zehn Detektivbüros hatte sie bereits streichen müssen, blieben noch fünf. Mit jeder Streichung wuchs ihre Enttäuschung. Sie rief bei der elften Detektei an und vereinbarte einen Termin. Dann telefonierte sie mit der Firma, um sich ihren Urlaub verlängern zu lassen. Da sie vor kurzem ein größeres Projekt erfolgreich abgeschlossen hatte, kam man ihrer Bitte bereitwillig nach.

Das elfte Detektivbüro befand sich in einem Viertel, in dem etliche Zoohandlungen angesiedelt waren. Eine Detektei würde man hier eher nicht vermuten. Den Zettel mit der Adresse in der Hand, lief Soyun an Schaufenstern vorbei, aus denen Hunde, Katzen, Igel und diverse andere Tiere herausschauten, die sie nicht einmal benennen konnte. Die Blicke kamen ihr leer und verloren vor. An einer ins Souterrain führenden Treppe fand sie ein nachlässig beschriftetes blaues Schild: *Detektivbüro Iri.* Sie ging die dunklen, feuchten Stufen hinunter und gelangte an eine Eisentür, die ebenfalls mit einem blauen, ungelenk beschrifteten Schild versehen war. Die Tür ging auf, bevor sie klopfen konnte, und vor ihr stand ein stark behaarter Mann.

»Sind Sie die Dame, die angerufen hat?« fragte er.

Soyun trat einen Schritt zurück. Wegen der trüben Beleuchtung und der geradezu fellartigen Behaarung des Mannes brauchte sie einen Augenblick, um zu erkennen, dass ihr wirklich ein Mensch gegenüberstand. Seine Haare waren zerzaust, die Augenbrauen buschig, und den Rest des Gesichtes bedeckte ein so dichter Bart, dass man kaum die Augen und die platte Nase erkennen konnte.

»Ja. Bin ich hier richtig beim ...«

»Detektivbüro Iri. Ja. Ich bin Iri.«

Der Affenmensch streckte ihr die Hand entgegen. Soyun beließ es bei einem Nicken.

»Darf ich eintreten?«

»Ja, natürlich. Entschuldigen Sie … Bei mir geht es heute etwas hektisch zu … Bittesehr.«

Im Büro herrschte das reinste Chaos. Katzen, mindestens fünf an der Zahl, soweit man das auf die Schnelle überblicken konnte, aber auch Hunde bevölkerten den Raum. Auf einem Regal lag ein Leguan, und möglicherweise hielt sich noch mehr Getier hier auf. Soyun hätte es nicht erstaunt, wenn irgendwo aus dem Dunkel plötzlich ein Luchs hervorgesprungen wäre. Der Detektiv holte aus einer Ecke einen Stuhl und stellte ihn mitten in den Raum, an die einzige Stelle, wo ein Stuhl sich noch hinstellen ließ. Er selbst nahm hinter seinem Schreibtisch Platz.

»Es ist ein bisschen heruntergekommen hier, stören Sie sich bitte nicht daran. Möchten Sie etwas trinken?«

»Nun ja … nein, eigentlich ist es ganz gemütlich.«

»Schön, dass es Ihnen gefällt. Sie mögen Tiere?«

»Ein Glas Wasser, gerne.«

»Wasser? Ach so, ja.«

Iri fischte eine halbvolle Flasche Wasser aus einer Ecke.

»Ein Glas haben Sie nicht, nehme ich an?«

»Nein, habe ich nicht«, sagte Iri, als verstünde sich das von selbst. Soyun nahm die Flasche und trank daraus, ohne sie mit den Lippen zu berühren. Die Flasche leerte sich zusehends.

»Wollen wir nun vielleicht zur Sache kommen, jetzt, wo sie Ihren Durst gestillt haben? Worum geht's?«

»Sie kümmern sich hauptsächlich um vermisste Haustiere, richtig?«

»Das kommt in der Tat recht häufig vor, aber de facto kümmere ich mich um alles Mögliche.«

»Was nehmen Sie für die Suche nach einem Tier?«

»Das kommt darauf an. Was suchen Sie denn?«

»Ich suche eine Person.«

»Eine Person, gut. Da sind Sie bei mir richtig.«

»Ich weiß allerdings nicht viel über ihn.«

»Was wissen Sie denn.«

»Weder wie er heißt oder wie alt er ist, noch, wo er wohnt.«

»Aber Sie haben ein Foto?«

Soyun zog ein Blatt Papier aus ihrer Tasche und reichte es dem Detektiv. Es war eine Porträtzeichnung. »So sieht er aus.«

»Was denn, Sie haben kein Foto? Wir sind doch nicht im 19. Jahrhundert! Damit kann ich ihn nicht finden. Obwohl … die Zeichnung ist wirklich gut.«

»Ich arbeite in dem Bereich.«

»Sie sind Malerin?«

»So ähnlich. Und ich weiß, was der Mann von Beruf ist.«

»Nämlich?«

»Er ist Deleter.«

Bei dem Wort »Deleter« gefror Iris Bartgesicht zu Eis.

»Woher wissen Sie das?«

»Er ist in meine Wohnung eingebrochen. Wobei ›eingebrochen‹ vielleicht nicht das richtige Wort ist. Wie soll ich sagen … Er hat *eingegriffen*? Sich *hereingeschlichen*? Auf jeden Fall war es so, dass ich in der Nacht zuvor arbeiten musste und deshalb lange geschlafen habe. Weil ich Durst hatte und etwas trinken wollte, bin ich aufgestanden. Im Flur seh ich dann plötzlich diesen Mann. Ich hab mich so erschrocken, dass ich nicht einmal schreien konnte. Ich stand einfach nur da, wie angewurzelt. Zwei Sekunden lang, nein, kürzer wahrscheinlich. Aber ich erinnere mich an sein Gesicht, ganz deutlich. Nachdem er weg war, stand ich immer noch ziemlich verdattert da. Was sollte ich tun? Die Polizei rufen? Nachsehen, ob jemand im Haus verletzt oder ob etwas gestohlen wurde? Ich nahm erst mal mein Handy und sah, dass ich gut dreißig Anrufe verpasst hatte.«

»Ein Todesfall.«

»Woher wissen Sie das?«

»Sie sagten doch, dass es sich um einen Deleter handelt.«

»Ja.«

»Das ist das, was Deleter tun. Nach dem Tod eines Menschen Spuren beseitigen. Wer ist denn gestorben?«

»Mein Vater.«

»Oh … das tut mir leid!«

»Danke. Es geht schon.«

»Erzählen Sie weiter.«

»Meine Mutter wusste nicht, dass ich schon wieder zu Hause bin. Sie hat ständig versucht, mich zu erreichen, aber ich hatte das Handy auf lautlos und schlief.«

»Das kann passieren.«

»Ich bin dann sofort für ein paar Tage ins Krankenhaus, für die Totenwache, Sie wissen schon. An den Mann habe ich gar nicht mehr gedacht. Erst hinterher, als wir wieder zu Hause waren, fiel er mir wieder ein. Ich habe meine Mutter gefragt, ob irgendetwas weg sei. Sie sagte, die Wertsachen seien noch da. Ich bin dann ins Arbeitszimmer, um den Computer meines Vaters zu checken, aber der ging nicht an. Daraufhin habe ich den Computernotdienst gerufen, und die haben mir gesagt, die Festplatte sei gelöscht worden. Komplett. Genau so was machen Deleter. Habe ich wenigstens gehört.«

»Sie erzählen mir das alles so ungerührt …«

»Weil ich es schon zehnmal erzählt habe.«

»Und was haben meine zehn Kollegen dazu gesagt?«

»Nichts. Deleter, haben Sie gesagt, gäbe es nicht.«

»Aha. Und das haben Sie geglaubt?«

»Wieso nicht?«

»Weil sie natürlich wissen, dass es Deleter gibt. Sie sagen es nur nicht.«

»Und warum?«

»Weil man damit Kollegen verraten würde. Und das tut man nicht. Ungeschriebenes Gesetz.«

Ein kleiner Hund war dem Detektiv auf den Schoß gesprungen und schleckte seinen Kugelbauch. Um seine Beine strich eine Katze. Auch sie buhlte um seine Aufmerksamkeit.

»Und warum leugnen *Sie* nicht? Ist es bei Ihnen kein Verrat?«

»Ich bin ein bisschen außen vor. Nicht im Klub, wenn Sie wissen, was ich meine. Eine Art Außenseiter, ein Underground-Detektiv sozusagen. Eigentlich spüre ich nur vermisste Tiere auf, womit ich gerade so über die Runden komme. Außerdem kenne ich mich in der Branche gar nicht gut genug aus, um jemanden verraten zu können.«

»Gut. Dann können Sie mir ja alles erzählen.«

»Was, *alles*?«

»Wer der Mann ist, wo er wohnt.«

»Ich sagte doch, dass ich mich in der Branche nicht besonders gut auskenne.«

»Dann machen Sie sich kundig. Besser als ich werden Sie sich allemal auskennen.«

»Was habe ich davon?«

»Einen Auftrag.«

»Ich soll für ein paar Groschen zum Verräter werden?«

»Sagten Sie nicht, das könnten Sie gar nicht?«

»Schon. Aber es gibt so etwas wie Spielregeln.«

»Na schön. Was muss ich Ihnen zahlen, damit Sie die Regeln vergessen?«

»Angenommen, ich finde den Mann. Was dann?«

»Zunächst einmal will ich die Festplatte wiederhaben.«

»Und dann?«

»Weiß ich noch nicht. Die Sache vielleicht der Polizei melden?«

»Die Festplatte dürfte bereits vernichtet sein. Darin besteht schließlich der Auftrag eines Deleters.«

»Dann … dann bringe ich ihn um.«

»Ihr Vater hat ihn damit beauftragt, die Festplatte zu vernichten, vergessen Sie das nicht. Der Deleter ist gewissermaßen unschuldig. Es gibt garantiert einen entsprechenden Vertrag.«

»Ob mein Vater ihn beauftragt hat, ob es einen Vertrag gibt oder nicht, ist mir egal. Ich will die Festplatte wiederhaben. Da ist alles drauf, alles! Die Fotos, die mein Vater gemacht hat, die Fotos, die ich von meinem Vater gemacht habe, unsere Briefe, Bilder, Videos, die Lieder, die mein Vater geschrieben hat, alles. Auch die Fotos von unserer Reise zu den Galapagos-Inseln letzten Monat. Warum hätte mein Vater all das vernichten wollen? Da ist irgendwo ein Fehler passiert. Mein Vater hatte überhaupt keinen Grund, die Festplatte löschen zu lassen. Ich werde sie mir zurückholen!«

»Sie waren auf den Galapagos-Inseln?«

»Was?«

»Sie sprachen doch gerade von den Galapagos-Inseln. Waren Sie dort?«

»Ja, letzten Monat.«

»Haben Sie auch Meerechsen gesehen?«

»Ja. Die sind anderthalb Meter lang, die Viecher.«

»Wahnsinn, oder?«

»Fotos von Meerechsen sind auch auf der Festplatte.«

Die Meerechsen gingen dem Detektiv zu Herzen. Dass Menschen, die etwas verloren hatten, wütend waren, verstand er. Er fühlte mit ihnen. Dieses Mitgefühl war sein Schwachpunkt. Es verleitete ihn manchmal dazu, einen Auftrag anzunehmen, den er besser nicht angenommen hätte. Manchmal motivierte es ihn aber auch, wie zum Beispiel jetzt, wo es um verlorene Fotos von Meerechsen ging. Von Tieren, denen man in seinem Leben kein zweites Mal begegnen würde. Soyun war fertig. Sie schwieg.

»Gut«, sagte Iri. »Ich hör mich mal um. Deleter gibt es nicht so viele. Ich finde ihn vielleicht schneller als gedacht.«

Soyuns Miene hellte sich auf.

»Sie finden ihn. Bestimmt! Und schnell. Es ist ja gerade erst passiert, und wer weiß, vielleicht kann man die Festplatte ja noch retten.«

»Vielleicht. Was wären Sie denn ...«

»Ja?«

»Was wären Sie bereit zu zahlen?«

»Was verlangen Sie?«

»Es gibt eine Grundgebühr, auf die ich Ihnen keinen Rabatt einräumen kann. Plus die Sache mit der, nun ja, ›Denunziation eines Kollegen‹. Das wird nicht billig, fürchte ich ...«

»Geld ist kein Problem.«

Iris Gesichtszüge entspannten sich schlagartig. Er schob den Leguankäfig und allerlei Anderes zur Seite und kramte einen Quittungsblock heraus. Dann nahm er die Anzahlung entgegen, quittierte und schüttelte Soyun die Hand. Mit einer Personensuche war er schon lange nicht mehr beauftragt worden. Es gab Fälle, die kompliziert schienen, aber einfach zu lösen waren, und Fälle, die einfach aussahen, sich aber als kompliziert erwiesen. Dieser Fall gefiel ihm. Er sah schwierig aus, würde aber problemlos zu lösen sein. Dongchi Gu war ihm bekannt. Schon beim ersten Blick auf die Zeichnung hatte er an Gu gedacht, und als Soyun sagte, dass sie einen Deleter suchte, hatte er keinen Zweifel mehr gehabt. Er musste nur noch herausfinden, wo Gu derzeit wohnte. *Wenn man dich braucht, bist du da*, dachte er, die Hand seiner Klientin noch immer in der seinen. Gu hatte ihm vor längerer Zeit schon einmal aus der Patsche geholfen. Unter Iris Bart kam eine Reihe Zähne zum Vorschein.

12

Während des Tennisspiels musste Yumi Han ständig daran denken, was Gu zu ihr gesagt hatte. »Die *servieren* die Bälle!« Sie konnte ihn förmlich hören. Denn egal was sie machte, ihre Bälle landeten stets genau da, wo Chon sie problemlos erreichen konnte. *Quatsch! Die können es nicht besser!* hatte sie gesagt. Doch jetzt, wo sie selber spielte, musste sie feststellen, dass es weniger an ihrem mangelnden Geschick lag, sondern an Chons Auftreten. Es verunsicherte sie dermaßen, dass sie allenfalls mittelprächtige Schläge hinbekam. Chon beherrschte den Platz. Er zog die Bälle regelrecht an, wie ein Magnet. Sowohl Miyong, Chons Partnerin, als auch Yongmin Lee, der an Yumis Seite spielte, spielten ausgesprochen vorsichtig. Einfache Bälle parierten sie, die schwierigen ließen sie sausen. Während Miyong aber noch einigermaßen solide spielte, war Lee eine einzige Katastrophe. Entsprechend desaströs war das Ergebnis: Yumi und Lee hatten nur ein einziges Spiel gewinnen können.

Nach der Dusche trafen die vier sich im Restaurant im Erdgeschoss. Erschöpft aber zufrieden, so wie man sich nach dem Sport eben fühlt.

»Ich danke Ihnen für die Lehrstunde«, sagte Lee zu Chon und legte sein Handy auf den Tisch. »Was ich über Ihre Tenniskünste gehört habe, war nicht übertrieben.«

»Ich bitte Sie. Lernen wir nicht alle voneinander?« erwiderte Chon, die gefalteten Hände auf dem Tisch. »Seit wann spielen Sie?«

»Seit ungefähr drei Jahren, allerdings hatte ich nie einen Trainer. Es wäre mir ein Vergnügen, wenn ich ab und zu mit Ihnen ein paar Bälle wechseln dürfte.«

»Würde es Ihnen etwas ausmachen, das Handy vom Tisch zu nehmen? Ich empfinde das als sehr unangenehm«, sagte Chon und deutete mit dem Kinn auf Lees Handy. Lee steckte es ein. Augenblicklich herrschte Schweigen am Tisch. Der einzige, der dieses Schweigen genoss, war Chon. Miyong wartete ab. Yumi und Lee rutschten auf ihren Stühlen herum.

»Ihre Technik ist ausgezeichnet«, wandte Chon sich an Yumi. »Wo haben Sie spielen gelernt?«

»Ach Gott, ich bin eigentlich auch Anfängerin. Ich hatte zwar mal die ein oder andere Stunde, aber mein Trainer hat nur die Hände über dem Kopf zusammengeschlagen. Ich fürchte, ich bin ziemlich unbegabt. Bei Ihnen, Herr Generaldirektor, sieht das alles so gekonnt aus, so flüssig. Das ist Tennis. Bei mir stimmt der Bewegungsablauf nicht. Deshalb kriege ich einfach keinen Druck hinter den Ball.«

»Nein nein, Sie spielen wirklich ausgezeichnet. Besser als Herr Lee. So wie Sie sich bewegen, könnte man Sie glatt für einen Profi halten.«

Das Essen wurde serviert. Filetsteaks mit appetitlich angerichtetem Salat, dazu Rotwein. Die anschließende Stille wurde nur vom Klappern des Bestecks unterbrochen. Chon schob sich ein Stück Fleisch in den Mund.

»Haben Sie einen Lieblingsspieler?« fragte er und sah erneut zu Yumi.

»Einen Lieblingsspieler … hm … Eine Spielerin vielleicht: Maria Sharapova.«

»Das passt!«

»Nein, nein, mit mir hat das nichts zu tun. Ich finde nur ihr Stöhnen so beeindruckend.«

»Ihre Gegnerinnen wahrscheinlich weniger.«

»Eben deswegen. Sie hat dadurch eine enorme Präsenz auf dem Platz.«

»Was ist mit Ihnen, Herr Lee, welcher Spieler gefällt Ihnen?«

Lee gab sich Mühe, schneller zu kauen. Der Druck, möglichst zügig zu antworten, stand ihm ins Gesicht geschrieben.

»Nadal. Ich mag Nadal«, artikulierte er schließlich so deutlich, als müsste er beweisen, dass er sein Fleisch einwandfrei zerkaut und hinuntergeschluckt hatte.

»Nadal? Guter Spieler.«

»Ich mag Spieler, die mehr mit Kraft als mit Technik arbeiten.«

»Kraft. Nun, jeder sucht bei anderen das, was ihm selbst fehlt. Wer kraftlos ist, strebt nach kraftvoll, wer kein Gefühl hat, nach Gefühl …« sagte Chon und sah dabei nicht Lee, sondern das Steak auf seinem Teller an.

»Und Sie, Herr Generaldirektor?«

»Ich? Ich mag Federer. Federer ist der perfekte Spieler. In der ganzen Geschichte des Tennissports findet man keinen so perfekten Spieler. Sie mögen Spieler, die mit Kraft spielen. Aber Kraft verliert gegen Beweglichkeit, wie Federer eindrucksvoll beweist. Die meisten Leute spielen eine beidhändige Rückhand. Federer spielt sie einhändig und passiert seine Gegner trotzdem. Weil er beweglich ist. Wahre Kraft kommt nicht aus den Muskeln, sie kommt aus der Beweglichkeit. Wer beweglich ist, kann jeden Gegner schlagen.«

Lee bemerkte erst mit einiger Verspätung, dass Chon ihn fixierte. Er senkte den Kopf und spießte ein Stück Fleisch auf.

»Was für ein Zufall«, mischte Yumi sich ein. »Ich bin auch ein großer Fan von Federer. Gut aussehen tut er auch noch!«

»Sagen Sie, wie hieß doch gleich der Herr, den Sie mir kürzlich vorgestellt haben, dieser Detektiv …«

»Gu. Dongchi Gu.«

»Sagten Sie nicht, dass er früher Tennis gespielt hat? Arrangieren Sie mir doch bitte ein Match mit ihm. Wie sieht es nächste Woche terminlich bei mir aus?« wandte Chon sich an seine Assistentin. Miyong schaute einen Moment in die Luft und vergegenwärtigte sich den Kalender des Generaldirektors.

»Bis einschließlich Mittwoch sind Sie ausgebucht.«

»Dann fragen Sie ihn doch bitte, ob er Donnerstag oder Freitag Zeit hat.«

»Donnerstag oder Freitag, diese Uhrzeit? Gerne. Möchten Sie ein Einzel spielen? Oder lieber Doppel?«

»Gegen einen Halbprofi wäre ein Einzel ein bisschen gewagt.«

»Sie könnten ohne weiteres gegen einen Profi antreten, Herr Generaldirektor!«

»Sie scherzen. Wir spielen Doppel. Das macht mehr Spaß, und Sie, Yumi, können dann auch mitspielen.«

»Es wäre mir ein Vergnügen.«

So plauderte man bis zum Ende des Mittagessens fort. Meistens waren es Chon und Yumi, die das Wort führten. Miyong lauschte den Worten ihres Chefs, und Lee kaute gesenkten Kopfes auf seinem Steak herum. Wenn nötig, hätte er einen ganzen Ochsen weggekaut. Erst als Chon und Miyong gegangen waren, entspannte er sich.

»Boah«, sagte er und setzte sich etwas bequemer hin. »Das ganze Fleisch liegt mir jetzt schon im Magen.«

»Warum warst du denn so angespannt, Liebling, du hast ja kein Wort herausgebracht«, sagte Yumi und schmiegte sich an ihn.

»Der mag mich nicht.«

»Na und? Solange er dich nicht hasst … und dazu hat er wohl keinen Grund, oder?«

»Jede Menge sogar.«

»Wieso?«

»Dieser Arsch. Ich wette, der wollte mir sagen, dass ich den Auftrag fürs Shooting nicht kriege.«

»Wenn er das hätte sagen wollen, hätte er es gesagt.«

»Jedenfalls mag er mich nicht.«

»Und wenn schon.«

»Der wird schon noch angekrochen kommen.«

»Aha …«

»Du wirst schon sehen.«

»Verheimlichst du mir was?«

»Wieso?«

»Du tust so, als hättest du noch ein As im Ärmel.«

»Ein As im Ärmel haben doch alle. Manche ziehen es, manche nicht.«

»So kenne ich dich ja gar nicht …«

»Dann wird's Zeit, mich kennenzulernen«, sagte Lee und legte Yumi die Hand aufs Knie. Tätschelte es ein bisschen, bevor er die Hand etwas höher wandern ließ.

»Heh, was machst du?«

»Dir Gelegenheit geben, mich kennenzulernen.«

»Ha-ha«, sagte Yumi, ließ Lee aber nicht nur gewähren, sondern öffnete sogar die Beine ein wenig, um ihm sein Spiel zu erleichtern. Lee wurde zusehends mutiger.

»Wie wär's?« schlug er vor und zog seine Hand zurück. »Kleine Auszeit in der oberen Etage?«

»In der oberen Etage?«

»Du könntest fragen, ob man dir eins der Gästezimmer zur Verfügung stellt.«

»Ich?«

»Du kennst hier doch alle.«

»Schon, aber …«

Lee schwieg. Yumi stand auf – was blieb ihr anderes übrig – und verschwand. Lee richtete sich die Hose. Keine fünf Minuten später war Yumi wieder da, in der Hand einen Schlüssel, den sie verheißungsvoll schwenkte.

»Musst du eigentlich immer so meine Brüste bearbeiten?« sagte Yumi und strich Lee über die Brust. »Die tun jetzt noch weh.«

»War ich zu rough?« Lees Blick war auf die herbstliche Landschaft hinter dem Fenster gerichtet.

»Anfassen ist ja okay, aber doch nicht so fest. Dir fehlt's wohl an Zuwendung!«

»So was lässt man an den Brüsten einer Frau aus, oder wie?«

»Keine Ahnung. Hab ich mal irgendwo gehört.«

»Bald ist Winter, guck! Überall fallen schon die Blätter von den Bäumen.«

»Es ist wirklich schön hier, findest du nicht?«

»Ja. So ein Anwesen würde mir auch gefallen.«

»Dann fang mal an zu sparen. Billig ist das nicht.«

»Wer weiß, vielleicht komme ich ja demnächst zu Geld.«

»Also irgendwie werde ich den Gedanken nicht los, dass du mir was verheimlichst.«

»Weißt du noch, was du mich gefragt hast, als wir uns das erste Mal getroffen haben?«

»Nein, was?«

»Was ich unbedingt tun will, bevor ich sterbe.«

»Als wir über Deleting sprachen, meinst du? Und was hast du gesagt?«

»Nichts. Ich wusste nichts zu sagen.«

»Aha.«

»Weil ich kein Ziel hatte.«

»Ja, und?«

»Jetzt hab ich eins.«

»Und das wäre?«

»Stärke.«

»Stärke?«

»Ja. Ich will stark werden.«

»Muskeln aufbauen, oder was? Ins Fitness-Studio gehen?«

»Das meine ich nicht.«

»Okay, whatever, ich bin hundemüde, lass mich'n bisschen schlafen.«

»Du willst jetzt schlafen?«

»Die kommen doch erst um vier, bis dahin ist Zeit.«

»Was ist das eigentlich für'n Typ? Dieser Gu?«

»Ach ja, mit dem muss ich ja auch noch einen Termin machen, für das Match mit dem Generaldirektor.«

»Kannst du nachher immer noch.«

»Aber jetzt bin ich wieder wach.«

»Also, wie ist er denn so, dieser Gu?«

»Du hast ihn doch auch getroffen.«

»Schon.«

»So gut kenn ich den auch nicht. Er war früher bei der Polizei. Jetzt ist er Detektiv und beseitigt Daten verstorbener Personen. Er ist nicht verheiratet, breitschultrig, sieht gut aus und weiß sich zu benehmen. Manchmal ist er ein bisschen raubeinig, ab und zu ein regelrechter Kotzbrocken. Er kann aber auch charmant sein. Und Humor hat er auch …«

»Er scheint dir zu gefallen.«

»Mir?«

»Hört sich so an.«

»Quatsch!«

»Wehe, du fängst was mit ihm an! Ein anderer Mann und du bist tot, Süße! Kapiert?« sagte Lee und schloss Yumi in die Arme. Er drückte sie so fest, als wollte er einen Vogel festhalten, der im Begriff war wegzufliegen. Unwillkürlich biss er die Zähne zusammen. *Ruhig Blut, du wirst deine Kräfte noch brauchen,* mahnte er sich. Wie der Generaldirektor sich wehren würde, wusste er nicht, aber dass er nicht kampflos aufgeben würde, das stand fest. Dachte Lee, den Blick nach draußen gerichtet.

13

Einige Tage nach dem Experiment auf dem Hochhaus schaute Gu auf dem Rückweg zu seinem Büro bei der Eisenwarenhandlung im Erdgeschoss vorbei, um ein paar Batterien zu kaufen. Der Zyklop schwächelte. Das Problem hätte sich mit einem Stromanschlusskabel leicht lösen lassen, aber Gu hatte keine Lust auf Kabelsalat.

Als er mit den Batterien in der Hand aus dem Laden trat, fiel sein Blick auf die Überwachungskamera am Eingang. Er erinnerte sich an den Wirbel, den Baek veranstaltet hatte, und sah sich die Kamera etwas genauer an. Sie hing direkt über der Ladentür; mit etwas Glück hatte sie die Person, die in sein Büro eingedrungen war, aufgenommen. Gu wusste zwar, dass die Kamera nur Bilder von ausgesprochen dürftiger Qualität lieferte, aber ihm wäre schon wohler, wenn er den Eindringling wenigstens in Umrissen erkennen könnte.

Ob er sich die Aufnahmen einmal ansehen dürfe, fragte er Baek. Baeks Augen leuchteten, als wollte er sagen: ›Siehst du? Was habe ich gesagt? Ohne meine Kamera wärt ihr alle aufgeschmissen.‹ Er fragte Gu nach dem Tag, der ihn interessierte, und setzte sich an den Computer.

»Dann wollen wir den Übeltäter mal schnappen. Welche Uhrzeit?«

»Das weiß ich nicht genau. Wenn Sie mir die Aufzeichnungen des ganzen Tages kopieren könnten, sehe ich sie mir in Ruhe an.«

»Kopieren? Ich weiß gar nicht, wie man das macht.«

»Haben Sie keine Gebrauchsanweisung für die Kamera?«

»Nein … Soll ich mal beim Hersteller anrufen?«

»Nein, nicht nötig.«

»Ah! Wir fragen Bin'il! Der weiß das bestimmt.«

Ohne Gus Antwort abzuwarten, griff Baek zum Telefonhörer. Fünf Minuten später stand Bin'il im Laden. Unbeholfen grüßte er.

»Bin'il, du kennst dich doch mit technischen Dingen aus. Kannst du uns das Video hier kopieren?«

»Ja, klar. Darf ich mal?«

Bin'il setzte sich an den Computer. Die Geschwindigkeit, mit der er durch das Programm und die Einstellungen navigierte, ließ den Experten erkennen.

»Das ist ja das neuste Modell. Welchen Tag?«

»Den Fünfundzwanzigsten, bitte. Und von wegen neustes Modell, die Bildqualität ist unter aller Sau!«

»Wirklich? Kann eigentlich nicht sein.«

Baek drängelte sich an die Tastatur und klickte auf den Bildschirm. Das Bild, das aufpoppte, war so verschwommen, dass man praktisch nichts darauf erkennen konnte.

»Herr Baek, das ist doch nur das Thumbnail! *Hier* müssen Sie klicken!«

»Thumbnail? Was ist das denn?«

»Das Vorschaubild.«

Bin'il ließ das Video laufen; das Bild war gestochen scharf, es schmerzte fast in den Augen. Baek und Gu entfuhr ein verblüfftes *Oh*.

»Ich hatte mich schon gewundert! Ein neues Modell und so ein schlechtes Bild«, rief Baek und schlug sich aufs Knie.

»Soll ich das komplette Video brennen?«

»Brennen? Wieso brennen?«

»Ob ich es auf eine DVD kopieren soll.«

»Ach so! Ja, bitte.«

Der Rechner übertrug die Daten in vierfacher Geschwindigkeit auf die DVD. Auf dem Bildschirm sah man Menschen sich hektisch bewegen. Da die Kamera mit einem Bewegungsmelder verbunden war, gab es kaum Stellen, an denen keine Personen im Bild waren. In rasender Geschwindigkeit tauchten Leute auf und verschwanden wieder. Einmal sah man Kinder vor dem Laden hocken, die sich irgendetwas anschauten. Ab und zu erschienen Frauen, die in der Auslage vor dem Laden wühlten und Strohbesen oder Putzlappen herauszogen.

»Ha! Damit habe ich die kleinen Gauner im Sack! Gute Arbeit, Bin'il! Da sind bestimmt auch die Blagen von der Kampfkunstschule drauf!«

Baek konnte das Ende des Kopiervorgangs kaum abwarten. Der Gedanke, dass er Cha nun endlich eins auswischen konnte, machte ihn ganz hibbelig. Und wenn sich wider Erwarten herausstellen sollte, dass die Kinder von der Kampfkunstschule nichts hatten mitgehen lassen, würde er die Sache einfach auf sich beruhen lassen. Gu zuckte plötzlich zusammen.

»Bin'il«, sagte er, »kannst du mir sagen, um wie viel Uhr das aufgezeichnet wurde, was wir gerade gesehen haben?«

»25. Oktober, 17:04 Uhr.«

»Kann man sich die Aufnahme auch während des Kopiervorgangs ansehen?«

»Natürlich«, sagte Bin'il und spielte die Aufzeichnung noch einmal ab. Ein Mann mit Mütze ging am Eisenwarengeschäft vorbei. Um die Hüfte trug er eine große Werkzeugtasche. Dann verschwand er.

»An den erinnere ich mich!« rief Baek und zeigte auf den Bildschirm. Bin'il wechselte in den schnellen Vorlauf, um festzustellen, ob der Mann noch einmal auftauchen würde. Um 17:30 Uhr erschien er wieder im Bild. Diesmal ging er in die entgegengesetzte Richtung. Auch Baek und Park waren zu sehen. Das Gesicht des Mannes war allerdings weder beim ersten noch beim zweiten Mal zu erkennen.

»Der lief vorbei, als ich gerade ein Schwätzchen mit Maître Park hielt. Wir fanden ihn beide irgendwie verdächtig. Kennen Sie ihn? Was hatte er hier zu suchen?«

»Ich kenne ihn nicht, finde ihn aber auch verdächtig.«

»Ja? Sie als Detektiv erkennen so etwas natürlich sofort.«

»Erinnern Sie sich an das Gesicht des Mannes?«

»Nein, das habe ich nicht gesehen. Aber Park vielleicht. Er wollte ihm noch hinterherlaufen, hat das dann aber wohl sein lassen. Vielleicht hat er sein Gesicht trotzdem gesehen. Bin'il, lauf doch mal schnell runter und sag Park, er soll raufkommen.«

»Jetzt?«

»Natürlich jetzt! Gu Sonsaeng will einen Verbrecher fangen, was kann es da Dringenderes geben!«

»Nein nein, ich gehe nachher selbst runter.«

»Ach was! Das Eisen muss geschmiedet werden, solange es heiß ist. Um Beweise kann man sich nicht schnell genug kümmern. Ich kenne mich da aus, ich habe früher jede Menge Krimis geguckt. Nun geh schon!«

»Sonst noch Wünsche? Ich arbeite im Internet-Café, nicht hier!«

»Soll das heißen, du gehst nicht?«

»Schon gut, ich geh ja schon ...« maulte Bin'il, machte sich aber zügig auf den Weg.

»Was gibt's?« hörte man kurz darauf Parks durchdringende Stimme, noch bevor er in den Laden trat.

»Komm rein!« rief Baek nicht weniger laut.

»Was ist denn hier los? Hausversammlung?«

»Hör zu. Erinnerst du dich an den Kerl, den wir neulich vor dem Laden gesehen haben? Den, den wir hier noch nie gesehen hatten. Wo wir uns gefragt haben, ob der hier irgendwas repariert hat.«

»Ja klar. Ziemlich finstere Type.«

»Kannst du dich an sein Gesicht erinnern?«

»Natürlich! Sich die Gesichter der Kunden zu merken ist in meinem Beruf das A und O. Wieso? Was ist mit dem?«

»Er scheint was ausgefressen zu haben, aber das besprichst du besser mit Gu Sonsaeng.«

Baek war neugierig und hätte zu gerne mitgehört, aber Gu

ging mit Park ins Restaurant. Schließlich musste nicht jeder alles wissen.

»Der kam uns gleich irgendwie komisch vor«, sagte Park, während er die Tür zum *Aroma Sicilia* aufschloss. »Hatte die Mütze so tief ins Gesicht gezogen, als wollte er auf keinen Fall erkannt werden, und dann hatte er auch noch diese Werkzeugtasche umgeschnallt – ungefähr so groß. Er sah eigentlich nicht wirklich komisch aus, hatte aber irgendwie was Feindseliges an sich, weißt du. So was kannst du nicht verbergen, egal wie du dich vermummst. Wieso interessierst du dich für den? Ist was passiert?«

»Bei mir wurde eingebrochen, und wie es aussieht, war es dieser Typ.«

»Eingebrochen? In dein Büro? Na, der hat Nerven. Ins Büro des berühmten Detektivs Gu! Und was hat er geklaut?«

»Nichts.«

»Nichts? Wozu ist er dann eingebrochen?«

»Um mir Angst zu machen, nehme ich an.«

»Wer sollte dir Angst machen wollen?«

»Das weiß ich nicht. Aber Leute, die was gegen mich haben, gibt es sicher genug. Kannst du dich an sein Gesicht erinnern?«

»Natürlich. Bevor er zum Parkplatz ging, habe ich ihm direkt in die Augen gesehen. Auf einem Foto würde ich ihn sofort wiedererkennen.«

»Gut. Ich besorge eins.«

»Ach, und dann war da noch was Merkwürdiges.«

»Was?«

»Du hast mich doch neulich nach dem Wonsudojang gefragt.«

»Ja und?«

»Könnte der Einbruch was mit denen zu tun haben?«

»Eher unwahrscheinlich. Ich bin gebeten worden, ein paar Informationen über die einzuholen, mehr nicht. Wieso?«

»Der Typ hatte doch diese Werkzeugtasche um. Und auf der war ein kleines Abzeichen angebracht, also, vielleicht hab ich mich auch verguckt, aber ich meine, es wäre das Symbol des Wonsudojang gewesen, weißt du, so ein schmales, scharfes Dreieck in einem Kreis. Sieht man nicht so häufig.«

»So ein Abzeichen näht man sich doch nicht an, oder?«

»Wieso? Erstens, wer kennt schon den Wonsudojang? Und zweitens, Leute, die sich zu solchen Vereinen zusammenschließen, legen ziemlich viel Wert auf Stolz und Treue und so. Wer weiß, vielleicht ist es auch eine Art geheimes Erkennungszeichen.«

»Aber warum sollte jemand vom Wonsudojang in mein Büro einbrechen?«

»Weil du ihnen zu nahe gekommen bist … vielleicht.«

»Dann hätte sich die Sache ja erledigt.«

»Wieso?«

»Weil ich mich gar nicht mehr mit ihnen befasse. Ich habe deine Informationen weitergegeben und fertig.«

»Du hast aber nicht gesagt, von wem du die Info hast, oder? Nicht, dass sie am Ende noch zu mir kommen!«

»Natürlich nicht. Wobei, Moment … Es könnte sein, dass … Nein … Ich hab dich nicht erwähnt – glaube ich.«

»Also was? Hast du oder hast du nicht?«

»Angst?«

»Entschuldige mal! Muss ich dich erst daran erinnern, dass ich mich mit Messern auskenne? Wenn die Leute früher von mir, dem Messer-Mann aus Nonghyong sprachen, kriegten sogar die vorbeilaufenden Straßenköter das große Zittern!«

»Ich habe dich nicht erwähnt, keine Sorge.«

»Gut. Nicht, dass ich Angst hätte, aber gestört hätte es mich schon.«

»Weil du Angst hast.«

»Hast du eigentlich schon gegessen? Soll ich dir ein paar Nudeln machen?«

»Du wechselst das Thema. Nein, ich habe noch keinen Hunger, danke. Später.«

»Okay, dann später.«

Gu ging hoch in sein Büro. Die eine Hand klopfte auf die DVD in seiner Tasche, die andere zählte die großen, runden Batterien in seiner Hosentasche. Er versuchte, seine Gedanken zu ordnen. Was hatte er Inchon Kim über den Wonsudojang erzählt? Nichts Besonderes. Nur das, was Park ihm gesagt hatte. Außerdem hatte er einen Link weitergegeben, den er ebenfalls von Park hatte, und einen unbedeutenden Hinweis von anderer Seite. Mehr nicht. Keine Informationen darüber, ob die Gruppe noch aktiv war und wenn, in welcher Form. Warum sollten die ihn einschüchtern wollen? Es sei denn, Kim hatte den Verein aufgeschreckt. Gu beschloss, ihn anzurufen.

»Unser vielbeschäftigter Herr Privatdetektiv«, meldete sich Kim. »Was gibt's?«

»Hast du beim Wonsudojang rumgeschnüffelt?« kam Gu gleich zur Sache.

»Bei wem?«

»Beim Wonsudojang. Ich hab dir doch Infos über die gegeben.«

»Warum sollte ich bei denen rumschnüffeln? Was ist los?«

»Nichts, ich wollte es nur wissen.«

»Du machst mir vielleicht Spaß! Wegen deiner Hinweise habe ich einen Anpfiff von oben bekommen. Was das denn für beschissene Infos wären! Mit den Ermittlungen geht's auch nicht voran. Wenn es einen Zusammenhang zwischen dem Messer am Tatort und dem Wonsudojang gäbe, sollte ich das gefälligst beweisen, hieß es.«

»Das Messer ist doch der Beweis.«

»Ach ja? Steht da etwa Wonsudojang drauf? Keine Fingerabdrücke, kein Hinweis auf den Hersteller, kein Blut … Nichts. Du weißt doch, wie das bei uns läuft. Verdammte Scheiße!«

»Und Bae?«

»Dasselbe. Kratzspuren an der Wand sind kein Beweis. Komisch, dass die Leiche keine Spuren von Gegenwehr aufwies.

Wenn Bae sich gewehrt hätte, gäbe es welche, aber da ist nichts, absolut nichts.«

»Vielleicht hat er sich nicht gewehrt.«

»Ich versteh das einfach nicht. Beweise, Beweise, es ist zum Kotzen! Ich sollte mal im Telefonbuch nachsehen. Vielleicht findet sich da ja einer. Und dann geb ich dem schön was aufs Maul. Dem Scheißbeweis.«

»Telefonbücher gibt's keine mehr. Guck lieber im Netz. Und wenn du unter ›Beweis‹ nicht fündig wirst, probier's mal mit ›Zeuge‹.«

»Hast du noch mehr gute Ratschläge, du Arsch?«

Gu überlegte, ob er den Einbruch erwähnen sollte. Nein, das würde nur eine Flut von Fragen auslösen, und der fühlte er sich im Moment nicht gewachsen. Er verabschiedete sich und beendete das Telefonat. Geklärt hatte sich nichts. Die einzige Hoffnung, die Gu noch blieb, war die DVD. Wenn er den Mann vom Video fand, hätte er vielleicht einen Anhaltspunkt. Einfach würde es nicht werden. Gu legte eine Arie auf.

Es klopfte. Gu hatte abgeschlossen. Besucher konnten ihm heute gestohlen bleiben. Er blieb sitzen und drehte den Zyklopen leiser. *Keiner da, verzieh dich*, dachte er. Er nahm sich vor, sich so lange nicht zu rühren, bis der Besucher wieder verschwunden wäre. Es klopfte erneut. Gu rührte sich nicht. Kurz darauf wieder. Und wieder. Das Klopfen nahm kein Ende. Gu schloss die Augen. Er brauchte Ruhe. Wie sollte man *so* einen klaren Gedanken fassen! Es klopfte jetzt seit fünf Minuten. Das Anliegen musste dringend sein, und der Mensch ihn kennen. Gu ging zur Tür.

»Wer ist da?« rief er.

»Iri.«

»Iri?«

»Ja.«

Gu machte auf. Vor der Tür stand Iri, mit struppigem Bart und struppiger Frisur, in einer gefütterten Jacke, die nicht recht zur Jahreszeit passen wollte. »Lange nicht gesehen«, sagte er und deutete eine Verbeugung an.

»Das ist ja eine Überraschung. Wie hast du mich gefunden?«

»Eine meiner leichtesten Übungen. Ich bin schließlich Detektiv.«

»Komm rein.«

Iri setzte sich und ließ seinen Blick durch das Zimmer schweifen. Sauber und ordentlich, kein Vergleich zu dem Chaos in seinem eigenen Büro. Die beiden Männer saßen einander gegenüber und suchten nach Worten. Wann hatten sie sich das letzte Mal gesehen? Und worüber gesprochen? Wie sollte man jetzt anfangen? Beide zögerten.

»Du kommst sicher nicht umsonst. Was ist passiert?« fragte Gu und schaltete den Zyklopen aus.

»Aber, aber. Begrüßt man so einen Freund, der die ganze Stadt auf den Kopf gestellt hat, nur um dich zu sehen?« beschwerte Iri sich lächelnd.

»Lass stecken, Iri. Du bist lieber bei deinen Tieren als unter Menschen, also erzähl keine Märchen.«

»Na hör mal! Dass ich Tiere menschlicher Gesellschaft vorziehe ... wer erzählt denn so was?«

»Ich kenne dich, Iri. Nummer 1: Geld, 2 Tiere, 3 Frauen, 4 Kinder, 5 Männer, 6 ich. Hab ich recht?«

»Nicht ganz. Nummer 1 Geld, das stimmt, aber dann kommst du. Danach Tiere und danach Frauen.«

»Erzähl mir nichts!«

»Du glaubst mir nicht?«

»Komm zur Sache! Was willst du?«

»Hast du das hier gemietet?«

»Ich hab gesagt, du sollst zur Sache kommen!«

»Was kostet dich das?«

»Iri.«

»Was bist du denn so schroff heute?«

»Mit zunehmendem Alter lässt meine Geduld nach. Und jetzt stößt sie gerade an ihre Grenze.«

»Du wirst gesucht.«

»Von wem?«

»Von einer Frau.«

»Geht's ein bisschen genauer?«

»Es ist wohl die Tochter eines deiner Deleting-Klienten, und sie sagt, es gibt etwas, das sie unbedingt zurückhaben will. Deshalb sucht sie dich. Ich hab sie erst mal davon abhalten können, zu einem anderen Detektiv zu laufen. Ich hab ihr gesagt, ich würde dich suchen, sie soll einfach warten. Das Problem ist, dass sie weiß, dass du Deleter bist und sich sehr genau an dein Gesicht erinnert. Ärgerlich, nicht wahr?«

»Das einzig Ärgerliche bist du!«

»Ich? Wieso ich?«

»Weil du zwei Mal kassieren willst. Erst bei mir gegen das Versprechen, der Frau nicht zu verraten, wer ich bin und wo sie mich finden kann, und dann bei der Frau, der du es trotzdem sagst, bevor du dich aus dem Staub machst.«

»Wofür hältst du mich? Ich bin doch kein Arschloch!«

»Doch.«

»Ich weiß gar nicht, warum du so ein schlechtes Bild von mir hast? Daran werde ich wohl arbeiten müssen …«

»Iri. Was willst du?«

»Dich warnen.«

»Aha. Und weiter?«

»Weiter hat mein gutmütiges Herz noch nicht gedacht. Ich wollte dich nur warnen.«

»Sag ihr einfach, wo ich wohne.«

»Im Ernst? Das gibt nur Ärger.«

»Du sagst es ihr sowieso. Bevor sie ihre Nase in Dinge steckt, die sie nichts angehen, regel ich die Sache lieber selbst.«

»Na dann.«

»Du kümmerst dich immer noch um Tiere?«

»Was allein das Futter für die kostet! Da kommt jeder Auftrag recht. Hast du was für mich, jetzt, wo das Schicksal uns so unvermutet wieder zusammengeführt hat? Im Leute-Aufspüren bin ich, wie du weißt, kaum zu schlagen. Ganz im Gegensatz zu dir.«

»Jetzt, wo das Schicksal uns so unvermutet wieder zusammengeführt hat? Ich denke, du hast mich gesucht!«

»Das stimmt. Aber du hast es mir sehr leicht gemacht. Da kann man schon von Schicksal reden, oder?«

Gu hasste Iri nicht, aber in seiner Nähe haben wollte er ihn auch nicht unbedingt. Iris größter Schwachpunkt war Geld. Mit jemandem zusammenzuarbeiten, dem Geld wichtiger war als jede Absprache, war nicht einfach. Geld konnte bei Iri alles verändern. Seinen Charakter, seine Überzeugungen.

»Na schön. Wärst du bereit, jemanden ausfindig zu machen?«

»Na klar! Danke, Mann!«

Gu wollte Iri mit der Suche nach dem Mann auf dem Video betrauen. Dafür konnte er guten Gewissens eine größere Summe ausgeben. Iri könnte ihn vielleicht aufspüren, und wenn er dabei ein bisschen trickste, war es auch nicht schlimm. Hauptsache, er fand ihn. Und wenn der Kerl daraufhin abtauchte, konnte er Iri immer noch dafür verantwortlich machen. Im Moment gab es nur eine Tür zur Lösung dieses Falls. Jeder Schlüssel, der sie vielleicht öffnete, war willkommen. Gu ging mit Iri ins Internet-Café. Iri strahlte.

14

Soyun Jong schloss die Augen und versuchte, sich zu erinnern. Im Geiste trat sie in das Zimmer ihres Vaters und schaltete den Computer ein. Begleitet von einem kurzen Signalton leuchtete der Bildschirm auf. Der Ventilator des Rechners sprang an und brummte leise. Fenster öffneten und schlossen sich, an der Unterleiste erschienen Fragezeichen, diverse Arbeitsprozesse liefen ab. Als der Computer hochgefahren war, ging sie die Ordner auf dem Desktop durch. In *My Videos* lagen einige Spielfilme, die sie für ihren Vater heruntergeladen hatte. Allerdings konnte sie sich nicht mehr erinnern, was das für Filme gewesen waren. Egal. Dieser Ordner war nicht so wichtig. Darunter hatte sich *My Pictures* befunden. Soyun öffnete ihn, die Augen noch immer geschlossen, mit einem Doppelklick. Der Ordner enthielt zwei Unterordner: *Fotos von Mama und Papa* und *Fotos von Soyun*. Den ersten brauchte sie nicht. Sie löschte ihn. Wichtig war der mit den Fotos ihres Vaters. Den rief sie sich ins Gedächtnis zurück. Fotos vom letzten Kirschblütenfest waren dabei. Darunter ein etwas verwackeltes, auf dem ihr Vater nur so strahlte. Er hatte einen Witz gemacht und, weil sie darüber gelacht hatte, übers ganze Gesicht gestrahlt. Sein Gesicht trat fast hinter dieses strahlende Lächeln zurück. Soyun versuchte, es sich deutlicher vorzustellen. Sie hörte seine Stimme. »Soyun?«
»Ja, Papa!«

In rascher Folge zogen die Fotos an ihrem inneren Auge vorbei, wurden zu einem Film. Die Zeit beschleunigte sich. Der Minutenzeiger begann zu rasen wie ein Sekundenzeiger, der Stundenzeiger wie ein Minutenzeiger. Soyun konnte die Bilder nicht fixieren. Sie gingen in Flammen auf, wurden von den Ecken zur Mitte hin schwarz. Die Kirschblüten, das Gesicht ihres Vaters, alles verkohlte. Alles verschwand. Unwiederbringlich.

Das Klicken eines Fotoapparates. Das Lachen eines Mannes und einer Frau. *Klick. Klick.* Soyun hörte über Kopfhörer Musik, die ihr Vater gerne gehört hatte, Musik von Ennio Morricone. In diese Musik mischten sich das Geklicke und das Gelächter. Die Bilder in Soyuns Kopf verschwanden. Sie öffnete die Augen. Sie brauchte eine Weile, um wieder zu wissen, wo sie war. In einem Café. Es war nur schwach besucht, aber der lachende Mann und die Frau saßen am Tisch direkt neben ihr. Sie saßen nebeneinander, drückten immer wieder auf den Auslöser ihrer Kamera und schrien vor Lachen. »Das sieht ja total abartig aus! Komm, mach noch eins. Mit mehr Abstand, du hast doch so lange Arme!« drängte die Frau ihren Begleiter und lachte. Soyun wartete. Die Kamera klickte noch Dutzende Male. »Da ist ja eins schlimmer als das andere! Wie ich aussehe!« rief die Frau, inzwischen leicht genervt. Soyun stand auf und trat an den Tisch der beiden.

»Entschuldigung.«

»Ja?« Die junge Frau hob den Kopf.

»Das Klicken …«

»Welches Klicken?«

»Das Klicken Ihrer Kamera. Das ist laut. Es stört.«

»Kameras klicken so. Das kann man nicht leiser stellen«, sagte die Frau und wandte sich dem Mann zu, als erhoffe sie sich eine Bestätigung. Der Mann tat aber nicht dergleichen. Er schien sich aus der Sache heraushalten zu wollen.

»Hätten Sie dann vielleicht die Güte, mit dem Fotografieren aufzuhören?«

»Bitte?«

»Ob Sie mit dem Fotografieren vielleicht aufhören könnten.«

»Wie bitte?«

»Wissen Sie, warum die Fotos nie etwas werden?«

»Was reden Sie denn da?«

»Warum Sie auf den Fotos immer komisch aussehen? Das liegt daran, dass Ihr Gesicht nicht viel hergibt. Da können Sie machen, was Sie wollen, das wird nie was. Vergessen Sie es einfach.«

»Was? Hast du das gehört?«

»Vergiss es, sag ich!« schleuderte Soyun der Frau noch einmal entgegen, nahm ihre Tasche, bezahlte am Tresen ihren Tee und ging, ohne sich noch einmal umzudrehen. Was die Frau für ein Gesicht machte, war ihr egal. Alles war komplett verflogen, auch die Bilder in ihrem Kopf. Ihre eigene Stimme klang ihr noch in den Ohren. *Vergiss es, sag ich!* Sie antwortete sich selbst: *Nein, noch nicht.* Es war erst drei Tage her, dass sie Iri mit der Suche beauftragt hatte, aber sie war ungeduldig. Es gab nichts, das sie hätte tun können. Sie musste Iri die Sache überlassen.

In der Nähe ihrer Wohnung ging sie in ein anderes Café. Nach Hause zu gehen hatte sie keine Lust. Dort würde nur ihre Mutter sitzen und Trübsal blasen. Das Schweigen, die erdrückende Stille würde alles ersticken. Sie beschloss, möglichst spät heimzukehren. Sie wollte gerade einen Kaffee bestellen, als ihr Handy klingelte. Iri. Soyun nahm ihre Tasche und trat ins Freie. In Erwartung einer guten Nachricht drückte sie die Annahmetaste.

15

»Dongchi, aufstehen! Wir gehen auf die Jagd!«

Inchon Kim klang entspannt. Gu kannte diesen Ton. So hatte Kim geklungen, als er damals stolz wie Oskar den Zauberwürfel präsentiert hatte, an dem er stundenlang herumgedreht hatte. Gu sah das aufgeräumte Gesicht förmlich vor sich.

Er machte sich sofort auf den Weg. Kim erwartete ihn in seiner Stamm-Teestube in der Nähe seines Reviers.

»Da kommt ja unser vielbeschäftigter Herr Privatdetektiv! Was trinkst du? Das gleiche wie immer?«

»Was trinke ich denn immer? Abgekochtes Wasser?«

»Entspann dich. Wer auf die Jagd geht, braucht was im Magen. Ich empfehle den Pfingstrosentee mit rohem Ei. Das baut auf.«

»Ich nehm einen Kaffee.«

Gu ließ sich nieder und stutzte. Die blaue Couch war viel weicher, als er angenommen hatte. Er drückte den Rücken durch, um eine einigermaßen würdevolle Haltung zu wahren.

»Was wird denn gejagt?« fragte er.

»Rate mal«, gab Kim lächelnd zurück.

»Hasen?«

»Zu klein.«

»Rehe? Hirsche?«

»Zu langweilig.«

»Etwas Größeres?«

»So was wie einen Tiger, würde ich sagen.«

»Na, hoffentlich beißt er nicht.«

»Der Mensch jagt am besten mit dem Gewehr. Da kommt es gar nicht erst zum Nahkampf.«

»Du vielleicht. Ich habe kein Gewehr.«

»Ich gebe dir Deckung, keine Sorge.«

»Wo soll ich hin?«

»Erst mal dahin, wo du ohnehin hinwillst. Ich weiß nämlich, wo Baes Tablet ist.«

»Tatsächlich?«

»Hätte ich dich sonst so früh rausgeklingelt?«

»Respekt.«

»War nicht so schwer. Es wurde heute früh eingeschaltet. Da konnten wir es orten.«

»Was ist mit dir? Du kommst nicht mit?«

»Nein. Wenn mein Chef erfährt, dass ich das Tablet eines Selbstmörders habe suchen lassen, flippt er aus. Du kannst auf den Deleting-Vertrag verweisen, falls du, was höchst unwahrscheinlich ist, geschnappt werden solltest. Der ist zwar nicht legal, aber als Ausrede nicht so schlecht. Sobald du mit dem blutigen Corpus delicti hier ankommst, wird geteilt.«

»Wie ekelhaft.«

»So ist das bei der Jagd.«

»Was habe ich davon?«

»Du kannst die Akte Donghun Bae schließen«, sagte Kim, schöpfte mit dem Teelöffel das Eigelb in seiner Tasse ab und schob es sich in den Mund. Es sah aus, als verspeise er einen großen, gelben Punkt. Die ganze Zeit hatte er ein Lächeln auf den Lippen gehabt. Verständlich. In einer Sackgasse hatte sich plötzlich ein Ausweg aufgetan. Wohin er führte, war zunächst nicht so wichtig. Was zählte, war, dass es überhaupt einen Ausweg gab.

Kim legte ein elektronisches Gerät von der Größe eines Handys auf den Tisch, einen Tracker. Auf dem Stadtplan, den das Gerät zeigte, blinkte ein kleiner roter Punkt. Dort war das Tablet.

»Ich kann auf dich zählen?« fragte Kim und schob Gu den Tracker hin.

»Klar«, sagte Gu und nahm das Gerät an sich. Der blinkende

rote Punkt kam ihm vor wie ein schlagendes Herz. Ein verletzliches Herz, das jeden Moment aufhören könnte zu schlagen. ›Rette mich, bevor es zu spät ist‹, schien der Punkt zu sagen. ›Wenn du mich verlierst, mach ich dir ein schlechtes Gewissen!‹

Was ist bloß aus mir geworden? fragte sich Gu. Warum war er ausgerechnet Deleter geworden. Immer wenn er etwas suchen musste, um es verschwinden zu lassen, immer wenn ihm bewusst wurde, dass die einzige Person, die es ihm danken könnte, tot war, fühlte er sich deprimiert. Nichts war dann mehr mehr greifbar.

Gu wusste, dass er in seinem Metier der Beste war. Er war der geborene Deleter. Er führte jeden Auftrag gewissenhaft aus und war, was die Geheimnisse seiner Klienten betraf, verschwiegen wie ein Grab. Körperlich konnte er es mit fast jedem Gegner aufnehmen, gedanklich war er allen stets drei, vier Schritte voraus, kannte sich mit elektronischen Geräten aus und konnte, wenn es darauf ankam, auch ein Schloss knacken. In Kollegenkreisen galt er als Meister seines Faches. Bis auf das Gefühl der Desillusionierung, das ihn von Zeit zu Zeit heimsuchte, war er der perfekte Deleter.

Aber vielleicht war es gerade das, was ihn so gut machte. Sein gelegentliches Zweifeln, ob ein Objekt wirklich unbedingt vernichtet werden musste, und seine Tendenz zum Grübeln und Aufschieben gaben ihm erst die Kraft, Dinge aufzuspüren und aus der Welt zu schaffen. Und zwar persönlich, damit niemals etwas in die Hände Dritter geriet.

So war es auch mit Baes Tablet. Gu hätte nichts zu befürchten, selbst wenn es ihm nicht gelänge, das Tablet zu beseitigen. Wer sollte ihn zur Verantwortung ziehen? Bae hatte weder auf einem Zeugen noch auf einem Bürgen bestanden. Auch die Daten auf dem Tablet waren Gu egal. Ob sie einen Skandal auslösten, wenn sie an die Öffentlichkeit gelangten, oder nicht, spielte keine Rolle. Trotzdem hatte Gu keine Ruhe. Er musste Baes Tablet finden und vernichten, um jeden Preis. Nur dann hatte er das Gefühl, lebendig zu sein.

Gu trank seinen Kaffee aus und stand auf. Kim sah ihn an: »Wenn's brenzlig wird, ruf an«, sagte er.

»Wie soll ich das machen? Hallo, Herr Inspektor, ich kriege gerade was aufs Dach?« gab Gu zurück.

»Ich meinte, du sollst auf dich aufpassen, Kumpel. Kein Grund, gleich so gereizt zu sein.«

»Mit anderen Worten: Wenn's brenzlig wird, soll ich zusehen, dass ich alleine klarkomme, und wenn ich was finde, soll ich anrufen. Richtig?«

»Sag mal, hast du gerade deine Tage, oder was?«

»Leck mich. Ich muss los.«

Gu ging, ohne sich noch einmal umzudrehen. Hinter ihm verklang der alte Schlager, den man in der Teestube gerade spielte. »Pass auf dich auf!« rief Kim ihm hinterher, aber Gu reagierte nicht.

Der rote Punkt auf dem Tracker bewegte sich nicht. Er blinkte beharrlich an ein und derselben Stelle. Gu erinnerte sich, irgendwo gelesen zu haben, dass die Ortung von Tablets nicht selten an Genauigkeit zu wünschen übrig ließ. Die Abweichung konnte ein paar hundert Meter, mitunter sogar ein paar Kilometer betragen. Unter Umständen würde er die ganze Gegend dort absuchen müssen. In etwa zwanzig Minuten wäre er an Ort und Stelle.

16

Aus der kleinen Künstleragentur, mit der Yongmin Lee seinerzeit angefangen hatte, war in den letzten Jahren eine renommierte Eventagentur geworden. YM, so ihr Name, kümmerte sich nicht mehr nur um Künstler und solche, die es werden wollten, sondern auch um das ganze Drumherum: Veranstaltungen, Marketing, Casting und Konzerte. Obwohl es selbst in der Anfangsphase des Unternehmens nie an Aufträgen gemangelt hatte, waren die Einnahmen im Vergleich zu den Kosten, nicht zuletzt fürs Personal, sehr überschaubar gewesen. Davon hatte Lee sich aber nicht beirren lassen. Nach zwei Jahren war er so weit, dass er sich seine Aufträge aussuchen konnte, und nach dreien eine feste Größe auf dem Markt, was ihm einen gewissen Spielraum gab.

Die Aufgabe einer Eventagentur besteht im Wesentlichen darin, einzelne Punkte zu einem Bild zu verbinden. Dafür brauchte man ein gutes Netzwerk und die Fähigkeit, die Bedürfnisse der Kunden richtig einzuschätzen. Lee besaß beides. Schon mehrfach war es ihm gelungen, scheinbare Widersprüche zu vereinen. Gut angenommen worden war zum Beispiel seine Idee, die Sängerin einer weniger bekannten Girl Group bei einem Event animieren zu lassen. Ebenso die Akustik-Performance auf einer Dachterrasse. Die hatte enorme Werbeeinnahmen generiert. Mit zunehmender Bekanntheit traten natürlich auch Trittbrettfahrer auf den Plan. Agenturen, die sein Konzept kopierten.

Noble Entertainment war für Lee ein Sprungbrett, auf das er nicht verzichten konnte. Er brauchte es, um seiner Karriere einen weiteren Schub zu geben. Noble Entertainment galt als »Geschlossene Gesellschaft«. Aufträge an Dritte wurden nur selten vergeben, und wenn, handelte es sich meistens bloß um Videoclips. Über Donghun Bae hatte Lee ein oder zwei magere Aufträge für Produktionen an Land ziehen können, aber er hatte sich dabei gefühlt wie ein Kind, das die Mutter noch schnell zum Supermarkt schickt, um ein paar Zutaten fürs Abendessen zu besorgen. Solche Aufträge stellten ihn nicht zufrieden. Ihm blieb nichts anderes übrig, als weiter sein Glück zu versuchen. Ein Unterfangen, das in etwa so mühsam war wie das Durchbohren einer Betonplatte mit einem Handbohrer. Obwohl er den Hebel an verschiedenen Stellen angesetzt hatte, war der Durchbruch bislang ausgeblieben. Vielleicht klappte es über Yumi Han. Dank Yumi, die er vor einigen Monaten beim Tennis kennengelernt hatte, war es ihm gelungen, sich den Kreisen von Noble Entertainment zu nähern, auch wenn der Weg noch weit war.

Wahre Kraft kommt nicht aus den Muskeln, sie kommt aus der Beweglichkeit, hörte er Chon. Sobald er die Stimme im Ohr hatte, stand ihm auch gleich Chons Gesicht wieder vor Augen. Er versuchte, beides zu verdrängen. Vergeblich. Er zog eine Schreibtischschublade auf, entnahm ihr eine Tablette und warf sie ein. Dann setzte er sich in seinen Sessel und wartete. Es dauerte etwa fünf Minuten, bis der Kick einsetzte. Chon war weg. Engel tanzten und betörten Lee mit ihrem Gesang. Er fühlte sich wie in Zeitlupe. Er machte die Augen auf und nahm Schemen wahr. Waren das Flügel? Schatten? Federn? Wolken? Er wusste es nicht. Die Engel tanzten, und die Zeit dehnte sich wie Pizzateig. Wie gut sich das anfühlte! Er ließ seine Arme hängen und sah den Engeln zu. In der Luft schlugen ihre Flügel Wellen, die auf ihn zurollten. Lees Blick stieg mit ihnen, höher und immer höher. Seine Glieder zuckten. Ja! Er war bereit, bereit zu tauchen. *Ahhhhhhhhh …* entfuhr ihm ein Seufzer. Wie eine Boje schaukelte sein Kopf auf den endlosen Wellen. Plötzlich ging die Tür auf. Jemand, der definitiv nicht die Statur eines Engels hatte, kam herein.

»Yongmin Lee?« rollte eine Männerstimme heran. Lees Name kräuselte sich im Wasser.

»Ja.«

»Aufwachen!«

»Jaaa.«

»Du sollst aufwachen!!«

Im nächsten Moment krachte Lee ein Fuß an die Brust. Der Tritt tat weh, doch mehr noch schmerzte Lee, dass er ihn so unsanft aus seinen Träumen riss. Die Engel, die Wellen, der Gesang, alles war weg. Lee versuchte, einen klaren Kopf zu bekommen.

»Wer … Wer sind Sie?«

»Guckt euch diesen Junkie an! Pfeift sich was rein, während andere Leute schuften!«

»Tut mir … Tut mir leid …«

Lee sah zu Boden. Und sah vier Turnschuhe. Zwei Leute. Der Haupteingang und sein Büro waren mit etwa zehn Leuten besetzt. Wie in aller Welt waren diese Gestalten hier hereingekommen? Wahrscheinlich hatten sie Waffen dabei. Und dann war mit ihnen nicht zu spaßen. Ob draußen noch mehr waren? Wie viele es wohl waren? Lee versuchte sich zu konzentrieren.

Jemand zog ihn am Kragen hoch. Zwei Männer standen ihm gegenüber. Er hatte ihnen nicht ins Gesicht sehen wollen, aber nun blieb ihm nichts anderes übrig. Beide trugen eine Mütze, graue Arbeitskleidung und Werkzeugtaschen um die Hüften. Nichts, was auf Gewaltbereitschaft hindeutete. Der Mann, den Lee für den Anführer hielt, hatte die Mütze so tief in die Stirn gezogen, dass seine Augen kaum zu erkennen waren, aber die eingefallenen Wangen und die kantigen Züge um Nase und Kinn erinnerten ein wenig an einen Schiffsanker. Der andere Mann hatte ein Gesicht wie eine überdimensionale Steckdose: rund mit übergroßen Nasenlöchern.

»Direktor Lee«, sagte Anker ruhig.

»Ja bitte?« antwortete Lee höflich.

»Wir haben nur ein paar Fragen, mehr nicht. Ich darf Sie bitten, zu antworten.«

»Ja, ja sicher.«

»Wo ist das Tablet von Donghun Bae?«

»Tablet? Was für ein Tablet?«

»Sie wissen, wovon ich spreche.«

»Nein, das weiß ich nicht.«

»Ihre Entscheidung. Wir stellen Ihr Büro auf den Kopf. Wenn es sein muss, auch die ganze Firma.«

»Wovon sprechen Sie?«

»Sie haben schon einmal ein Tablet benutzt?«

»Ein Tablet? Ja. Ja, natürlich.«

»Dann dürften Sie wissen, dass man die Geräte orten kann.«

»Orten?«

»Ich weiß nicht, was Sie gemacht haben, aber ich weiß, dass Baes Tablet heute früh eingeschaltet wurde. Und zwar hier. Ich schlage vor, Sie geben uns das Gerät, und wir gehen.«

»Ich … Ich verstehe nicht.«

»Gut. Vielleicht hilft Ihnen das auf die Sprünge. Sie erlauben …«

Ohne Umschweife zogen die Männer die Schubladen von Lees Schreibtisch auf. Lee war immer noch so zugedröhnt, dass er Mühe hatte, sich zu konzentrieren. Er schüttelte den Kopf, dass die Haare flatterten. Seine Lippen zitterten.

»Moment! Was glauben Sie, wo Sie sind? Halt. Sie machen einen Fehler. Hilfe! Kim! Hilfe! Ist da draußen denn niemand?«

Die beiden Männer ließen sich nicht beirren. Sie gingen durch alle Schubladen, ohne sie jedoch zu leeren oder zu verwüsten. Sie zogen sie gerade weit genug auf, um einen Blick hineinwerfen zu können, und machten sie wieder zu. Ihre Suche war systematisch und ordentlich. Jedesmal, wenn Lee, der inzwischen wieder in seinen Sessel gesunken war, Anstalten machte, sich zu erheben, bedeutete man ihm mit erhobenem Finger, schön sitzenzubleiben.

Auf den Schreibtisch folgte die Vitrine. In den oberen drei Fächern standen Bücher, in den beiden unteren Spirituosen. Als die Männer mit den Händen über die Bücher strichen, staubte es.

Die Tür ging auf. Herein kam ein kleiner Mann im gleichen Outfit wie die beiden, die Lees Büro durchsuchten. Er schaute etwas ratlos drein.

»Komm mal.«

»Was ist?« fragte Anker.

»Draußen ist jemand.«

»Na und? Tu so, als wär keiner zu Hause.«

»Der bricht aber gleich die Tür auf.«

»Ich komme«, sagte Anker und folgte dem Kleinen.

Die Büros standen alle verwaist. Nachdem Anker den Feueralarm ausgelöst hatte, hatte der Pförtner sämtliche Mitarbeiter aufgefordert, sich im Erdgeschoss einzufinden, damit die Büros überprüft werden konnten. Lee auf seinem Trip hatte davon nichts mitbekommen. Anker warf einen Blick auf den Monitor der Sprechanlage. Ein Mann machte sich an der Tür zu schaffen. Zwischendurch sah er immer wieder zur Kamera.

Umhauen, wenn er reinkommt? lautete die stumme Frage des Kleinen. Anker sagte nichts. Er sah zur Tür. Offenbar war er unschlüssig, wie er verfahren sollte. Er zog sich die Mütze noch tiefer ins Gesicht, entriegelte und öffnete die Tür. Dongchi Gu sah ihn irritiert an.

»Was machen Sie hier?« fragte Anker.

»Die Frage ist: Was machen *Sie* hier? Es gab gerade einen Feueralarm«, entgegnete Gu und verstaute sein Taschenmesser wieder. Obwohl Anker nicht gerade klein war, überragte Gu ihn noch um fünf Zentimeter.

»Das war ein Fehlalarm. Versehentlich bei unseren Arbeiten ausgelöst. Hat Ihnen der Pförtner das nicht gesagt?«

»Doch, aber ich dachte, ich sehe lieber selbst nach.«

»Darf ich fragen, wer Sie sind?«

»Polizei.«

»Darf ich Ihren Ausweis sehen?«

Gu lächelte. »Sagen Sie, Ihre Mütze …«

»Was?«

»Nur Leute, die was am Stecken haben, ziehen sich die Mütze so ins Gesicht.«

»Würden Sie mir jetzt bitte Ihren Ausweis zeigen? Einmal aufklappen genügt.«

»Dafür brauche ich einen Schlüssel.«

»Einen Schlüssel?«

»Lassen Sie mich rein und ich zeige Ihnen meinen Ausweis.«

»Ich kann Sie nicht hereinlassen. Nur Techniker. Es gibt ein Sicherheitsproblem.«

»Ja, das glaube ich auch.«

»Wieso?«

»Von Ihren Arbeiten ist nicht viel zu sehen.«

»Die Panne ist hinten passiert, in einem der Büros.«

»Das möchte ich mir selbst ansehen.«

»Erst die Marke.«

»Erst lassen Sie mich rein.«

Gu war gerade ins Vorzimmer getreten, als der Kleine zu einem Faustschlag ausholte. Gu wich aus und traf den Mann mit einer sauberen Vorhand voll im Gesicht. Es krachte. Der Kleine taumelte. Gu verpasste ihm noch einen Schlag an die Schläfe. Knock-out. Bewusstlos stürzte der Mann zu Boden. Anker wich zwei Schritte zurück.

»Wer seid ihr?« fragte Gu und versetzte dem Mann am Boden einen leichten Tritt.

»Und du?« erwiderte Anker.

»So was Ähnliches wie ein Bulle. Meine ehemaligen Kollegen werden übrigens auch nicht lange auf sich warten lassen.«

»Was willst du?« fragte Anker und machte seine Werkzeugtasche auf.

»Ne Stange Geld wär schön. Besseres Bier in der Kneipe um die Ecke. Oder ja, nicht so viel Schnee diesen Winter ...«

»Willst du mich auf den Arm nehmen?«

»Auf den Arm nehmen? Du wolltest doch wissen, was ich will. Was willst du?«

»Ich wüsste gerne, mit wem ich es zu tun habe.«

Anker zog ein Messer aus der Werkzeugtasche. Gu erstarrte. Es war ein Wonsudojang-Messer.

Gu spannte seine Muskeln an und ballte die Fäuste. Wenn Parks Informationen stimmten, musste er den Rückzug antreten. Der Wonsudojang war ursprünglich kein einfacher Kampfsportverein, sondern eine Sekte. In den siebziger Jahren hatten seine Mitglieder von morgens bis abends trainiert. Nur so, dachten sie, würden sie erleuchtet. Wenn die Typen hier auch nur einen Funken noch dieses religiösen Geistes besäßen, würde Gu, wenn er es auf einen Kampf ankommen ließe, sein Leben riskieren.

Anker hielt das Messer in der Hand, aber anstatt auf Gu zuzugehen, ging er ein paar Schritte zurück. Er schien unschlüssig. Das Messer zeigte auf den Boden. Sein Blick sprang von seinem Kollegen zu Gu und wieder zurück. Wie ein abgebrühter Kampfkunstmeister wirkte er nicht. Gu trat einen Schritt vor. Anker wich zurück.

»Lassen Sie uns, wenn wir Ruhe halten, abziehen?« fragte er höflich.

»Einen Fisch an der Angel lässt man doch nicht wieder frei«, antwortete Gu.

»Sie sind doch auch auf der Suche nach dem Tablet. Also, Sie lassen uns raus, wir verschwinden unauffällig, und Sie können sich in aller Ruhe umsehen. Was sagen Sie dazu?«

»Wir sind doch hier nicht auf dem Basar! Sag mir, wer das Tablet so dringend haben will. Ihr offenbar nicht.«

»Das geht leider nicht.«

»Dann kann ich euch nicht ziehen lassen.«

»Ich bin nicht allein. Wenn Sie es mit meinem Partner und mir aufnehmen wollen, könnte das ungut für Sie enden. Das macht Ihnen nichts?«

»Ach Gott, wer das Risiko scheut, ist in meinem Beruf falsch. Außerdem kommt gleich die Polizei, und die nimmt es sicher mit euch auf. Das könnte dann ungut für euch enden.«

»Und Sie würden ein Auge zudrücken?«

»Ja.«

Anker steckte sein Messer wieder weg. Die Atmosphäre entspannte sich. Anker griff seinem Kumpan unter die Arme und setzte ihn auf. Der Kleine war noch so benommen, dass er sich kaum rühren konnte.

»Wenn er wieder denken kann, sag ihm, dass er das nächste Mal besser überlegt, bevor er zuschlägt«, sagte Gu. Anker erwiderte nichts. Er rief Steckdose. Gu musste grinsen. Was für ein Trio! Irgendetwas an der Szene und der Kleidung der drei kam ihm bekannt war, aber was? Das merkwürdige Déjà-vu endete, als die drei das Büro verließen.

Gu atmete auf. Das hätte auch ins Auge gehen können. Eigentlich hätte er die drei nicht laufen lassen dürfen. Er hatte weder etwas über den Wonsudojang erfahren noch über den Auftraggeber. Aber sich drei bewaffneten Männern entgegenzustellen, grenzte an Selbstmord.

Gu öffnete die Tür zum Büro. Dort saß Yongmin Lee. Man hatte ihn gefesselt und seinen Mund mit einem grünen Streifen Klebeband versehen.

»Wie altmodisch …« sagte Gu und riss Lee das Klebeband ab. »Da gibt's doch heute ganz andere Mittel und Wege …«

»Herr Gu! Ich danke Ihnen! Sie sind meine Rettung.«

»Wer war das?«

»Ich habe keine Ahnung. Sie standen plötzlich in meinem Büro und haben mich gefesselt.«

»Und was wollten sie?«

»Ich weiß es nicht. Einbrecher.«

»Warum sollte man bei Ihnen einbrechen?«

»Das frage ich mich auch! Sie haben mich gefesselt und dann die Schubladen durchsucht.«

»Sie haben also etwas gesucht.«

»Ja, aber was, weiß ich nicht.«

»Ich aber.«

»Wirklich?«

»Man wollte Sie ficken.«

»Man wollte mich *was* …?«

»Haben Sie nicht die Werkzeugtaschen gesehen? Da war sicher einiges drin, was man Ihnen hätte reinschieben können. Aber die waren offenbar auf der Suche nach etwas Größerem, Härterem …«

»So etwas gibt es hier nicht.«

»Das kann ja niemand wissen. Sie würden staunen, was man in Schubladen so alles findet … bisweilen sogar Tablets.«

»Tablets?«

»Wussten Sie nicht, dass die sich ganz besonders dazu eignen? Zum Ficken und zum Geficktwerden?«

»Sind Sie noch bei Trost? Binden Sie mich los! Ich verstehe nur Bahnhof.«

»Wo ist es?«

»Was?«

»Das Tablet.«

»Welches Tablet?«

»Das Tablet von Donghun Bae.«

»Herr Gu.«

»Was?«

»Eine Frage.«

»Ich höre.«

»Herr Bae hat mir vor seinem Tod ein Objekt übergeben, das ich gerne auf meine Deleting-Liste setzen würde. Geht das?«

»Nein.«

»Warum nicht?«

»Weil mich Herr Bae schon mit dem Deleting dieses Objekts beauftragt hat. Es existiert also gewissermaßen gar nicht mehr.«

»Aber Bae hat sich vor seinem Tod noch umentschieden.«

»Davon weiß ich nichts. Ich halte mich an den Vertrag.«

»Rechtlich gesehen gehört das Tablet jetzt mir. Sie können es mir nicht wegnehmen.«

»Wegnehmen? Wer redet von wegnehmen? Ich will es *mit*nehmen. Es dauert auch nicht lang.«

»Warten Sie! Binden Sie mich los, und dann klären wir die Sache.«

»Es gibt nichts zu klären. Aber bitte, vom Klebeband habe ich Sie ja befreit, reden Sie. Ich sehe mich derweil ein bisschen um.«

Lee zappelte. »Warten Sie. Ich mache Ihnen einen Vorschlag.«

»Nur zu.«

»Ich zahle, und Sie vergessen das Tablet.«

»Aha. Wie viel?«

»Sie brauchen Geld?«

»Immer!«

»Wie viel?«

»So viel wie möglich!«

»Gut. Ich werde Sie nicht enttäuschen. Glauben Sie mir. Retten Sie mir das Leben. Sie werden es nicht bereuen.«

»Na, wenn das kein Angebot ist …«

Gu löste die Fesseln. Lee rieb sich die malträtierten Gelenke und ließ seinen Kopf kreisen. Abgesehen von den Falten auf seinem Anzug schien alles in Ordnung.

»Und jetzt bezahlen Sie mich?« fragte Gu lächelnd.

»Wie viel wollen Sie?« entgegnete Lee.

»Ich wüsste gerne, wie viel Ihnen das Tablet wert ist, um abzuschätzen, was drauf ist.«

»Nichts Besonderes. Nur ein paar alte Erinnerungen.«

»Das können Sie Ihrer Großmutter erzählen.«

»Herr Gu. Diese Erinnerungen sind privat. Das verstehen Sie doch.«

»Sie bringen da etwas durcheinander, Herr Lee. Ich interessiere mich nicht für Ihre kleinen Geheimnisse. Ich bin hier, um das Ding zu vernichten. Haben Sie schon vergessen, welchem Beruf ich nachgehe?«

»Müssen Sie es denn unbedingt vernichten? Ich sage Ihnen doch, das Tablet gehört Bae *und* mir. Ich habe es nicht gestohlen, es wurde mir überlassen. Sie können es nicht vernichten. Tun Sie mir den Gefallen und lassen Sie es dabei bewenden.«

»Warum sollte ich Ihnen einen Gefallen tun?«

»Weil ich einer Ihrer Klienten bin.«

»Na und?«

»Ich werde das Tablet auf meine Deleting-Liste setzen.«

»Ich wiederhole mich nur ungerne, Herr Lee, aber das geht nicht. Ich halte meine Verträge ein.«

»Immer?«

»Alles andere wäre unseriös. Sie können sich darauf verlassen, dass ich in Ihrem Fall, wenn es so weit ist, ebenso verfahren werde.«

»Es ist gut zu wissen, dass Sie so verlässlich sind.«

»Danke.«

»Ich biete Ihnen zehn Millionen Won.«

»Das lässt auf etwas Privates schließen …«

Vor der Tür wurde es laut. Die Angestellten kamen zurück. Die Tür zu Lees Büro schwang auf, im Türrahmen erschien ein Mann.

»Ach, hier sind Sie?«

»Auf die Idee, nachzusehen, seid ihr wohl nicht gekommen!?«

»Der Pförtner meinte, Sie hätten das Büro verlassen.«

»Und Doublecheck kam nicht in Frage, oder was?«

»Ist was passiert?«

»Raus!«

Lee hob das Seil auf, mit dem man ihn gefesselt hatte, wickelte es auf und feuerte es in den Papierkorb.

»Hören Sie, ich geben Ihnen zwanzig Millionen. Reicht das?«

»Jetzt machen Sie mich erst richtig neugierig. Ich wette, auf dem Tablet ist nichts, was Sie nur vor unbefugtem Zugriff schützen wollen. Nein, es ist etwas, womit Sie jemanden unter Druck setzen können. Sensible Daten. Ein Video vielleicht, oder Tonaufnahmen. Etwas, mit dem Sie jemanden erpressen können.«

»Waren Sie nicht derjenige, der gesagt hat, ich würde in erheblich geringerer Gefahr schweben, eines gewaltsamen Todes zu sterben, wenn ich meine Neugier besser zu zügeln wüsste? Dasselbe gilt für Sie und Ihre Hirngespinste, Herr Gu.«

»Das sind keine Hirngespinste, sondern Schlussfolgerungen.«

»Nehmen Sie mein Angebot an? Ja oder nein?«

»Sie wissen, was auf dem Tablet ist, ich nicht. Wie soll ich da entscheiden?«

»So ist das beim Pokern. Da können Sie Ihren Mitspielern auch nicht in die Karten schauen.«

»Aber den Einsatz treiben.«

»Zwanzig Millionen sind mein letztes Wort. Sie lehnen ab, und das Spiel ist zu Ende.«

»Eine letzte Frage.«

»Bitte.«

»Das Tablet wird keinen Weltkrieg auslösen? Oder eine Invasion von Marsmenschen?«

»Sind Sie verrückt?«

»Ich will nur sicherstellen, dass meine Arbeit davon nicht beeinträchtigt wird.«

»Natürlich. Mit Ihnen hat das Tablet überhaupt nichts zu tun.«

»Gut.«

»Danke. Ich möchte mich für Ihr Entgegenkommen mit einem kleinen Hinweis revanchieren.«

»Einem Hinweis?«

»Sie sind immer noch im selben Büro?«

»Wieso fragen Sie?«

»Haben Sie die Räumlichkeiten gekauft? Oder gemietet?«

»Selbstverständlich gemietet.«

»Dann nutzen Sie das Geld, das ich Ihnen gebe, für einen Umzug.«

»Einen Umzug?«

»Mehr kann ich leider nicht sagen.«

»Aha. Danke.«

»Ich bringe das Geld in den nächsten Tagen vorbei. Ich brauche dafür eine Quittung und eine schriftliche Erklärung.«

»Gut«, sagte Gu und ging hinaus. Die Angestellten sahen ihm nach. Niemand sprach ein Wort.

Draußen sah Gu sich um. Niemand folgte ihm. Er zog sein Handy aus der Tasche und rief Kim an.

»Und?« fragte dieser ungeduldig. »Hast du's?«

»Wie es mir geht, willst du nicht wissen?« entgegnete Gu und sah sich noch einmal um.

»Du lebst, sonst könntest du mich wohl kaum anrufen.«

»Sie haben mich verschleppt.«

»Haha. Erzähl keinen Blödsinn.«

»Glaub mir.«

»Mach halblang.«

»Sie halten mich in einer Art Lagerhalle fest.«

»Alter, wir haben keine Zeit für diesen Quatsch. Hast du das Tablet gefunden oder nicht?«

»Ja. Aber ich konnte es nicht mitnehmen.«

»Was soll das heißen?«

»Erinnerst du dich an Yongmin Lee? Den Chef von YM. Mit dem hatte Bae zu tun.«

»Ich weiß.«

»Er hat das Tablet.«

»Echt?«

»Entweder hat Bae es ihm gegeben, bevor er starb, oder Lee hat's geklaut.«

»Und du hast es dagelassen?«

»Das Ding ist heiß. Sehr heiß sogar. Nicht ausgeschlossen, dass Bae dafür sterben musste.«

»Ein Grund mehr, es gleich mitzunehmen …«

»Inchon, hör zu. Angenommen, nur mal angenommen, Bae musste für das Tablet sterben. Es war kein Selbstmord, es war Mord. Jetzt sind die Daten bei Lee. Für den wird's jetzt auch gefährlich, und das weiß er, aber er hat was in der Hand. Irgendwas. Was, weiß ich nicht, aber er hat was, da bin ich sicher.«

»Du willst ihn schwimmen lassen?«

»Vielleicht kriegen wir so einen der ganz dicken Fische an die Angel.«

»Keine schlechte Idee, aber leider habe ich niemanden, den ich auf ihn ansetzen könnte. Der Chef will, dass ich den Fall Bae zumache.«

»Das ist ein Problem …«

»Dann mach ich das eben selbst.«

»Kriegst du das hin?«

»Hab ich eine Wahl? Sehe ich halt meine Kinder was weniger, meine Frau was weniger und Fußball was weniger. Dich dafür umso öfter. Ohne deine Hilfe geht's nicht.«

»Geht klar.«

Gu zögerte einen Moment, bevor er auflegte. Sollte er Kim die ganze Wahrheit sagen? Nein. De facto hatte er schon *vor* Lees Angebot überlegt, das Tablet zu lassen, wo es war, und zu beobachten, wie die Sache sich entwickelte. Das Angebot hatte nur den Ausschlag gegeben. Der Fisch hatte angebissen. Alles andere zu erklären, hätte zu lange gedauert. Außerdem spielte es keine Rolle. Das Geld, die Typen vom Wonsudojang … versuchte er sich einzureden, vergeblich. Die Tatsache, dass er Kim gegenüber nicht hundertprozentig ehrlich gewesen war, machte ihm zu schaffen. Er nahm sich vor, ihm später alles zu erzählen.

Gu zog den Tracker aus der Tasche. Der rote Punkt war weg. Lee musste das Tablet ausgeschaltet haben. Leider zu spät. Alle wusssten, wer es hatte: der Wonsudojang, dessen Auftraggeber, Gu, Kim. Gus Lider wurden schwer. Nachdem sich die Anspannung gelöst hatte, überkam ihn Müdigkeit. Kein Wunder. Er war seit dem frühen Morgen unterwegs. Er gähnte so herzhaft, dass ihm die Augen tränten und fuhr weiter Richtung Büro.

17

Jeden Donnerstagabend verbrachte Ilsu Chon im Showroom von *Noble Entertainment* im Keller der Firma. Dort gab es eine kleine Bühne, auf der Performances stattfinden konnten. Im Zuschauersaal, der nur durch einen Einwegspiegel davon getrennt war, stand ein einziger großer Sessel. Früher hatte der Saal als Casting-Raum gedient, jetzt war er nur noch Privattheater.

Chon hatte zu Abend gegessen und im Sessel Platz genommen. Auf dem Beistelltisch standen Wein und eine Schale Obst. Einen Schritt hinter ihm stand Miyong Song. Auf ein Signal von ihr ging das Licht hinter der Scheibe an, und der Vorhang öffnete sich.

Die Kulisse war ein Kinosaal mit drei Zuschauerreihen. Dort saßen sieben Männer und Frauen, drei in der vordersten, eine in der mittleren und drei in der hintersten Reihe, den Blick auf die Leinwand geheftet, auf der tatsächlich ein Film lief. Chon musste sich den Hals verrenken, um den Titel zu lesen. *Two Moon Junction*. Ein Lächeln huschte über sein Gesicht. Die »Kinobesucher« warteten auf den Beginn des Films. Chon beobachtete sie dabei.

Einige Minuten, nachdem der Film angefangen hatte, tat sich etwas in der dritten Reihe. Dort saßen ein dicker Mann und eine Frau in einem roten T-Shirt, offenbar seine Freundin. Zwei Plätze weiter saß ein Mann mit sehr kleinem Gesicht und buschigen Augenbrauen, die im Licht der Scheinwerfer noch buschiger wirkten, als sie ohnehin waren. Der Mann tat, als konzentrierte er sich auf den Film, schaute aber immer wieder zu der Frau im roten T-Shirt, deren große Brüste im Licht- und Schattenspiel der Scheinwerfer an Umfang noch gewannen. Auch die Frau schielte immer wieder zu ihm hin. Der Dicke war gleich zu Beginn des Films eingeschlafen. Dass jemand im Kino wie auf Kommando einschlief, sobald der Film losging, war ein bisschen unrealistisch, doch über Unstimmigkeiten wie diese sah Chon großzügig hinweg.

Der Augenbrauen-Mann rutschte auf den Sitz neben der T-Shirt-Frau. Sie lehnte sich zu ihm hinüber, behielt dabei aber den schnarchenden Dicken im Blick. Der Augenbrauen-Mann schob ihr eine Hand unter das T-Shirt. Der Busen der Frau wogte. Der Mann schob das Shirt hoch und riss der Frau den BH herunter. Ihre prallen Brüste glänzten im Schweinwerferlicht. Der Augenbrauen-Mann betatschte sie und nuckelte dann an einer Brustwarze. Die Frau sah nur noch hin und wieder zu dem schlafenden Dicken. Sie fuhr sich mit der Zunge über die Lippen und zerrte dem Augenbrauen-Mann die Hose herunter. In dem Moment verloschen die Scheinwerfer, nur das Flimmern von der Leinwand erhellte noch den Raum und zeigte mal deutlicher, mal weniger deutlich die Bewegungen der beiden. Nachdem die T-Shirt-Frau dem Augenbrauen-Mann oral eine Erektion verschafft hatte, hockte sie sich auf seinen Schoß. Er grapschte nach ihren Brüsten, während sie sich mit den Händen auf seine Knie stützte und langsam auf und ab bewegte.

Chon hatte die Hose heruntergelassen und fummelte an sich herum. Er bemühte sich, seine Bewegungen dem Rhythmus der Frau anzupassen.

»Kann ich Ihnen behilflich sein?« bot Miyong an. Chon gab mit seiner freien Hand wortlos zu verstehen, dass das nicht vonnöten sei.

Augenbrauen-Mann und T-Shirt-Frau wechselten die Stellung. Das Gesicht der Frau war nun dem Dicken zugewandt, Augenbraue nahm sie von hinten. Das Spotlight konzentrierte sich auf den Penis. Die T-Shirt-Frau stöhnte leise. Der Dicke schnarchte weiter vor sich hin. Die Kinobesucher in den vorderen Reihen wurden auf die Sache aufmerksam und drehten sich um. Nun wurden auch die erste und zweite Reihe ausgeleuchtet. Partytime.

Angesichts des Augenbrauen-Mannes und der T-Shirt-Frau entledigten sich alle nach und nach ihrer Kleidung. Das Pärchen in der ersten Reihe fing an, sich zu streicheln, und der Mann, der neben ihnen gesessen hatte, ging zu der eine Reihe weiter hinten sitzenden Dame, um ihr beim Ablegen ihrer Unterwäsche behilflich zu sein. Es wurde orgiastisch. Auch Chon beschleunigte seine Bewegungen. Alle im Kinosaal trieben es miteinander, bis auf den Dicken, der nach wie vor schlief. Der Ton des Films von der Leinwand und das Gestöhne der drei Paare im Parkett vermischten sich. Chon spritzte ab. Miyong reichte ihm ein Taschentuch.

»Kennst du den Film eigentlich?« fragte Chon, während er sich das Sperma abwischte.

»*Two Moon Junction*? Nein«, antwortete Miyong und stellte sich neben ihn.

»Woher wusstest du dann, dass ich ihn mag?«

»Sie haben es einmal erwähnt.«

»Sieh ihn dir mal an. Er ist wirklich gut.«

»Ja, sobald ich Zeit habe.«

»Weißt du, was der Titel *Two Moon Junction* bedeutet?«

»Zwei Monde – das steht wohl für das weibliche Geschlecht. Und *Junction* wird etwas mit Sex zu tun haben, nehme ich an.«

»Du kannst dir nicht vorstellen, wie erregt ich war, als ich damals das Filmplakat sah. ›Zwei Monde, ein Wald. *Two Moon Junction.*‹ Mich traf fast der Schlag! Jahrelang dachte ich, dass *Junction* ›Wald‹ hieße. Ich dachte, die Monde stehen für Titten und der Wald für Möse. Ich habe mich damals heimlich ins Kino geschlichen, um den Film zu sehen, wurde aber erwischt und windelweich geprügelt!«

Chon, das Taschentuch in der Hand, verlor sich einen Moment in seinen Erinnerungen. Dann lachte er. Sein Penis war inzwischen auf Normalgröße geschrumpft.

»Soll ich Ihnen beim Abwischen behilflich sein?«

»Hier«, sagte Chon und fasste sich an den Solar Plexus. »Fass mal da hin. Da ist ein kleiner Huckel. Fühlst du den?« Miyong tat es ihm nach.

»Jeder Mensch trägt eine Art weichen Samen in sich. Genau da. Von Geburt an. Manche hegen und pflegen ihn, bei anderen stirbt er sofort ab. Wenn du feststellst, dass dieser Samen ganz hart geworden ist, heißt das, dass du falsch gelebt hast. Verstehst du? Wer seine Vergangenheit vergisst, lebt ein falsches Leben.«

»Ja, Herr Generaldirektor.«

»Du musst diesen Samen nur regelmäßig gießen, wie eine Pflanze. Jeden Tag ein bisschen, sonst trocknet er aus. Verstehst du?«

Er wischte sich den letzten Rest Sperma ab, zog die Hose hoch und den Reißverschluss zu. Die drei Pärchen auf der Bühne kopulierten immer noch, während der Dicke nach wie vor schlief.

»Ist das nicht komisch, dass der die ganze Zeit schläft?« fragte Chon.

»Am Ende wacht er auf«, antwortete Miyong. »Wenn die Party vorbei ist.«

»Mehr hat er nicht zu tun? Schade.«

»Im zweiten Teil hat er einen Auftritt.«

»Nämlich?«

»Er und seine Freundin gehen in eine Bar. Sie geht aufs Klo, er trifft eine andere, und seine Freundin trifft auf der Toilette auch noch wen anders.«

»Immer das gleiche. Ist das nicht ein bisschen langweilig?«

»Restaurant, Café, Kino, Bar. So wie der normale Dating-Parcours eben aussieht. Sie haben der Projektskizze seinerzeit Ihr Okay gegeben.«

»Gut. Dann dreh es erst mal so. Das weißt du ja, ich habe vollstes Vertrauen in dich.«

»Danke.«

»Wenn Männer Regie führen, muss immer alles ganz schnell gehen. Da geht's nicht um Kunst, da geht's ums Ficken. Die drehen, was sie selber gerne sehen. Porno mit Handlung kriegen Männer nicht hin.«

»Ich werde es mir merken.«

»Wie ist unsere neue Serie eigentlich angekommen, *Nachtschicht im Büro*?«

»Nicht schlecht. Wir haben etwa dreißigtausend davon abgesetzt.«

»Ich sag's ja. Pornos mit Handlung. Davon brauchen wir mehr. Sag mal, die Frau im roten T-Shirt, ist die neu?«

»Ja. Sie hat letzten Monat ihren ersten Streifen gedreht.«

»Sie gefällt mir. Gut gebaut ist sie auch.«

»Sie soll möglichst bald eine Hauptrolle übernehmen.«

»Gut, sehr gut.«

»Soll ich sie hochschicken?«

»Ja, sag ihr, sie soll nach dem Dreh kurz hochkommen.«

Chon erhob sich. Miyong folgte. Sie wollten den Showroom gerade verlassen, als Yong'uk Na, Chons Sicherheitschef, in der Tür erschien. Sein Gesichtsausdruck signalisierte Alarmstufe Rot.

»Kann ich Sie kurz sprechen?«

»Worum geht's?«

»Das würde ich Ihnen gerne unter vier Augen sagen, in aller Ruhe.«

Auf der Bühne herrschte immer noch reges Treiben, von Ruhe konnte keine Rede sein. Chon verließ mit Na den Showroom und klopfte Miyong dabei kurz auf die Schulter. Beide wussten, was das zu bedeuten hatte.

Miyong setzte sich in den Sessel und sah den drei Pärchen beim Sex zu. Das Ganze wirkte irgendwie teilnahmslos, ohne Feuer. Im Unterschied zum Sex zwischen Liebenden gab es bei Pornos ausschließlich Action und Ende. Dem näherten sich die Darsteller auf der Bühne allmählich. Sperma spritzte in Münder, auf Brüste und auf die Bestuhlung des Kinosaals, und damit war die Sache vorbei. Der Dicke wachte wie auf Kommando auf und sah sich erstaunt um. Als er begriffen hatte, was er verschlafen hatte, ging er auf den Augenbrauen-Mann los und gab ihm eins auf die Nase. Augenbrauen-Mann kippte hintüber, und alle Augen richteten sich auf den Dicken.

»Okay, Cut! Danke, das war's«, rief der Regisseur, der auch die Kamera geführt hatte.

Die Mitarbeiter des Drehteams kamen vor und verteilten Handtücher. Auch Miyong gesellte sich dazu.

»Vielen Dank«, sagte sie und an den Dicken gewandt: »Ihr Faustschlag am Schluss war sehr überzeugend!«

»Außer Schlafen und Schlagen hatte ich ja nichts zu tun«, entgegnete der Dicke schlechtgelaunt und hielt sich die Faust. Einige der Schauspieler lachten.

»Du hast echt geschlafen, oder? Du hast ganz verquollene Augen«, sagte die Frau im roten T-Shirt.

»Naja, kurz weggenickt vielleicht. Richtig schlafen kann man bei deinem Gekreische ja nicht«, erwiderte er und rieb sich die Augen.

»Gut. Ruhen Sie sich einen Moment aus, wir bauen inzwischen die Kneipe auf. Ein bisschen müssen Sie noch durchhalten. Wir wollen den Dreh heute abschließen«, munterte Miyong die Runde auf, dann rief sie die Frau im roten T-Shirt zu sich. Die strahlte ob der guten Nachricht. Dem Herrn Generaldirektor positiv aufzufallen bedeutete, womöglich in die Championsleague des Pornogeschäfts aufzusteigen und verhieß eine wesentlich höhere Gage. Sie reckte kurz die Faust, bevor sie sich höflich mit einer kleinen Verbeugung verabschiedete.

Two Moon Junction lief immer noch. Offenbar hatte niemand daran gedacht, den Projektor auszuschalten. Lachende und schwatzende Menschen bummelten durch einen Vergnügungspark. Von Erotik keine Spur. Miyong war schleierhaft, was an dem Film bewegend sein sollte. Oder gar erregend. Die Bilder, die Kostüme – alles wirkte einfach nur primitiv und armselig.

Die Pornodarsteller, in ihre Handtücher gewickelt, schwatzten miteinander. Ihr Geplänkel und das Geplapper von der Leinwand dröhnten Miyong in den Ohren. Auf einmal fühlte sie sich leer. Ihre Ohren waren zugefallen. Sie schüttelte den Kopf, aber das half nicht. Die Menschen um sie herum und auf der Leinwand waren zu Akteuren eines Stummfilms geworden. Miyong räusperte sich. Ihre Ohren ploppten wieder auf, und die Geräusche kehrten zurück.

18

In den vergangenen vierzig Jahren hatte Chon kein einziges Mal versäumt, sich abends um elf an sein Tagebuch zu setzen. Wenn man es denn als solches bezeichnen konnte. Denn Chon schrieb immer nur einen einzigen Satz. In Einträgen, die kaum je länger als eine Zeile waren, hielt er das jeweils wichtigste Ereignis des Tages fest. Chon war der Ansicht, dass Dinge, die über einen längeren Zeitraum fortgesetzt wurden, mit möglichst wenig Aufwand und in möglichst einfacher Form betrieben werden mussten. Anfangs hatte er noch alles aufgeschrieben, was ihm in den Sinn kam, davon aber bald wieder Abstand genommen: Wenn man seinen Gedanken freien Lauf ließ, schrieb man zu viel Unnötiges auf und wurde der Sache schnell überdrüssig. Die einzeilige Form fand er schon eine Woche, nachdem er mit seinem Tagebuch begonnen hatte, und behielt sie vierzig Jahre lang bei.

Was er festhielt, war nicht wirklich bemerkenswert. Er notierte Bekanntschaften, die er machte, den Beginn neuer Projekte oder überraschende Vorkommnisse. Oft schrieb er auch gute Vorsätze auf oder wünschte sich für ein Vorhaben Erfolg. Wenn sich an einem Tag nichts ereignet hatte, notierte er auch das. Das Ganze sah in etwa so aus:

5. März: Mit Byongsik zwei Flaschen geleert.
6. März: Seine Feinde kennen und sich selbst kennen führt zum Erfolg.
7. März: Immer in Bewegung bleiben.

Da er pro Tag immer nur eine Zeile schrieb, brauchte er nicht viele Notizbücher. In einem Jahr schrieb er 365, in zehn Jahren 3650, in vierzig Jahren 14600 Zeilen. Chons Notizbücher hatten 200 Seiten, und auf jeder war Platz für 20 Zeilen. Ein Buch reichte also für 4000 Zeilen, es dauerte zehn Jahre, bis es voll war. Alle zehn Jahre ein neues Notizbuch, hatte Chon für sich beschlossen. Insofern hätte er an 350 von 3650 Tagen auch zweizeilige Einträge schreiben können, aber das kam nur sehr selten vor. Dieselbe Beharrlichkeit – um seinen täglichen Eintrag nicht zu vergesssen, stand sein Wecker auf elf Uhr – legte Chon auch bei anderen Dingen an den Tag. In einer Schublade bewahrte er zum Beispiel immer noch die Casio-Armbanduhr auf, die er seit Jugendtagen viele Jahre getragen hatte (und die definitiv nicht mehr richtig funktionierte).

Tagebuch schrieb Chon immer erst, wenn das Tagewerk vollbracht war. An manchen Tagen wusste er sofort, was er schreiben wollte, an anderen nicht.

Heute konnte Chon sich nicht recht konzentrieren. Nas Bericht hatte ihn verstimmt. Er ärgerte sich über Donghun Bae, über den Wonsudojang und über Yongmin Lee. Wer hätte gedacht, dass der solchen Ärger machen würde. Chon warf sich vor, dieses Übel nicht schon im Keim erstickt zu haben. Ein Pflänzchen hätte man problemlos mit zwei Fingern ausreißen können; für den halben Baum, der daraus gewachsen war, würde man eine Motorsäge brauchen.

Chon holte sein erstes Tagebuch hervor und schlug es auf. Wenn ihm keine angemessene Tageszeile einfiel, blätterte er gerne in den alten Aufzeichnungen. Auf der ersten Seite des ersten Büchleins stand in dünner Schrift: *Ich werde alleine leben und alleine groß werden.* Die Tinte war schon stark verblichen. Vierzig Jahre waren seither vergangen.

Dass er das elterliche Haus in Gangwon-do verlassen hatte, hatte hauptsächlich am Sohn seiner Stiefmutter gelegen. Er hätte ihn »Bruder« nennen müssen, das aber einfach nicht fertiggebracht. Er hatte ihn kein einziges Mal so genannt und würde ihn, das hatte er sich geschworen, auch niemals so nennen. Chon war elf gewesen, als seine Mutter bei einem Autounfall starb. Ein Unfall, an den er nicht einmal denken wollte. Seine Mutter war auf dem Weg von dem Restaurant, in dem sie damals gearbeitet hatte, nach Hause gewesen. Was mit dem Busfahrer los gewesen war, konnte niemand sagen. Ob er geraucht hatte, ob er eingenickt war, ob er sich nicht auf das Fahren hatte konzentrieren können, weil er vielleicht zu Hause Probleme hatte – niemand wusste es. Denn niemand hatte überlebt. Sieben Menschen hatten in dem Bus gesessen und nicht einer überlebte, als der Bus die Leitplanke durchbrach und den Abhang hinunterstürzte. Es ging zu schnell. Der Abhang war steil, und weil der Bus sich überschlug und in Brand geriet, hatten die Insassen keine Chance. Das Rettungsteam brauchte allein drei Stunden, um sie zu bergen. Seine Mutter sei vollkommen verkohlt gewesen, und einer ihrer Füße habe gefehlt, wurde Chon berichtet. Ihm war, als hätte er es mit eigenen Augen gesehen.

Erst ein Jahr nach dem Tod seiner Mutter machte er sich zur Unfallstelle auf. Sein Vater hatte ihm zuvor mitgeteilt, dass er wieder heiraten würde, und der zwölfjährige Ilsu Chon hatte darauf nichts geantwortet. Er hatte nicht gewusst, was er hätte sagen sollen. Ihm fehlte seine Mutter. Er wusste zwar, wo sich die Unfallstelle befand, hatte bis dahin aber nicht gewagt, sie sich anzusehen. Nun hatte er das Gefühl, wenigstens einmal hinfahren zu müssen. Er fuhr mit derselben Buslinie, die auch seine Mutter genommen hatte; sie führte in langen Serpentinen durch die Berge. Die Unfallstelle war noch immer zu erkennen. An der Straße war eine neue, stabile Leitplanke angebracht worden, und unten am Hang zeigten umgeknickte Bäume beinahe wie Hinweispfeile auf die Stelle, wo der Bus aufgeschlagen war. Chon hatte eigentlich absteigen wollen, doch der Abhang war so steil, dass er sich nicht traute. Er beschränkte sich auf den Blick von oben. Als er auf den Abhang sah, das Letzte, was seine Mutter gesehen hatte, brach er in Tränen aus. Erst in diesem Augenblick wurde ihm bewusst, dass seine Mutter nicht mehr lebte. Er spürte die Schmerzen, die seine Mutter im letzten Augenblick ihres Lebens erfahren hatte, glaubte beim Blick nach unten sogar, Schmerzensschreie zu hören. Er wollte weg, weg von den Geisterstimmen, blieb aber wie angewurzelt stehen. Er hatte Angst. Gleichzeitig sehnte er sich nach seiner Mutter.

Wieder zu Hause, sagte er kaum noch etwas. Auf die Fragen seines Vaters antwortete er nur kurz, und mit der angehenden Stiefmutter sprach er praktisch gar nicht. Die Frau, die sein Vater heiraten wollte, war vielleicht kein schlechter Mensch, aber in Chons Augen hatte sie allein dadurch, dass sie an die Stelle seiner Mutter treten würde, den Anspruch verloren, als guter Mensch betrachtet zu werden. Am meisten machte ihm jedoch ihr Sohn zu schaffen. Der war schon neunzehn – sie hatte offenbar früh geheiratet – machte aber keinerlei Anstalten, selbständig zu werden, sondern hing die ganze Zeit herum. Da der Vater und die Stiefmutter tagsüber zur Arbeit gingen, war Chon oft allein mit ihm zu Haus. Sein Stiefbruder lag meistens in seinem Zimmer, dem Zimmer, das vorher Chon gehört hatte, sah sich Pornohefte an und hielt ihm bisweilen einzelne Seiten vor die Nase.

»Hier, Kleiner, guck mal! Nicht schlecht, was?«

Chon sagte nichts dazu und bekam postwendend eine Kopfnuss.

»Weißt du eigentlich, wie schwer es ist, an diese Hefte zu kommen? Willst du eins haben? Was meinst du, was deine Kumpels in der Schule für Augen machen, wenn du damit ankommst. Da! Da hast du eins! Extra für dich vom großen Bruder!«

Chon antwortete nicht. Den Kopf gesenkt stand er nur da.

»Heh, was glotzt du auf den Boden? Dein großer Bruder redet mit dir! Komm, verzieh dich.«

Der Stiefbruder rollte das Heft zusammen und schlug ihm damit auf den Kopf.

Die Wohnung hatte drei Zimmer, aber weil eines davon als Abstellraum benutzt wurde, musste Ilsu Chon mit seinem Vater und seiner Stiefmutter in einem Raum schlafen. Manchmal ließ der Vater ihn auch im Zimmer des Stiefbruders schlafen. Ilsu wusste, weshalb. Er wollte nicht zu seinem Stiefbruder, aber ihm war klar, dass es keinen Zweck hatte, sich zu widersetzen. Einmal war er in die unbeheizte Abstellkammer gegangen, hatte sich dort die Decke übergezogen und versucht zu schlafen, hatte aber nach kaum einer Stunde wieder aufgegeben.

Der Stiefbruder blieb immer bis spät nachts wach. Auch in seinem Zimmer würde Ilsu also nicht schlafen können, aber er tat wenigstens so. Zog sich die Decke über den Kopf und versuchte, an etwas Schönes zu denken. An gemeinsame Augenblicke mit seiner Mutter. An ihr Lachen, an ihre grünen Hausschuhe, ihre Hände, die ihm die Haare gewaschen hatten, ihre Augen, wenn sie etwas genäht hatte, ihren Rücken, auf dem sie ihn manchmal getragen hatte, an den Geruch von gekochtem Reis, an die Stimme, mit der sie ihn gerufen hatte ... Ihre Stimme ... An ihre Stimme erinnerte er sich nicht besonders gut. Alles andere hatte er noch gut in Erinnerung, aber den Klang ihrer Stimme hatte er nicht mehr im Ohr.

»Heh, schon am Pennen? Hier, willst du eins von meinen Heften? Wir könnten es uns zusammen anschauen! Hähä!« rief der Stiefbruder und stieß mit dem Fuß gegen seine Bettdecke. Er antwortete nicht.

»Weißt du, was dein Papa und meine Mama gerade machen? Weißt du, wie das geht? Soll ich dir das mal zeigen? Scheiße, am Ende machen die noch so ein Blag!«

Er gab keine Antwort.

Eines frühen Morgens wachte er mit einem seltsamen Gefühl auf. Das Licht im Zimmer war aus, ringsum herrschte Stille. Alles, was schlafen sollte, schlief, alles was aufwachen sollte, würde bald aufwachen. Der untere Teil der Bettdecke war aufgeschlagen, seine Unterhose heruntergezogen, sein Hintern entblößt. Ihm wurde klar, dass etwas nicht stimmte, aber er rührte sich nicht. Er durfte nicht. Was auch immer passieren würde, zunächst einmal musste er warten. Er musste wissen, was hier geschah. Er fühlte etwas Hartes an seinem Gesäß. Es fühlte sich an wie ein Stein. Gekeuche drang an sein Ohr. Er spürte, wie jemand versuchte, seine Pobacken auseinanderzudrücken und in ihn einzudringen, doch es gelang nicht. Dann hörte er wieder das Stöhnen. Gleichzeitig nahm er wahr, wie über den Stein gerieben wurde, hin und her. Manchmal schlug der Stein auch gegen seine Pobacken. Die Versuche, in ihn einzudringen, setzten sich fort. Er begriff nicht, was da vor sich ging. Er wusste nicht, ob er schreien und aufspringen sollte, ob er dem Stiefbruder ins Gesicht treten sollte, oder ob, wenn er nur stillhielte, alles gleich vorbei wäre. »Oh, verdammt …« hörte er einen kurzen Fluch, gleich darauf patschte etwas Warmes auf sein Gesäß. Der Stiefbruder nahm ein Papiertaschentuch und wischte alles sorgfältig ab.

Dieser Vorfall wiederholte sich. Jedesmal, wenn Chon daran dachte, stieg Wut in ihm auf. Auch heute fragte er sich noch, weshalb sein Stiefbruder damals nicht bis zum Letzten gegangen war. Ob er einfach nicht versiert genug gewesen war, oder ihm vielleicht doch Skrupel gekommen waren. Wahrscheinlich Ersteres, denn so niederträchtig, wie der Stiefbruder war, hätte er, wenn er gekonnt hätte, vor nichts zurückgeschreckt.

Drei Monate, nachdem er in die Mittelstufe versetzt worden war, ging Ilsu Chon von zu Hause weg. Er schrieb nur seinem Vater einen kurzen Brief. Als er aufbrach, nahm er wieder die Buslinie, mit der einst seine Mutter gefahren war. Zunächst wohnte er bei einem Freund, der in der Fabrik arbeitete. In dessen Zimmer schrieb Chon die erste Zeile in sein Tagebuch. *Ich werde alleine leben und alleine groß werden.* Jetzt, beim Wiederlesen dieses Satzes, biss Chon die Zähne zusammen. Ein Jahr lang hatte er mit seinem Freund in der Zementfabrik gearbeitet. Als er schließlich auf Vermittlung eines älteren Jungen, den er in der Fabrik kennengelernt hatte, nach Seoul ging, war er siebzehn.

Chon blätterte weiter. Die Tage, die er im Alter zwischen fünfzehn und fünfundzwanzig Jahren in jeweils einer Zeile zusammengefasst hatte, flogen an ihm vorüber. Einige Worte tauchten immer wieder auf: *Weg zum Erfolg, Fleiß, Rache, Frauen, Kalkül.* Sie charakterisierten sein Leben. Chon griff zum zweiten Band seiner Aufzeichnungen, zu den nächsten zehn Jahren. Auch hier immer wieder dieselben Worte. Schließlich legte er die vier Bände auf einen Stapel und griff zu einer Zigarette. Er rauchte nicht oft, aber wenn er nachdenken musste, steckte er sich zuweilen eine an. Nun war es Zeit, nachzudenken.

Nach zwei Zügen klingelte sein Handy. Es war Na.

»Ja?«

»Ich weiß jetzt, wer bei Lee aufgetaucht ist.«

»Kenne ich ihn?«

»Ja. Dongchi Gu, der Privatdetektiv.«

»Der Typ, den Yumi Han neulich im Schlepptau hatte?«

»Genau der.«

»Was hat der mit Lee zu tun?«

»Das weiß ich nicht. Aber da er praktisch direkt nach der Ortung des Tablets aufgetaucht ist, muss er mit den Bullen in Verbindung stehen.«

»Das heißt, das Tablet ist jetzt bei ihm?«

»Das weiß ich nicht. Vielleicht hat er mit Lee einen Deal gemacht. Der wird das Ding nicht so einfach aus der Hand geben.«

»Mit dem, was auf dem Tablet ist, macht Lee ganz sicher keinen Deal. Dann hätte er ja nichts mehr gegen mich in der Hand.«

»Das stimmt.«

»Gut. Auf was müssen wir gefasst sein?«

»Auf beides. Wenn Gu das Tablet hat, mischen sich mit ziemlicher Sicherheit bald die Bullen ein. Wir sollten also vorbauen. Der Inspektor, der Sie vor kurzem aufgesucht hat, ist für den Fall Bae zuständig, und ich würde wetten, dass er jemanden auf Lee angesetzt hat. Selbst wenn man ihn bestochen haben sollte, wird er

Lee auf den Fersen bleiben. Am besten treffe ich mich morgen einmal mit ihm und fühle ihm auf den Zahn.«

»Gut. Wenn Lee das Tablet noch hat, wird er sich schon melden.«

»Auf jeden Fall hat er sein Sicherheitspersonal um ein paar Schläger aufgestockt.«

»Das ist schlecht … Gu nehme ich selbst unter die Lupe. Ich bin schon mit ihm verabredet. Bleibt nur noch dafür zu sorgen, dass die Jungs vom Wonsudojang die Schnauze halten! Das ist dein Bier.«

»Alles klar. Ich erstatte morgen wieder Bericht«, sagte Na, legte auf und seufzte. Er betastete seine Augenlider. Leichter Druck auf die Augäpfel half gegen aufkommende Müdigkeit.

»Tut mir leid«, sagte Anker missmutig. Er saß neben Na. »Hätte anders laufen sollen.«

»Schon gut«, erwiderte Na und rang sich ein Lächeln ab. »Kann passieren.«

»Wir hätten es zu Ende bringen sollen …«

»Nein, nein. Wenn ihr den Detektiv außer Gefecht gesetzt hättet, wäre die Sache noch komplizierter geworden.«

»Aber jetzt haben Sie den Ärger.«

»Dass der Generaldirektor nicht erfreut ist, ist klar, aber es ist, wie es ist. Mach dir keine Sorgen. Ich regele das schon.«

Na blinzelte ein paar Mal, dann klappten seine Augen zu. Die versammelten Mitglieder des Wonsudojang, etwa ein halbes Dutzend, sahen verstohlen zu ihm hin, sagten aber nichts. Nur vereinzeltes Hüsteln war zu hören.

»Was ist bloß aus uns geworden!« deklamierte Anker.

»Was soll das heißen?« fragte Na und machte die Augen wieder auf.

»Der großartige Wonsudojang. Eine Bande dahergelaufener Handlanger«, klagte Anker.

»Handlanger? Jetzt übertreibst du aber.«

»Wieso? Genau das sind wir doch! Ohne Sie wären wir längst am Ende, das stimmt, aber ehrlich gesagt, bin ich mir nicht mehr sicher, ob wir so weitermachen sollten. Vielleicht wäre es besser, sich zu trennen, einzeln weiterzutrainieren und sich in der Gemeinschaft wieder zusammenzufinden, wenn die Zeit reif ist.«

»Ich verstehe deinen Unmut und deine Bedenken. Aber wenn wir uns jetzt auflösen, ist der Wonsudojang passé, dann bleibt nichts. Die Moral des Einzelnen ist schwach, erst in der Gemeinschaft wird sie stark. Deshalb müssen wir zusammenhalten, und ich werde alles dafür tun, dass wir zusammenhalten. Niemals werde ich den Wonsudojang, den meine Meister unter Einsatz ihres Lebens verteidigt haben, aufgeben. Niemals! Eine Bande dahergelaufener Handlanger – vielleicht. Aber ich bin zu weit mehr bereit. Ich bin bereit, zu töten, wenn ich muss. Soll ich dir sagen, was zählt? Was zählt, ist zu überleben. Wer nicht überlebt, kann die Lehre nicht weitertragen. Und darum geht es: die Lehre des Wonsudojang weiterzutragen. Selbst wenn uns die Absichten des Generaldirektors gegen die Ehre gehen, bin ich bereit, ihm zu folgen. Er ist unser Retter. Ohne ihn wären wir schon längst tot. Und das darf nicht sein.«

Diese Rede hatte die Anwesenden andächtig werden lassen. Alle waren sich bewusst, was Na auf sich nahm, um die Gemeinschaft zu retten. Deshalb wagte niemand, Einwände vorzubringen. Es war Na, der fünf Jahre zuvor, als der Wonsudojang kurz vor dem Zerfall stand, die Gemeinschaft zusammengehalten, und Chon, der die nötigen Mittel dazu bereitgestellt hatte. Chon verschaffte den Mitgliedern des Wonsudojang, die nicht einmal mehr die Miete für ihr Dojo aufbringen konnten, Arbeit, lukrative Arbeit. Er beauftragte sie, die Einwohner des Viertels, in dem der Noble Club gebaut werden sollte, zu vertreiben. Fünfundzwanzig der insgesamt dreißig Mitglieder des Wonsudojang hatten daraufhin ihre Prinzipien über Bord geworfen und waren dem Auftrag nachgekommen. Die fünf, die damit nicht einverstanden waren, hatten der Gemeinschaft den Rücken gekehrt, obwohl Na bis zum Schluss versucht hatte, sie zum Bleiben zu überreden.

»Wer gehen will, soll gehen«, hatte Na damals gesagt. »Entweder geben wir alles auf und sterben oder wir beißen die Zähne zusammen und leben. Denkt an die Worte des Meisters. Die Erleuchtung, lehrte er uns, gehört dem, der durchhält. Sie liegt nicht im seichten Wasser des Flusses, sondern im weiten Meer. Der Fluss weiß nichts vom Meer. Er weiß nicht, dass er einst darin aufgehen wird. Aber das Meer, das kennt ihn. Es kennt seinen Weg. Es ermutigt ihn, weiterzufließen, sich noch ein wenig weiterzuschlängeln. Wer sich einer Prüfung nicht stellt, ist nichts mehr als ein Dummkopf, der, die Lehre des Meisters in der Hand, im Fluss ertrinkt. Aber wer gehen will, soll gehen. Ich halte niemanden auf. Aber wer bleibt, muss mitgehen, muss durchhalten, bis wir das Meer erreichen.«

Nas Ansprache hatte seine Mitstreiter beeindruckt. Nun konnten sie sich zwar nicht leichten, aber doch leichteren Herzens auf Chons Projekt einlassen. Die Überzeugung, auf diese Weise ihr Überleben zu sichern, gab ihnen neue Kraft. Als trainierte Kämpfer fiel es ihnen nicht schwer, den Auftrag auch ohne Messer auszuführen. Und so war das Gebiet für den Bau des Noble Club sehr viel eher geräumt, als Chon gedacht hatte. Der Wonsudojang war gefürchtet. Den alteingesessenen Bewohnern des Viertels war nichts anderes übriggeblieben, als ihre Grundstücke zu einem Spottpreis zu verkaufen.

Chon, der zur Erledigung nachfolgender Aufträge einen Verbindungsmann zum Wonsudojang brauchte, stellte Na als Sicherheitsbeauftragten ein. Für Na hatte es keinen Grund gegeben, dieses Angebot abzulehnen. Um den Fortbestand des Wonsudojang zu sichern, brauchte die Gemeinschaft Arbeit, Geld, Beziehungen und einen Gegner, der ihrer wilden, rohen Seite Nahrung gab.

Anker schien etwas sagen zu wollen, bewegte aber nur stumm den Mund. Ihm fiel das Versprechen ein, das Na ihnen abgenommen hatte. »Wer gehen will, soll gehen. Aber wer bleibt, muss mitgehen, muss durchhalten, bis wir das Meer erreichen.« Doch wo war das Meer? Würde er es erkennen, wenn er es sähe? Wenn Na behauptete, dass es sich nicht um das Meer, sondern nur um eine etwas breitere Stelle im Fluss handelte, würden alle wohl nur stumm nicken.

Na klopfte einem nach dem anderen einmal kurz auf die Schulter. Seine Hand schien zu sprechen. Sie besänftigte, um Druck aufzubauen, sie predigte, um zu maßregeln, sie tröstete, um zu befehlen. Und sie mahnte, dass niemand vor dem Ziel abspringen dürfe. Warum sollten sie auch? Für sie gab es keinen anderen Weg zum Meer.

19

Soyun Jong war mit Iri in einem Café etwa fünfzig Meter von Gus Büro entfernt verabredet. Dieses Café, das zu einer großen ausländischen Kette gehörte, war eigentlich zu gut für die Gegend. Es roch mehr nach Geld als nach Kaffee. Als es eröffnet wurde, begannen die Leute, die hier wohnten, die Gerüchte über eine mögliche Sanierung des Krokodil-Viertels ernst zu nehmen.

Als Soyun eintrat, saß Iri schon da, einen Kaffee vor sich, und schaute geistesabwesend aus dem Fenster.

»So erfolgreich kann er nicht sein, wenn sein Büro so abgelegen ist«, sagte Soyun und versuchte, ihren Atem wieder zu beruhigen. Der steile Hügel hatte ihrer Kondition einiges abverlangt.

»Alle Profis leben zurückgezogen.«

»Profis? Aha.«

»Er ist sehr kompetent.«

»So kompetent, dass er sich von mir in flagranti erwischen lässt?«

»Glauben Sie mir, einen besseren Deleter als ihn gibt es nicht. Seit er bei der Polizei aufgehört hat und Privatdetektiv geworden ist, kann er sich vor Aufträgen kaum retten. Seine Erfolgsquote ist top. Mittlerweile gibt es natürlich mehr Deleter, also hat er wahrscheinlich nicht mehr ganz so viel zu tun, aber er ist nach wie vor der Beste.«

»Sie scheinen ihn ja gut zu kennen.«

»Nun, Busenfreunde sind wir nicht, aber ja, wir kennen uns ganz gut.«

»Und trotzdem haben Sie ihn nicht erkannt, als ich Ihnen das Bild gezeigt habe?«

»Wissen Sie, ein Bild ist schön und gut, aber wenn es der Person nicht im Geringsten ähnlich sieht, nützt es wenig. Bei Ihrer Zeichnung habe ich an einen Schauspieler gedacht oder ein Model. Aber das spielt ja keine Rolle. Ich habe ihn gefunden, und das ist die Hauptsache. Und jetzt, wo Sie sehen, in welcher Ecke sich sein Büro befindet, können Sie sich vorstellen, dass es nicht so einfach war, ihn ausfindig zu machen. Selbst für einen Profi wie mich.«

»Ja ja, sparen Sie sich die Selbstbeweihräucherung. Sagen Sie mir lieber, was ich tun muss, um meine Festplatte wiederzukriegen.«

»Okay. Passen Sie auf. Diesen Tipp kriegen Sie gratis. Gu hat eine Schwäche: Tränen. Fragen Sie mich nicht warum, aber wenn er jemanden weinen sieht, richtig weinen sieht, wird er schwach. Vielleicht sind es die Geheimnisse anderer Leute, die ihn sentimental machen, ich weiß es nicht, nach außen wirkt er hart wie Stahl, aber wenn jemand weint … Drücken Sie also einfach ein bisschen auf die Tränendrüse. Bei dem funktioniert das. Mich würden Sie so nicht kriegen. Ich reagier allergisch auf Tränen. Gefühlsausbrüche – nein danke! Aber …«

»Ich soll also heulen.«

»Im Prinzip – ja.«

»Im Prinzip?«

»Naja, was ich sagen will, ist …«

»Dass ich weinen soll. Ja, ja. Keine weitschweifigen Erklärungen, bitte.«

»Naja, es wäre eine Möglichkeit.«

»Gut. Sonst noch was?«

»Falls die Festplatte beschädigt sein sollte, bringen Sie sie vorbei. Ich kenne jemanden, der die Daten wiederherstellen kann.«

»Wie viel Provision kassieren Sie dafür?«

»Ich bitte Sie! Ich versuche nur, zu helfen.«

»Entschuldigung. Also, der Mann heißt Dongchi Gu, ja?«

»Genau.«

»Recht ungewöhnlicher Name.«

»Aber leicht zu merken«, sagte Iri und übergab ihr einen Notizzettel mit Gus Adresse.

»Sie kommen nicht mit?«

»Nein. Es ist besser, wenn Sie alleine gehen. Sie müssen nur da runter, etwa fünfzig Meter. Die Hausnummer steht vorne dran.«

»Er weiß nicht, dass ich komme, oder?«

»Doch. Ich musste all meine Überredungskünste aufbieten, bevor er sich bereit erklärt hat, Sie zu empfangen. Ich musste ihn daran erinnern, dass er einen Fehler gemacht hat, und dass er diesen Fehler nicht ungeschehen machen kann. Sie ist hübsch, habe ich zu ihm gesagt, aber sie hat Haare auf den Zähnen. Sie wird dich nicht ungeschoren davonkommen lassen, wenn du dich nicht mit ihr triffst und die Sache aus der Welt schaffst, habe ich gesagt. Triff sie! Daraufhin hat er genickt und mir die Hand gedrückt.«

»Wieso hat er Ihnen die Hand gedrückt?«

»Ich glaube, mein Rat hat ihn bewegt.«

»Was? Er wird schwach, wenn jemand weint, und emotional, wenn ihm jemand einen Rat gibt?«

»Nicht ganz, aber glauben Sie mir, ich lese in Menschen wie in einem Buch und ...«

»Schon klar. Ich muss los«, sagte Soyun und stand auf. Iri war ein wenig geknickt, weil sie ihm das Wort abgeschnitten hatte, aber versuchte, sich nichts anmerken zu lassen.

»Das mit den Haaren auf den Zähnen war nicht so gemeint. Ich wollte damit nur sagen ...«

»Schon gut. Ich habe Haare auf den Zähnen«, sagte sie, warf ihm einen kurzen Blick zu und ging. Draußen war es so kalt, als lauere der Winter auf seinen Auftritt. Vielleicht kam es ihr aber auch nur so vor, weil sie den Hügel hinauf so geschwitzt hatte. Sie nestelte an ihrem Kragen und machte sich auf den Weg zum Crocodile Building.

Baek war zum ersten Mal in Gus Büro. Unsicher sah er sich um.

»Um was geht's denn?« fragte Gu, nachdem er ihn eine Weile beobachtet hatte.

»Ja, äh, das ist das erste Mal, dass ich in einem Detektivbüro bin. Wo darf ich mich denn hinsetzen? ... Und wie soll ich anfangen?« erwiderte Baek und kratzte sich am Kinn.

»Ich schlage vor, Sie setzen sich auf den Stuhl da und sagen mir einfach, worum es geht.«

»Okay. Ich sitze.«

»Geht es um etwas Privates? Oder wollten Sie mir sagen, dass die Stromrechnung zu hoch ist?«

»Ich bitte Sie! Ich würde Sie doch nicht wegen der Stromrechnung belästigen!«

»Gut. Was kann ich dann für Sie tun?«

»Ich habe einen Auftrag für Sie.«

»Soll ich jemanden für Sie suchen?«

»Um Gottes willen nein. In meinem Alter sollte ich eher die ein oder andere Bekanntschaft aufgeben.«

»Für Erpressungen oder eheliche Schlammschlachten bin ich nicht zu haben.«

»Das weiß ich doch!«

»Also, worum geht's?«

»Maître Park hat mir erzählt, dass Sie einem, nun ja, einem etwas ungewöhnlichen Beruf nachgehen.«

»Aha. Nämlich?«

»Er sagte, Sie seien ein ... ein Deleter.«

»Das stimmt.«

»So ein ... Deleting ... ist das sehr teuer?«

»Bevor wir über den Preis sprechen. – Hat Park Ihnen auch gesagt, was ein Deleting ist?«

»Einfach ausgedrückt, dass einer hinter mir aufräumt, wenn ich tot bin, richtig?«

»Nein, hinter Ihnen aufräumen tut niemand, aber wenn Sie mir sagen, welche Dinge nach Ihrem Tod verschwinden sollen, dann lasse ich sie verschwinden, ganz unauffällig, versteht sich.«

»Unauffällig ... Das ist gut. Was wollen die Leute denn meistens so verschwinden lassen?«

»Das ist ganz verschieden. Schriftstücke, Fotos, Liebesbriefe, Computer ...«

»Aber warum beseitigen die Leute denn die Sachen nicht selbst? Das verstehe ich nicht.«

»Weil sie daran hängen.«

»Merkwürdig.«

»Finde ich nicht.«

»Ach so?«

»Sie wollen mich also nicht mit einem Deleting beauftragen?«

»Nein, also, nicht unbedingt ...« Baek zögerte. Er zögerte wie jemand vor seinem ersten Bungee-Sprung. Jemand, der gerne springen würde, sich aber nicht traut, den letzten Schritt zu tun und wie angewurzelt dasteht. Er rieb sich die Hände, dann griff er kurzentschlossen in seine Hosentasche und förderte ein abgegriffenes, schwarzes Portemonnaie zutage, aus dem er mit spitzen Fingern ein Passfoto zog.

»Wer ist das?« fragte Gu und nahm das Foto.

»Alles, was wir hier bereden, bleibt doch geheim, oder?« fragte Baek und legte sein Portemonnaie auf den Tisch.

»Ja, sicher.«

»Wie finden Sie die Frau?«

»Sie ist hübsch.«

»Was glauben Sie, was für ein Mensch sie ist?«

»Das kann ich so nicht sagen.«

»Aber Sie sind doch Detektiv!«

»Sie hat einen traurigen Blick.«

»Nicht wahr? Einen sehr traurigen Blick. Ich frage mich, ob sie, wenn sie noch lebt, immer noch so traurig schaut.«

»Soll ich sie suchen?«

»Nein, wie gesagt, Sie sollen niemanden für mich suchen. Außerdem ist das Foto schon dreißig Jahre alt, wie sollten Sie sie da noch finden. Nein, Gu Sonsaeng, ich habe eine Bitte. Würden Sie das Foto bitte nach meinem Tod vernichten? Mein Portemonnaie hat ein kleines Innenfach, da tue ich es hinein.«

»Ihre Ehefrau weiß nichts von dieser Frau?«

»Doch. Sie kennt sie auch.«

»Warum soll ich dann das Foto vernichten?«

»Diese Frau habe ich geliebt, als ich vierundzwanzig war. Aber ich Trottel ließ sie gehen. Ich war einfach zu dumm. Doch als ich das einsah, war es schon zu spät. Nun, der Mensch ist zäh. Die Zeit verging, ich fand einen Beruf, eine neue Frau, und das Leben ging weiter. Ich weiß nicht, was für einen Eindruck ich auf Sie mache, lieber Gu Sonsaeng, aber glauben Sie mir, ich habe in meinem Leben nicht nur Wasserleitungen repariert!«

»Was Sie nicht sagen.«

»Irgendwann erzähle ich Ihnen mal meine Geschichte. Und glauben Sie mir, Sie werden zu Tränen gerührt sein. Mit der Frau auf dem Foto habe ich nur eine Nacht verbracht. Eine wundervolle Nacht. Als ich am nächsten Morgen aufwachte, saß sie da und sah mich an. Kennen Sie das Gefühl, wenn es ringsum plötzlich dunkel wird und nur noch ein Lichtlein brennt? So war es mit ihr. Das Einzige, was blieb, war dieser Blick. Der Blick, mit dem sie mich ansah. Friedlich, still, sanft. Wenn ich mich in der Stunde meines Todes für nur eine Erinnerung entscheiden müsste, dann wäre es diese. Der Blick, mit dem sie mich ansah. Ihre Augen. So möchte ich sterben. Aber wenn ich das Foto wegwerfe, vergesse ich diesen Blick vielleicht. Umgekehrt könnte, wenn ich sterbe, meine Frau das Bild finden und sich betrogen fühlen, was mir auch nicht recht wäre. Was soll ich also tun?«

»Dazu soll ich Ihnen als Experte sozusagen einen Rat geben?«

»Wenn Sie das könnten.«

»Werfen Sie das Foto weg.«

»Warum?«

»Ich weiß nicht, wie viel Ihnen Ihre Erinnerungen wert sind, aber wenn Sie Ihr Geheimnis mit ins Grab nehmen wollen, werfen Sie es weg.«

»Das kann ich nicht. Deswegen bin ich ja hier.«

»Ich bitte Sie. Sie haben nach Ihrem Tod doch nichts zu befürchten.«

»Das sagen Sie als Deleter? Die Leute kommen doch zu Ihnen, weil sie sich darum sorgen, was nach ihrem Tod passiert.«

»Ein Deleting ist nicht billig.«

»Wie viel kostet es?«

»Zwei Millionen Won.«

»Zwei Millionen? Warum ist es so teuer?«

»Ich sagte doch, dass es nicht billig ist. Also, werfen Sie das Foto einfach weg. Eigentlich müsste ich Ihnen schon dieses Gespräch in Rechnung stellen.«

»Du meine Güte … alles kostet.«

»Wenn es darum geht, ein Geheimnis zu bewahren, dann kostet das, ja.«

»Wissen Sie was? Ich leiste eine Anzahlung, und den Rest kriegen Sie später von meiner Frau.«

»Auf welcher Grundlage?«

»Ich unterschreibe einen Schuldschein.«

»Das macht die Sache kompliziert.«

»Ach was, Sie müssen doch nur das Geld holen. Aber sagen Sie, was passiert, wenn meine Frau das Foto trotzdem sieht?«

»Was soll passieren? Dann sieht sie es halt.«

»Und wer übernimmt die Verantwortung?«

»Lieber Herr Baek, meine Erfolgsquote liegt bei, über den Daumen gepeilt, achtzig Prozent, einen besseren Deleter finden Sie nicht.«

»Aber wenn etwas schiefgeht, übernehmen Sie keine Verantwortung?«

»Nein. Ein Deleting ist eine heikle Mission. Ich tue, was ich kann. Deshalb vertraut man mir«, sagte Gu und gab Baek das Foto zurück.

Der dachte offenbar über die zwei Millionen nach. Diese Strategie der Preisverhandlung wandte Gu jedesmal an. Der Preis, den er nannte, sollte den Klienten dazu bringen, sich zu fragen, was ihm sein Geheimnis wert war. Strenggenommen war es keine Strategie, sondern eher Gus Berufsethos. Jemand, dem sein Geheimnis viel bedeutete, war auch bereit, viel dafür zu bezahlen. Jemand, der den Preis zu hoch fand, würde darüber nachdenken, wie viel es ihm wert war. Und genau darin lag die Aufgabe eines Deleters: dem Klienten die Bedeutung seines Geheimnisses vor Augen zu führen. Deshalb verlangte Gu auch in der Regel ein Beratungshonorar. Um ihm die Entscheidung zu erleichtern, hatte Gu Baek gegenüber natürlich besonders hoch gegriffen.

Als Baek das Foto unschlüssig wieder in sein Portemonnaie steckte, klopfte es an der Tür. Maßvoll aber nachdrücklich, fast ein wenig aggressiv. Aus diesem Klopfen sprach weder Furcht vor dem Unbekannten noch Bedauern, die Stille durchbrochen zu haben, eher so etwas wie stummer Zorn. Gu nahm das wahr, Baek nicht. Baek war nur erleichtert über den Aufschub.

Gu wusste, wer vor der Tür stand. Iri hatte ihm zehn Minuten vorher eine SMS geschickt. *Sie kommt gleich*, hatte er geschrieben. Wenn Gu im Gespräch war und Besuch kam, machte er in der Regel nicht auf, erst recht nicht, wenn der Besucher unangemeldet war. Seine Klienten sollten sich nicht begegnen. Überhaupt versuchte er, sich so wenig wie möglich in die Belange seiner Klienten einzumischen. In diesem Fall würde er allerdings eine Ausnahme machen. Selbst jemand, der vor Wut schon zu platzen drohte, hielt sich in Gegenwart mehrerer Menschen für gewöhnlich ein wenig zurück. Gu bat Baek also, noch einen Moment sitzenzubleiben und öffnete die Tür. Draußen stand Soyun Jong. Ihre Miene war steinern.

»Lange nicht gesehen«, sagte sie spöttisch.

»Kennen wir uns?« spielte Gu den Ahnungslosen.

»Nur flüchtig. So schnell, wie Sie wieder weg waren.«

»Ach ja? Wissen Sie, ich sehe tagtäglich so viele Leute, dass ich …«

»Ja ja, Ihr ahnungsloses Getue können Sie sich sparen. Iri hat Sie bereits ins Bild gesetzt.«

Gu bat Soyun herein. Baek stand auf und musterte die junge Frau. Soyun sah ihn geradeheraus an. Ihr Zorn schien etwas nachzulassen. Wenn sie sich vor dem Eisenwarenladen getroffen hätten, hätte Baek sie gewiss mit Fragen bombardiert, aber hier musste auch er sich zügeln. Er nickte Gu kurz zu, klopfte noch einmal auf die Brusttasche mit dem Portemonnaie und ging zur Tür.

»Denken Sie noch einmal darüber nach«, sagte Gu, während er Baek aus dem Zimmer bugsierte, was so klang, als ob die Sache damit erledigt wäre.

»Bitte«, sagte er zu Soyun und schloss die Tür. »Nehmen Sie Platz.«

»Sie scheinen ein gefragter Mann zu sein. Machen wir es also kurz. Sie wissen ja, warum ich da bin.«

Sie dachte nicht daran, sich zu setzen.

»Ich hatte in der Eile gar nicht die Gelegenheit, mich vorzustellen. Mein Name ist Dongchi Gu«, sagte Gu und streckte die Hand aus.

»In der Eile? Wollen Sie mich für dumm verkaufen?« schnaubte sie.

»*Es gibt nichts Besseres, als die Welt im Sitzen zu erobern.* Kennen Sie das? Jetzt nehmen Sie doch erst einmal Platz und dann unterhalten wir uns.«

»Gut. So weit will ich Ihnen entgegenkommen.«

Geräuschvoller als nötig zog sie sich den Stuhl heran. Das Licht der Nachmittagssonne glitt über ihren Körper. Gu betrachtete sie nicht ohne Faszination. Unter ihrem grünen Trenchcoat trug

Soyun eine dünne Jeansjacke und darunter eine himmelblaue Bluse, deren Kragen an eine Blume denken ließ. Das Grün des Mantels ließ ihr wütendes Gesicht und ihre Wangen, die bezeugten, dass sie zu Fuß durch die spätherbstliche Kälte gekommen war, noch röter aussehen. Gu kam es so vor, als hätte er eine in Blattgrün gewickelte Blume vor sich. Ein fesselnder Anblick. Und wenn er Soyun zufällig auf der Straße begegnet wäre, hätte er sich sicher noch einmal nach ihr umgedreht. Der leise Schatten, den die hinter die Ohren geklemmten Haare auf ihre Stirn zauberten, verlieh ihrem hübschen Gesicht etwas Geheimnisvolles, wohingegen die Fältchen um Nase und Mund darauf hindeuteten, dass sie gerne lachte, die Nase krauszog, wenn ihr etwas missfiel, und sich nach einem Wutausbruch schnell wieder beruhigte.

»Wenn ich recht informiert bin, hätten Sie gerne die Festplatte Ihres Vaters zurück«, kam Gu direkt zur Sache.

»Es ist nicht nur seine Festplatte, sondern auch meine«, sagte Soyun und strich sich eine Haarsträhne hinters Ohr.

»Das hat er bei Vertragsabschluss nicht erwähnt.«

»Na und? Das heißt ja nicht, dass es nicht stimmt. Mein Vater konnte Ihnen schließlich nicht alles erzählen.«

»Für mich zählt nur, was gesagt wurde, und das, was im Vertrag steht. Selbst da findet sich noch genug, das nicht stimmt, aber das kann man nicht ändern.«

»Wollen Sie damit sagen, dass eine geschriebene Lüge mehr zählt als eine ungesagte Wahrheit?«

»In diesem Fall schon.«

»Schön, daran kann ich wohl nichts ändern. Aber vielleicht ändert es ja was, wenn ich Sie anzeige? Wegen Einbruchs und Diebstahls.«

»Ändert das was? Ich glaube kaum. Die einzige Zeugin hat keinerlei Beweise – und die Hoffnung auf hinterlassene Fingerabdrücke oder die Aufzeichnung einer Überwachungskamera können Sie auch gleich begraben. Ich bin Profi. Normalerweise unterlaufen mir keine Fehler. Dass wir uns begegnet sind, war Zufall. Selbst wenn Sie sich anstrengen, mir etwas nachzuweisen, viel wird nicht dabei herauskommen. Sie finden höchstens ein Haar, und mich damit dingfest zu machen, dürfte schwer werden. Wegen Diebstahls kriegen Sie mich auch nicht dran. Sie wissen ja, ich war früher bei der Polizei. Zu Ihrem Pech habe ich dort noch immer genügend Freunde. Wenn der Vertrag oder die Festplatte noch existierten, hätten Sie vielleicht eine Chance. Aber so …«

»Geben Sie mir die Festplatte zurück.«

»Sie ist weg. Vernichtet. Vergessen Sie es.«

»Dann geben Sie mir die Reste.«

»Ich habe sie versenkt.«

»Wo? Wo haben Sie sie versenkt?«

»Im Han. Nachdem ich sie zertrümmert hatte.«

»Wo genau? Sagen Sie es.«

»Irgendwo.«

»Sagen Sie es mir. Ich finde sie wieder. Sagen Sie es.«

»Geben Sie Ruhe, Frau Jong. Ihre Quengelei bringt nichts.«

»Meine Quengelei? Ich bin doch kein Kind, das sein Spielzeug wiederhaben will. Ich … ich verstehe es nicht. Warum sollte mein Vater Sie bitten, die Festplatte zu vernichten? Da ist alles drauf, was mich an ihn erinnert. Wie soll ich das vergessen? Sagen Sie mir: Wie soll ich das vergessen? Sie sagen, Sie hätten die Festplatte versenkt, im Han, einfach so. Wissen Sie, was das für mich bedeutet? Wie weh das tut? Warum mussten Sie sie versenken? Sie Mistkerl! Die Festplatte gehört mir, selbst wenn mein Vater wollte, dass sie vernichtet wird, sie gehört mir. *Ich* habe die Fotos gemacht, die darauf sind, *ich* habe die Musik ausgesucht, *ich* habe die Videos gemacht. Es ist alles meins. Ich will es zurück!«

Dann brach sie in Tränen aus. Es waren die Tränen eines Kindes, eines untröstlichen Kindes. Echte Tränen, kein Manöver. Gu wusste nicht, was er tun sollte. Er fand Soyun anziehend, hatte aber keine Ahnung, wie er auf ihren Gefühlsausbruch reagieren sollte. Wenn er nichts unternahm, setzte sie mit ihren Tränen womöglich das ganze Büro unter Wasser. Gesenkten Kopfes saß sie da und weinte. Das sanfte Licht der nachmittäglichen Sonne schien ihr auf den Kopf.

20

Soyun hatte den Entschluss gefasst, Gu zu beschatten. Obwohl sie es noch nie pünktlich zur Arbeit geschafft hatte, wachte sie an diesem Morgen schon um sechs Uhr auf. Sie frühstückte eilig, verabschiedete sich von ihrer Mutter, die noch im Bett lag, zog ihre Turnschuhe an und machte sich auf den Weg zum Crocodile Building. In Gus Büro hatte sie sich am Tag zuvor genau umgesehen. Aus dem Bett und dem Kleiderschrank hatte sie geschlossen, dass Gu im Büro auch übernachtete. Sieben Uhr wäre also früh genug, hatte sie sich gedacht, doch als sie schließlich vor Gus Tür stand und lauschte, war nicht das Geringste zu hören. Nachdem sich auch dreißig Minuten später immer noch nichts rührte, ging sie hinunter ins Erdgeschoss und spähte in die Eisenwarenhandlung.

»Kommen Sie doch herein«, sagte Baek, der sich die Schuhe angezogen hatte und nach draußen gekommen war.

»Guten Morgen«, begrüßte Soyun ihn mit einem Lächeln. »Wir haben uns gestern schon gesehen.«

»Richtig. Bei Detektiv Gu, nicht wahr? Sie sind aber früh auf den Beinen! Möchten Sie etwas kaufen? Wohnen Sie in der Nähe?«

»Nein, nein. Ich wollte Herrn Gu treffen, aber der ist wohl schon weg.«

»Nun, ich bin nicht die Hausverwaltung, wenn Sie das meinen. Ich kann Ihnen nicht sagen, wo Herr Gu sich aufhält. Oder sehe ich so aus? Außerdem habe ich schon genug um die Ohren.«

»Entschuldigen Sie, ich wollte Ihnen nicht zu nahetreten.«

»Nun, die Hausverwaltung bin ich nicht … Aber wissen tue ich natürlich so einiges.«

»Wie bitte?«

»Ich sagte, ich weiß natürlich so einiges. Was sollte ein alter Mann in so einem kleinen Laden schon groß zu tun haben? Ich sitze herum und schaue auf den Monitor meiner Überwachungskamera. Über das, was vor meinem Laden passiert, weiß ich genau Bescheid. Und lassen Sie bloß noch einmal diese kleinen Diebe hier vorbeilaufen! Ich sag Ihnen, die kauf ich mir, diese verdammten Bengel. Weiß der Geier, wo die stecken …«

»Tut mir leid. Ich kann Ihnen nicht folgen.«

»Macht nichts. Vergessen Sie es einfach. Herr Gu ist vor einer halben Stunde gegangen.«

»Wohin?«

»Mädchen! Glauben Sie, die Kamera *verfolgt* die Leute, die hier vorbeikommen?«

»Natürlich nicht. Entschuldigung.«

»Aber ich weiß es. Er ist zum Sport. Um diese Zeit trainiert er nämlich.«

»Verstehe …«

Soyun wandte sich zum Gehen. Noch länger wollte sie sich mit Baek nicht unterhalten. Ihr brummte jetzt schon der Schädel.

»Haben Sie ihm gestern denn nicht alles gesagt?« setzte Baek nach. »Warum wollen Sie denn heute schon wieder zu ihm?«

»Es gibt noch etwas, das ich ihm sagen muss.«

»Wer so weint, kann ja auch gar nicht richtig sprechen. Zum Sprechen braucht man seinen Verstand, nicht sein Gefühl.«

»Woher wissen Sie, dass ich geweint habe?«

»Ihr Geheule war bis hier unten zu hören.«

»Haben Sie uns belauscht?«

»Junge Frau. Was denken Sie von mir? Sehe ich so aus, als ob ich nichts Besseres zu tun hätte, als an Türen zu lauschen?«

»Ja, so sehen Sie aus.«

»Ich muss doch sehr bitten. Bleiben Sie einfach hier sitzen. Gu dürfte in einer halben Stunde wieder da sein«, sagte Baek und verschwand in seinem Laden. Soyun hockte sich auf die unterste Stufe der Treppe und wartete. Von den vielen Menschen, die auf dem Weg zur Arbeit am Crocodile Building vorbeigingen, nahm niemand von ihr Notiz. Alle marschierten an ihr vorbei, den Blick stramm geradeaus. Soyun dachte an ihre eigene Arbeit. Bis jetzt waren ihre Kollegen bereitwillig für sie eingesprungen, aber wie lange würde das noch so weitergehen? Von den Aufträgen, die sie als Graphikerin nebenbei noch annahm, war auch noch keiner erledigt. Solange die Festplatte nicht wieder da war, konnte sie sich auf nichts konzentrieren. Erst musste die Festplatte her, dann konnte sie wieder an Arbeit denken.

»Was machen Sie hier?«

Gu trug einen Trainingsanzug. Seine Haare waren noch feucht von der Dusche. Soyun hob den Kopf, den sie zwischen den Knien vergraben hatte.

»Waren Sie beim Sport?« fragte sie und strahlte ihn an.

»Was Sie hier machen.«

»Auf Sie warten.«

»Aha.«

»Ich will Sie beschatten.«

»Frau Jong.«

»Ja.«

»Die Festplatte gibt es nicht mehr. Akzeptieren Sie das.«

»Ich weiß, dass es sie noch gibt.«

»Woher wollen Sie das wissen?«

»Ich *glaube*, es gibt sie noch.«

»Nein.«

»Dann habe ich nur eine Bitte.«

»Nämlich?«

»Sie haben doch diesen riesigen Aktenschrank in Ihrem Büro. Da will ich reingucken. Dann gebe ich Ruhe.«

»Ausgeschlossen.«

»Da ist sie doch drin, oder? Die Festplatte.«

»Und wenn nicht, behaupten Sie, sie sei woanders.«

»Nein, wenn ich den Aktenschrank gesehen habe, gebe ich Ruhe.«

»Der Schrank ist tabu.«

»Sehen Sie? Weil die Festplatte da drin ist.«

»Es reicht«, sagte Gu und stieg an Soyun vorbei die Treppe hinauf. Soyun sprang auf, um ihm hinterherzulaufen. Da Gu jeweils drei Stufen auf einmal nahm, schaffte sie es nicht, ihn einzuholen. Sie keuchte. Gu kümmerte sich nicht darum. Als sie den Abstand zu ihm auf immerhin ein halbes Stockwerk verkürzt hatte, trat er in sein Büro und machte die Tür hinter sich zu. Schwer atmend, eine Hand am Geländer, ließ Soyun sich auf der Treppe nieder.

Trübsinnig starrte sie auf die verschlossene Tür, als die von gegenüber aufging und Yunjong Oh heraustrat.

»Huch!« sagte Yunjong erschrocken, als sie Soyun sah. »Wer sind Sie denn?«

»Ich? ... Ich ... ich muss etwas ... von Herrn Gu ... zurückbekommen.«

»Schuldet er Ihnen etwas?«

»Das nicht ... Obwohl ... doch ... könnte man so sagen.«

»Viel?«

»Naja, das nicht gerade.«

»Sind Sie okay? Sie schwitzen ja.«

»Es geht schon ... danke ...«

»Na dann, viel Glück!«

Yunjong hatte sich gerade verabschiedet, als Gu aus dem Büro trat. Er trug ein schwarzes T-Shirt und ein schwarzes Jackett, das übliche Outfit. Er nickte Yunjong zu und marschierte dann geradewegs die Treppe hinunter. Soyun, gefolgt von Yunjong, blieb ihm auf den Fersen.

»Wo gehen Sie hin?«

Gu antwortete nicht.

»Wohin?« schrie sie, aber Gu drehte sich nicht um. Leichtfüßig drei Stufen auf einmal nehmend, war er im Nu im Erdgeschoss. Soyun trippelte hinterher.

»Wo Sie hingehen!« überholte ihn ihre Stimme. Sie hatte so gellend geschrien, dass Baek, der draußen nach dem Rechten sah, erschrocken einen Schritt zurückwich.

»Gu!« rief Park, als er sich im Laufschritt dem Parkplatz näherte. Park, eine Art Seesack über der Schulter, kam herangeschlurft.

»Wo kommst du denn her?« fragte Gu.

»Ich bin umgezogen«, erwiderte Park. »Ich wohne jetzt im oberen Viertel.«

»Aha. Auf jeden Fall gut, dass ich dich treffe! Ich brauch eine Auskunft.«

»Schon wieder? Ohne dafür zu bezahlen?«

»Wenn du mir eine genaue Auskunft gibst, bezahle ich.«

»Gut. Ich nehme tausend Won pro Wort. Aber sag mal, wer ist denn die junge Dame da?«

Soyun stand etwas abseits und lauschte. Gu seufzte. Etwas verspätet bemerkte Park auch Yunjong und grüßte unbeholfen. Yunjong grüßte ebenso unbeholfen zurück und machte sich eilig Richtung Hauptstraße davon. Zu dieser Zeit wimmelte es überall nur so von Leuten auf dem Weg zur Arbeit. Frauen mit nassen Haaren, Männer mit Schlaf in den Augen, Männer vorwiegend mittleren Alters mit vom Alkohol gezeichneten Gesichtern.

Gu begleitete Park bis zum Eingang des Crocodile Buildings. Da es keine Rolle spielte, ob Soyun mithörte oder nicht, mussten sie nicht extra hineingehen. Gu wollte wissen, was es mit den Leuten vom Wonsudojang auf sich hatte, die er bei Lee angetroffen hatte. Ihn interessierte, weshalb Ankergesicht ihn letztlich nicht mit dem Messer angegriffen hatte, welche Kampftechniken sie beherrschten, ob es sich bei den Typen wirklich um Mitglieder des Wonsudojang handelte, und wenn ja, warum sie jetzt wieder aktiv waren. Vom Untergang des Wonsudojang hatte Park ihm ja ohnehin erzählen wollen. Also setzten sich die beiden auf die Bank vor der Eisenwarenhandlung. Soyun blieb daneben stehen.

»Mit ihren Messertechniken kenne ich mich im Einzelnen auch nicht aus, aber soviel weiß ich: Schneiden, säbeln oder schlagen ist okay, zugestochen wird nicht. Hat er das Messer etwa so gehalten?« fragte Park und deutete die Haltung eines Messerkämpfers an.

»Genau so. Die Hand nur noch etwas tiefer.«

»Dann war das hundertpro einer vom Wonsudojang. Das Messer war stumpf, oder?«

»Ja. Es sah genau so aus wie das, das ich dir gezeigt habe.«

»Wahnsinn. Dann gibt's die Typen echt immer noch.«

»Wie kam es denn damals zum Untergang?«

»Richtig, das wollte ich dir ja noch erzählen. Pass auf. Um Kampfkünstler zu werden, gibt es in der Regel zwei Wege. Den, sagen wir, realen und den mystischen. Wer sich für den realen entscheidet, lebt im Hier und Jetzt, geht ins Dojo, trainiert, unterrichtet, lernt und bringt anderen bei, wie man respektvoll und harmonisch zusammenlebt. Die, die sich für den mystischen Weg entscheiden, ziehen sich aus dem profanen Leben zurück. Sie leben im Verborgenen, wo sie ihren ganz eigenen Maßstäben folgen. Ein ziemlich harter Weg, wenn du mich fragst. Der Wonsudojang war von Anfang an auf der mystischen Schiene. Bis in die achtziger Jahre gab es noch viele unerschlossene Bergregionen, in die man sich zurückziehen konnte, und gerade in den Bergen lässt sich genug finden, wovon man leben kann. Aber dann tauchten plötzlich bewaffnete Soldaten auf. Ob der Wonsudojang angezeigt worden war oder die Polizei zufällig auf ihn stieß, weiß ich nicht, auf jeden Fall verfolgte sie die Gemeinschaft bis tief in die Berge, und da endet die Geschichte. Wahrscheinlich hielt die Polizei sie für Spione, auch wenn darüber verschiedene Meinungen kursieren. Sie dürften auf jeden Fall ziemlich verwahrlost ausgesehen haben, sie hausten ja schließlich in den Bergen, und das ist natürlich immer verdächtig. Jedenfalls ist ihr Meister eines Tages bei den Soldaten vorstellig geworden, hat ihnen erklärt, was es mit der Gemeinschaft auf sich hat, dass sie sich zurückgezogen hätten, um zu praktizieren, dass man sie doch bitte in Ruhe lassen möge und so weiter. Ich nehme an, dass der verantwortliche Leutnant auch nichts lieber als das getan hätte, aber dann aus Sorge, dass man ihn zur Verantwortung ziehen würde, wenn etwas passierte, doch seinen Vorgesetzten informierte und auf Anweisung wartete. Aber die kam nicht. Ich nehme an, dass seine Vorgesetzten damals gerade andere Sorgen hatten, du weißt ja, was zu der Zeit im Land los war. Es dauerte also eine Weile, bis der Befehl kam, die verdächtigen Personen festzunehmen und bei Gegenwehr zu erschießen. Mann, Mann, Mann, da darf ich gar nicht drüber nachdenken! Was für eine Situation. Jeder, der schon mal ne Waffe in der Hand hatte, weiß, was es heißt, auf jemanden zu schießen. Der Leutnant ließ also erst einmal den Meister des Wonsudojang kommen und schlug ihm vor, die Sache gewissermaßen unter der Hand zu regeln: *Ihr kommt mit, wir befragen euch pro forma, dann lassen wir euch gehen.* Gewisse Regeln müsse er in seiner Position einfach einhalten. Diesen Vorschlag lehnte der Meister aber ab. Woraufhin der Leutnant ihn darüber aufklärte, dass man ihn und seine Brüder erschießen müsse. *Einen Tag*, sagte er, *ich gebe euch einen Tag Bedenkzeit. Nutzt ihn und trefft die richtige Entscheidung*. Aber dazu sollte es nicht mehr kommen. Die Meinung unter den Wonsudojanglern war offenbar zwiespältig. Einer der Hardliner schlich sich des Nachts ins Lager der Soldaten, offenbar um ihnen Angst zu machen, wurde aber erwischt. Während die Soldaten noch berieten, was sie mit ihm tun sollten, fiel ein Schuss. Der Mann, der ihnen hatte Angst machen wollen, war auf der Stelle tot. Was dazu führte, dass die eine Hälfte der Wonsudojang-Brüder aufgebracht das Soldatenlager stürmte und die andere Hälfte die Flucht in die Berge ergriff. Ein Chaos, das zwei Soldaten und neun Kämpfer, darunter den Meister, das Leben kostete, sechzehn zum Teil schwer verletzte und landesweit für Wirbel sorgte. Die Regierung erklärte den Wonsudojang daraufhin zu einem Verband von Spionen, was niemanden störte, da sich die Gemeinschaft ja ohnehin zurückgezogen hatte beziehungsweise keinen gesellschaftlichen Verkehr pflegte.«

»Das höre ich zum ersten Mal.«

»Kein Wunder. Kaum jemand weiß davon.«

»Daraufhin war der Wonsudojang also weg?«

»Klar. Wie willst du denn weiter praktizieren und nach Erleuchtung streben, wenn deine Gemeinschaft über den Jordan ist. Die, die sich damals aus dem Staub gemacht und ihre Brüder im Stich gelassen haben, dürften immer noch hübsch unter ihrem schlechtem Gewissen leiden, würde ich meinen.«

»Und was waren das für Typen, denen ich begegnet bin?«

»Das würde mich auch interessieren.«

So ganz konnte Gu die Geschichte, die Park ihm aufgetischt hatte, nicht glauben. Gerne hätte er noch die ein oder andere Frage gestellt oder seine Meinung dazu gesagt, aber er wusste nicht, wie.

»Davon habe ich auch gehört«, schaltete Soyun sich ein. »In einer Dokumentation über Meister der Kampfkunst hieß es, dass man viele von denen, die sich in den achtziger Jahren in die Berge zurückzogen, um dort zu praktizieren, als Spione denunzierte.«

Die Männer schwiegen. Park warf ihr einen kurzen Blick zu, Gu ignorierte sie. Es klingelte. Gu zog sein Handy aus der Hosentasche. Kim.

»Ich höre.«

»Kannst du kommen? Hier brennt's.«

»Sofort?«

»Ja klar sofort, du Depp! Ich schlag mir hier die Nacht um die Ohren und du fragst mich, *sofort*! Geht's noch?«

»Wo bist du?«

»Bei Lee. Der hat hier ein paar Schläger versammelt, irgendne Bande, denen will ich hinterher, wenn die gleich losmachen, aber dann gibt's da noch ein paar andere Typen.«

»Was für andere Typen?«

»Keine Ahnung. Sieht so aus, als ob sie zu Lee wollten. Ha, sieh sich das einer an, im Gänsemarsch ... Pass auf, ich hänge mich an Lees Schläger und halte dich auf dem Laufenden, ja? Halt dich bereit!«

»Kein Problem, aber wo soll ich hin?«

»Halt dich einfach nur bereit. Sobald ich mich melde, fährst du los. Aus'm Revier kann ich niemanden anfordern. Wir sind allein. Und heh, bevor ich es vergesse, wie ist die Pin von deinem Aufnahmegerät?«

»Mein Geburtstag. 0102.«

»Woher soll ich wissen, wann du Geburtstag hast? Und warum sperrt sich das Ding dauernd automatisch?«

»Weil ich es so eingestellt habe! Zur Sicherheit! Kennst du das Wort?«

»Scheiß auf Sicherheit! Wenn ich dich anrufe, rast du los, kapiert? Und ich muss nur einmal drücken, damit das Ding angeht?«

»Den roten Knopf, ja. Wenn du anrufst, fahr ich los. Und gib mir Bescheid, wenn du aus Seoul rausfährst.«

»Alles klar. Heh, ich hab das Gefühl, dass uns da gerade ein echt großer Fisch ins Netz geht.«

»Immer schön langsam, mein Freund. Erst mal musst du denen auf den Fersen bleiben.«

»Wofür hältst du mich! Tu deine Bedenken in den Safe, bevor du losfährst!«

Gu beendete das Gespräch, verabschiedete sich von Park und ging zum Parkplatz. Soyun folgte ihm auf dem Fuße. Sie waren fast da, als Gu sich plötzlich umdrehte und Soyun am Arm packte. Soyun stieß einen kurzen, spitzen Schrei aus.

»Was wollen Sie von mir, Frau Jong? Was?«

»Nichts«, sagte sie, verblüfft ob seines plötzlichen Ausbruchs. »Kümmern Sie sich nicht um mich. Ich tue einfach, was ich tun muss«, antwortete sie und versuchte, ihren Arm aus seinem Griff zu befreien.

»Die Festplatte ist weg. Ich habe sie nicht mehr. Akzeptieren Sie das endlich und fahren Sie nach Hause!«

»Das kann ich nicht.«

»Sie können mir hinterherfahren, so lange Sie wollen, davon kriegen Sie Ihre Festplatte auch nicht.«

»Mir bleibt ja nichts anderes übrig, als Ihnen hinterherzufahren. Also fahre ich Ihnen hinterher. Was sollte ich sonst tun? Nach Hause fahren, mich in meinem Zimmer einschließen und heulen? Nein! Das kann ich nicht.«

»Wie Sie meinen.«

Gu stieg in sein Auto. Fest entschlossen, ihm hinterherzufahren, bezahlte Soyun die Parkgebühr und ging zu ihrem Wagen, der ganz am anderen Ende des Parkplatzes stand. Gu hatte den Motor angelassen, war aber noch nicht losgefahren. Soyun startete ebenfalls und beobachtete ihn. Wie zwei knurrende Hunde vor einem Wettrennen standen die Wagen sich gegenüber.

Soyun warf einen Blick in den Rückspiegel. Ihr Gesicht war rot und verschwitzt. *Was mache ich hier eigentlich*, fragte sie sich. Gu hatte recht. Es gab Dinge, die sich schlicht nicht ändern ließen. Dinge, die einfach nicht mehr rückgängig zu machen waren. Es gab aber auch Dinge, die man einfach nicht aufgeben konnte.

Dass Soyun nicht aufgab, hing mit etwas zusammen, was Iri gesagt hatte, nämlich dass Gu jemand sei, der die Geheimnisse anderer Menschen sammele. Vielleicht, so ihre Hoffnung, hatte Gu die Festplatte doch nicht entsorgt. Zuerst hatte sie sein Büro durchsuchen lassen wollen. Das wäre vielleicht einen Versuch wert gewesen. Auf der anderen Seite, hatte sie gedacht, würde sie damit vielleicht die Erinnerung an ihren Vater beschmutzen, und das wollte sie auch nicht.

Warum ihr Vater wohl gewollt hatte, dass die Festplatte vernichtet wurde? Er hatte sicher seine Gründe gehabt, aber darüber durfte sie jetzt nicht nachdenken. Das würde sie nur ablenken. Die Festplatte gehörte ihr, egal, was ihr Vater vielleicht zu verbergen versucht hatte.

Gu dachte nach. Er hatte Hunger, aber keine Lust zu essen. Je leerer der Magen, desto leichter die Gedanken. Normalerweise kostete es ihn Mühe, nachzudenken, worüber er nachdenken sollte, aber mit leerem Magen kamen seine Gedanken schnell in Gang. Vor einigen Jahren hatte ihn ein gläubiger Mann damit beauftragt, seine Notizen zu vernichten. Diese Aufzeichnungen zeugten zum einen vom täglichen Bemühen des Mannes, sich Gott zu nähern, und gleichzeitig von der Skepsis gegenüber Gottes Existenz. Die Familie des Mannes und seine Bekannten wären sicher erschüttert gewesen, wenn sie seine Aufzeichnungen zu Gesicht bekommen hätten. An einer Stelle hatte es dort geheißen: Gott im leeren Magen? Lächerlich, doch keineswegs undenkbar. Wer sich frühmorgens auf die Suche nach Gott begibt, stellt fest, dass dieser sich zunächst im Magen befindet. Vielleicht fühlt er sich dort am wohlsten? Sobald man den Magen allerdings mit Essen füllt, hält Satan Einzug und Gott verschwindet. Satan, Satan, Satan. Satan – gibt es den überhaupt? Vielleicht ist Gott gar nicht verschwunden, sondern hat sich durch das Essen bloß in Satan verwandelt. Und verwandelt sich, wenn das Essen verschwindet, wieder zurück? Die Sehnsucht nach dem großen Fressen. Gefräßiger Satan. Wie wäre es, wenn ich Satan herbeiriefe, indem ich mich vollfräße? Wenn ich mein Dessert im Angesicht des Teufels verspeiste?

Gu war der Appetit vergangen. Den Gott im leeren Magen, den kannte er. Er machte bisweilen sogar Laute. Knurrte und gluckerte in göttlicher Offenbarung. Gott zu begegnen war nicht schwer. Wenn er mittags Tennis spielen wollte, wäre es zwar besser, vorher noch etwas zu essen, aber er hatte keinen Appetit. Mit Gott im leeren Magen müsste es doch ein Leichtes sein, das Spiel für sich zu entscheiden. Dieser Gedanke ließ ihn schmunzeln. Gu, der mittlerweile losgefahren war, schaltete in den vierten Gang. Er hatte noch etwas zu erledigen, bevor er in den Tennisclub fuhr. Im

Rückspiegel sah er Soyun. Die würde er an geeigneter Stelle schon abhängen können. Vorerst brauchte er noch kein Gas zu geben, auch wenn sie ihn nervte. Sein leerer Magen meldete sich noch einmal nachdrücklich. Man hätte das Gegrummel glatt für den Motor halten können. Gemächlich fuhr Gu weiter.

21

Wenn es darum ging, Informationen zu sammeln, hatte Iri seine ganz eigene Methode. Die meisten seiner Kollegen warfen großflächig ihre Angelhaken ins Wasser und hofften, dass irgendwer irgendwo anbiss. Je mehr Haken, desto größer die Chancen, den Fisch zu erwischen. Der Erfolg eines Detektivs hing also davon ab, wie viele Haken er ausgeworfen hatte, wie konzentriert er die Schwimmer beobachtete und wie geduldig er die Informationsstücke, die er fischte, zusammensetzte. Natürlich spielte es auch eine Rolle, ob er in der Lage war, den Fisch, der irgendwann unweigerlich anbiss, einzuholen, aber zuerst waren die Angeln im Blick zu behalten.

Iri hingegen war der Typ, der selbst in Wasser sprang. Sobald sich auch nur der Schatten eines Fisches zeigte, sprang er. Er bevorzugte es, sich unmittelbar auf sein Opfer zu stürzen, anstatt zu warten. Ihm war es lieber, Dinge im Ganzen aufzuspießen als sie stückweise zusammenzusetzen. Er folgte seinem Instinkt, weniger seinem Verstand, was natürlich Vor- und Nachteile hatte. Wenn sein Instinkt ihn nicht trog, sparte er eine Menge Zeit. Irrte er sich aber, konnte es passieren, dass ihm der Fisch entwischte und die Gelegenheit, ihn zu fangen, ein für allemal vertan war. Manchmal schlug seine Methode tatsächlich fehl. Aber wenn nicht, war die Befriedigung doppelt so groß. Iri vertraute seinem Instinkt. Täte er das nicht, könnte er nicht so unbekümmert und wagemutig agieren. Iri konnte seinen Instinkt kontrollieren, und er dürstete nach Erfolg. Hatte er einmal ein Ziel vor Augen, brachte ihn nichts und niemand davon ab.

Als Iri begann, sich mit Gus Auftrag zu beschäftigen, konzentrierte er sich auf die Kleidung des Einbrechers. Schon als er die Aufzeichnung der Überwachungskamera sah, war ihm klar, dass das der Ausgangspunkt seiner Recherche sein musste. Gu zufolge war die Hüfttasche des Mannes mit einem Emblem versehen, von dem auf dem Video allerdings nichts zu sehen war. Alles was man sah, waren der Oberkörper und das Gesicht des Mannes, und nur so kurz, dass man nichts damit anfangen konnte. Seine Kleidung war mithin das einzige Indiz.

Arbeitskleidung war in der Regel recht aufschlussreich. Gab es ein Namensschild, und wenn nicht, warum nicht? War ein Firmenabzeichen aufgenäht? An welchen Stellen war die Kleidung abgenutzt? Ließen sich aus der Art der Abnutzung Rückschlüsse auf die Art des Betriebs ziehen? Gab es Laschen oder Schlaufen, wo Werkzeug angehängt werden konnte? Und so weiter und so fort. Iri vergrößerte das Bild auf seinem Monitor und studierte jeden Abschnitt, bis er schließlich auf der Brust einen Firmennamen entdeckte: *Hwagyong Industries*. Der erste Anhaltspunkt war gefunden.

Sobald er die Firma im Netz ausfindig gemacht hatte, machte Iri sich auf den Weg. Hwagyong Industries stellte Spiegel her. Als er dort ankam, ging er schnurstracks in die Werkhalle. Dort liefen jede Menge Männer in dem gleichen Anzug herum, den er auf dem Video gesehen hatte. Iri ging zum Büro, das sich in einer Ecke der Halle befand, zückte seinen gefälschten Dienstausweis und holte Auskünfte ein. Der Anzug, der insbesondere zum Schutz vor Glassplittern diente, durfte nicht außerhalb des Betriebs getragen werden, eine Vorschrift, die auch für bereits pensionierte Arbeiter galt. Um sie jemandem, der ausschied, als Andenken zu schenken, waren die Anzüge zu teuer. Die Angestellte, die ihm verschüchtert Rede und Antwort stand, versicherte ihm, dass es sehr unwahrscheinlich sei, dass jemand den Anzug entwendet habe, da sie ständig kontrolliert würden. Ihr »sehr unwahrscheinlich« sorgte bei Iri für Freude. Je unwahrscheinlicher etwas war, desto enger die Schlinge. Als der Chef des Unternehmens ins Büro kam, zückte Iri erneut seinen Ausweis. Seine Erklärung, dass jemand in einem Anzug von Hwagyong Industries einen Einbruch begangen haben könnte, sorgte für Erstaunen. Die Wahrscheinlichkeit, dass jemand die Fabrik im Werkanzug verlassen haben könnte? Gleich null. Dass jemand den Anzug beim Schichtwechsel eingepackt haben könnte? Ausgeschlossen. Dass man einen gestohlen habe? Unmöglich. Der Chef zeigte Iri die entsprechenden Papiere und betonte, wie minutiös die Arbeitskleidung im Betrieb überwacht würde. Jeder Anzug trüge eine Nummer, und die Zahl der Anzüge würde streng kontrolliert. Die Schlinge zog sich weiter zu. Wenn ein Fluss verschmutzt ist, dachte Iri, und man nicht sieht, wo der Dreck herkommt, muss man flussaufwärts gehen.

Als nächstes fuhr er also zu *Sangdo Uniforms*, der Firma, von der Hwagyong Industries ihre Arbeitsanzüge bezog. Sangdo Uniform produzierte kugelsichere Westen, Tropenkleidung, Schutzanzüge gegen Pestizide und andere Arbeitsbekleidung. Auch hier präsentierte Iri seinen gefälschten Polizeiausweis und erzählte die Geschichte vom Einbruch, so dass man ihm bereitwillig Auskunft gab. Sein Rauschebart und die Koteletten trugen auch ihren Teil bei. So wie er aussah, hätte man ihn durchaus für einen Undercover-Ermittler halten können, der eine Woche nicht mehr zu Hause gewesen war.

Hwagyong Industries, stellte sich heraus, hatte insgesamt fünf Mal Arbeitsanzüge bestellt. Vier Bestellungen waren von ein und derselben Person aufgegeben worden, eine von einer anderen.

»Nur diese Bestellung hat jemand anders aufgegeben, richtig?« hakte Iri nach und zeigte auf den Monitor.

»Moment. Das war vor zwei Jahren und der Besteller … Ja, stimmt, das war jemand anders«, antwortete der Angestellte und fummelte an der Maus.

»Was bedeutet *dringend* und *bar*?«

»Dass es sich um eine dringende Bestellung handelte und die Zahlung vor Abholung in bar erfolgte.«

»Kommt das häufiger vor?«

»Nein, eher selten. Expresslieferung kostet Aufschlag. Wie Sie sehen, ist der Kunde am Abend des nächsten Tages erschienen, um die Anzüge abzuholen. Insgesamt zweiundzwanzig Stück.«

»Bei Ihnen kann also jeder diesen Anzug bestellen, wenn er dafür bezahlt?«

Der Angestellte blinzelte. »Was wollen Sie damit sagen?« fragte er nach einigem Zögern.

»Finden Sie es nicht merkwürdig, dass jemand, der mit Hwagyong Industries gar nichts zu tun hat, diese Anzüge bestellen kann?«

»So besonders, dass wir jede Bestellung genau überprüfen, sind die Anzüge nicht.«

»Schon, aber prüfen könnten Sie es schon, vor allem, wenn es sich um eine Firma handelt, die Sie schon einmal beliefert haben.«

»Und dass wir das in diesem Fall nicht getan haben, ist ein Problem?«

»Möglicherweise. Wenn jemand in einem Anzug, den Sie hergestellt haben, eine Straftat begangen hat, haben Sie sozusagen Beihilfe geleistet.«

»Und was nun?«

»Als Erstes müssen wir herausfinden, wer bei Ihnen die Hwagyong Industries-Anzüge bestellt hat. Haben Sie noch die Kontaktdaten?«

»Eine Telefonnummer.«

Gequält von dem Gedanken, dass sein Fehler möglicherweise eine Kette unglücklicher Ereignisse ausgelöst haben könnte, gab der Angestellte bereitwillig die Nummer und den Namen des Bestellers heraus. Iri ging zurück zu seinem Wagen. Er hatte vor, die Nummer sofort anzurufen. In Gedanken entwarf er schon das Gespräch. Der Name, den ihm der Angestellte gegeben hatte, war vermutlich falsch. Er musste seinen Gesprächspartner also so verunsichern, dass der sich verplapperte. Angesichts der Tatsache, dass immerhin zweiundzwanzig Anzüge bestellt worden waren, überlegte Iri, musste er es mit einer Gruppe oder einer Organisation zu tun haben. Sprechen würde er wohl mit ihrem Anführer. Oder aber mit einem der unteren Chargen, was die Sache vereinfachen würde. Ein Glied vom Ende der Kette ließe sich leichter einschüchtern.

Vielleicht hatte er Glück, und niemand erinnerte sich mehr genau, was für Anzüge man eigentlich trug und wo sie hergestellt worden waren. Vielleicht war der Plan, für den man diese Anzüge irgendwann einmal beschafft hatte, gar nicht in die Tat umgesetzt worden. Und bestimmt hatte sich bisher auch noch niemand die Mühe gemacht, die Herkunft der Anzüge zurückzuverfolgen, so dass ihre Träger sich in Sicherheit wiegten. Ein schmales Fenster, das Iri im Blick hatte, aber immerhin ein Fenster. Alles hing davon ab, wie gut er seinen Telefonpartner an die Wand reden würde.

Iri ging in eine Telefonzelle, nahm den Hörer ab und wählte. Es tutete. Eins, zwei, drei, vier … zählte er mit, während er sich seelisch wappnete.

»Ja, bitte?«

Kaum hatte er die Stimme am anderen Ende der Leitung gehört, begann sein Gehirn auf Hochtouren zu arbeiten. Er musste heraushören, in welcher Verfassung sich sein Gesprächspartner befand. War er unsicher, interessiert oder neugierig, hatte er im Augenblick viel oder wenig zu tun.

»Sangdo Uniforms«, sagte er betont genervt.

»Bitte wer?«

»SANGDO UNIFORMS! Sie haben Arbeitsanzüge bei uns bestellt.«

»Aha.«

»Nichts: aha! Sie haben Anzüge bestellt und nicht abgeholt!«

»Wir haben Anzüge bestellt?«

»Ich spreche doch mit Hwagyong Industries, oder etwa nicht?«

»Hwagyong Industries? Doch ja, natürlich, aber …«

»Aber was? Sie haben die Anzüge unter dieser Nummer bestellt! Express sogar. Sie wollten sie abholen, und dann haben Sie sich nicht mehr gemeldet. Sie hätten wenigstens kurz anrufen können, wenn Sie die Anzüge nicht abholen können. Geben Sie mir Ihre Adresse, überweisen Sie uns den Rechnungsbetrag, und dann schicken wir Ihnen die Kleidung zu.«

»Ich frage nach und rufe zurück.«

»Nachfragen? Wieso?«

»Ich bin für die Bestellung nicht zuständig. Ich frage den verantwortlichen Kollegen.«

»Unser Telefonsystem funktioniert im Moment nicht richtig. Ich melde mich wieder. In fünf Minuten.«

»In Ordnung.«

Iri legte auf. Ob seine Taktik aufgehen würde, wusste er nicht. Aber mehr als einen Köder auswerfen hatte er nicht tun können. Jetzt hieß es abwarten.

Iri zupfte an seinem Bart und wartete fünf Minuten. Sechs Minuten. Dann rief er wieder an.

»Und?« fragte er, betont ungehalten.

»Die Bestellung ist offenbar von einem Kollegen aufgegeben worden. Wie viele Anzüge sind denn bestellt worden?«

»Zwölf Stück.«

»Verstehe. Im Moment kann ich leider niemanden bei Ihnen vorbeischicken, um sie abzuholen. Würden Sie uns die Anzüge bitte schicken? Und geben Sie mir doch bitte Rechnungsbetrag und Kontonummer.«

»Rechnungsbetrag und Kontonummer schicke ich Ihnen per SMS. Versendet wird nach Zahlungseingang. Die Versandkosten tragen Sie. Wo sollen wir die Anzüge hinschicken?«

Iri versuchte, sich den Triumph nicht anmerken zu lassen, während er die Adresse notierte. Er konnte sich aber nicht verkneifen, noch einmal darauf hinzuweisen, wie ärgerlich es für Sangdo Uniforms wäre, wenn so etwas noch einmal vorkäme. *Natürlich*, sagte die Stimme am anderen Ende der Leitung, dann legte Iri auf und ballte die Faust. Das war einfacher gewesen, als gedacht. Eilig machte er sich auf den Weg zu Sangdo Uniforms, um von dort die SMS absetzen zu lassen. Noch durfte niemand den Braten riechen. Der Mitarbeiter von Sangdo Uniforms war immer noch so verunsichert, dass er nicht einmal nach den genauen Umständen fragte, sondern die SMS sofort bereitwillig verschickte. Iri bedankte sich, stieg in seinen Wagen und fuhr sogleich zur angegebenen Adresse.

Auf dem Weg überlegte er sich das weitere Vorgehen. Nach seinem Dafürhalten gab es zwei Möglichkeiten: Gu die Adresse geben und sich zurückziehen oder Lieferant spielen und ein bisschen weiterforschen. Variante eins war einfach und ungefährlich. Variante zwei schwierig und womöglich gefährlich. Wenn er sich als Paketbote ausgeben wollte, brauchte er Requisiten, und wenn die Tarnung aufflöge, wäre er auf sich allein gestellt. *Komm Iri*, sagte er sich, *nimm die Kohle und hau ab* und entschied sich für die Variante, die seinem Wesen am nächsten kam. Er stoppte den Wagen und rief Gu an.

»Sprich«, sagte Gu, nachdem es eine Weile geklingelt hatte. Er klang gehetzt. »Aber beeil dich.«

»Hallo mein Lieber«, erwiderte Iri in aller Seelenruhe. »Wo treibst du dich denn herum?«

»Komm zur Sache.«

»Bist du erkältet? Du klingst so verschnupft. Also, ich wollte nur sagen, dass ich ihn gefunden habe.«

»Wen?«

»Na, den Typen vom Video. Ich hab seine Adresse. War gar nicht so leicht, da ranzukommen. Aber offenbar bist du ja gerade im Stress, deshalb erspare ich dir die Details … Was soll ich jetzt tun?«

»Du bist sicher, dass du dich nicht irrst?«

»Nun, ich habe mir seinen Anzug genauer angesehen. Wie es aussieht, ist er übrigens nicht allein.«

»Gut. Ich kümmer mich um den Rest.«

»Gute Idee. Ich schick dir die Adresse per SMS.«

Gu legte auf. Nach dem Match und der Dusche war er noch ziemlich erhitzt. Das Spiel gegen Generaldirektor Chon hatte mehr Spaß gemacht als gedacht. Chon spielte ausgezeichnet. Binnen zehn Minuten hatte er Gus Schwachpunkt identifiziert und gezielt attackiert. Das Gegenmittel war allerdings schnell gefunden. Das Entscheidende in einem Doppel ist jedoch der Partner beziehungsweise, wie gut man ihn kennt. Chon wusste sehr genau, wo die Schwächen seiner Partnerin waren und wie er sie kompensieren konnte. Da Miyong besser spielte als Yumi, Gus Partnerin, blieb das Match bis zum Schluss spannend. Durch einen Netzroller entschieden Dongchi und Yumi das Ende schließlich für sich. Das war das beste Match seit langem, bescheinigten die vier einander, bevor sie sich gutgelaunt in die Cafeteria begaben. Dort plauderte man noch ein wenig über diesen oder jenen Ballwechsel, lobte Miyongs Kampfgeist und staunte über Yumis Fitness.

Gu wusch sich die Hände und kehrte an den Tisch zurück.

»Das hat ja gedauert! Sie haben doch nicht irgendwelche Mittelchen genommen, oder? So, wie Sie eben über den Platz gehüpft sind, würde mich das allerdings auch nicht wundern«, sagte Yumi und sah ihn etwas schief an.

»So alt bin ich noch nicht«, entgegnete Gu ungerührt.

»Was soll das heißen? Sie gehen doch auch schon stramm auf die Vierzig zu, da empfiehlt sich eine gewisse Vorsorge!«

»Für wen?«

»Ihr mag Ihre Ehrlichkeit, Dongchi, aber Sie bringen mich in Verlegenheit.«

»Ich bin überhaupt nicht ehrlich.«

»Sehen Sie? Genau das meine ich! Das ist es, was man braucht«, wandte sich Yumi an Chon. »Jemand, der den Finger in die Wunde legt. Jemand, der auf einen Fehler hinweist, wenn einer begangen wird.«

»Ganz Ihrer Meinung«, antwortete Chon und fuhr mit dem Finger über die Verzierungen an seiner Kaffeetasse. »Ich bin mit exzellentem Personal gesegnet.«

»Wirklich? Dann können Sie von Glück reden.«

»In der Tat. Nehmen Sie Miyong, die nimmt auch nie ein Blatt vor den Mund.«

»Ach ja? Dann muss sie sonst gesprächiger sein.«

»Unterschätzen Sie sie nicht. Ihre kleinen Pfeile sind ziemlich spitz. In der Beziehung würde Sie ausgezeichnet zu Ihnen passen, Herr Gu.«

Yumi widersprach. »Gegensätze ziehen sich an. Herr Gu würde viel besser zu mir passen!«

Chon lachte. Gus Handy in der Hosentasche vibrierte. Gu nahm an, dass die SMS von Iri eingegangen war, doch da das Vibrieren nicht aufhörte, zog er sein Handy heraus und schielte aufs Display. Eine fremde Nummer. Kim? Normalerweise würde er den Anruf ignorieren, in diesem Fall ging das nicht. Gu entschuldigte sich noch einmal, stand auf und entfernte sich vom Tisch. Eine unheilvolle Ahnung überkam ihn. Er atmete einmal tief durch und nahm das Gespräch an.

Am Apparat war ein ehemaliger Kollege. Die Tatsache, dass er sich kurz nach Gus Wohlergehen erkundigte, konnte nicht darüber hinwegtäuschen, dass etwas passiert sein musste. Etwas mit Kim. *Du musst kommen*, sagte der ehemalige Kollege leise aber deutlich. *Was ist passiert?* fragte Gu. Er wusste nicht, ob er die Antwort wirklich hören wollte. *Inchon ist verletzt. – Schwer? – Ziemlich. – Wie schwer? – Man bringt ihn gerade ins Krankenhaus. In das neben der Wache, glaube ich. Komm bitte einfach. – Was ist passiert? – Man hat ihn niedergestochen. Er hat viel Blut verloren. – Besteht Lebensgefahr? – Weiß ich nicht. Das wird sich herausstellen.* Gu war schwindelig. Um ihn herum drehte sich alles. Er legte auf und lehnte sich gegen die Wand. Der Fußboden raste auf ihn zu. Alles schwankte. Gu schüttelte den Kopf, versuchte zu denken. Was war passiert?

Chon und Yumi lachten und plauderten. Es kam ihm so vor, als lägen Welten zwischen ihm und ihnen.

Im selben Moment ging die Tür der Cafeteria auf und Chons Sicherheitschef kam herein. Sein Gesicht war steinern. Er ging zu Chon und flüsterte ihm etwas ins Ohr. Chons Gesicht versteinerte ebenfalls. Gu studierte die beiden. Aus ihren Zügen sprachen Unruhe und eine gewisse Ratlosigkeit. Ob das mit der schockierenden Mitteilung zusammenhing, die er selbst bekommen hatte? Unbegründet, aber nicht undenkbar. Gu verstaute sein Handy und ging zurück zum Tisch. Seine Beine fühlten sich an wie Pudding. Sein Handy vibrierte erneut. Die SMS von Iri wahrscheinlich. Chon lächelte, aber das Lächeln kaschierte nur mühsam seine Verwirrung. Gu entging das nicht. In seinen Händen, in seinem Kopf, in seiner Brust begann es zu brodeln. Wut stieg in ihm auf. Noch wusste er nicht, gegen was oder wen sie sich richtete. Doch sobald das klar wäre, würde er unweigerlich explodieren.

22

Es war Abend. Gu saß bereits seit mehreren Stunden im Wartesaal des Krankenhauses. Es war laut. Vor der Intensivstation saß Sungja Baek, Kims Frau, und so war Gu nichts anderes übriggeblieben, als im Wartesaal auszuharren. Gu hatte nicht gewusst, wie er Sungja gegenübertreten sollte. Normalerweise nannte er sie Schwägerin, aber das erschien ihm in dieser Situation, an der er sich mitschuldig fühlte, zu intim und unangemessen. Also verzichtete er darauf, sie anzusprechen, und grüßte nur mit einem Nicken, worauf sie allerdings nicht reagierte. Den Blick ins Leere gerichtet, saß sie einfach nur da.

Als im Fernsehen die Nachrichten begannen und es im Wartesaal leerer wurde, gesellte sich Sungja zu Gu. Sie ließ sich ihm gegenüber auf einem Stuhl nieder und hielt ihm ein Notizheft und ein kleines Aufnahmegerät hin.

»Das habe er selbst im Krankenwagen nicht aus der Hand geben wollen«, seufzte sie mit einem Blick, der durch Gu hindurchzugehen schien.

»Was soll ich damit?« fragte Gu und nahm ihr beides fürs erste ab.

»Sie brauchen das doch.«

»Ich verstehe nicht.«

»Er hat so oft von Ihnen gesprochen in letzter Zeit. Nehmen Sie es.«

»Gut.«

»Bitte.«

»Es tut mir leid. Aber er schafft das schon. Er ist zäh.«

»Ich weiß.«

»Glauben Sie mir. Er schafft das.«

»Er muss.«

»Kommen Sie klar?«

»Ja, ja. Natürlich. Machen Sie sich keine Gedanken.«

»Sie sollten sich etwas ausruhen.«

»Ja, natürlich, das mache ich«, sagte Sungja und ging zurück zur Intensivstation. Die ganze Zeit, während sie mit Gu sprach, hatte sie die Wand fixiert. Gu sah ihr nach. Sie kam ihm vor wie ein Geist.

Er betrachtete das Notizheft, das sie ihm gegeben hatte. Das weiße Heft, das er so gut kannte, weil Kim es praktisch nie aus der Hand legte. In Kims großen Händen sah es immer klein aus. Jedes Mal, wenn Kim etwas notierte, hatte Gu befürchtet, es könnte auseinanderfallen. *Willst du dir nicht mal ein größeres zulegen?* hatte er gefragt. – *Wieso? Gefällt es dir nicht? – Ist es nicht ein bisschen zu klein für dich? – Das Notizbuch eines Inspektors muss klein sein. Sonst kann man es nicht einstecken.*

Kim schrieb außerordentlich gerne. Bei jeder Gelegenheit machte er sich Notizen. Er notierte alles, selbst Kleinigkeiten. Nummernschilder von vorbeifahrenden Autos, wie jemand aussah, welche Farbe seine Tasche hatte, wie er sie gehalten hatte, wie lang der Riemen war, mit welchem Motiv das T-Shirt bedruckt war, welche Farbe die Hose hatte, wie die Brille aussah – all das dokumentierte er. Er machte so viele Notizen, dass er in nur einer Woche ein ganzes Buch füllen konnte. Das Aufnahmegerät benutzte er vor allem, um Stimmen festzuhalten. Das Notizbuch und das Aufnahmegerät waren so etwas wie Kims rechte und linke Hand.

Ein ehemaliger Kollege hatte Gu in groben Zügen berichtet, was passiert war. Kim war in einer entlegenen Gasse gefunden worden, augenscheinlich niedergestochen. Zeugen gab es keine. Die Polizei vermutete, dass Auffindeort und Tatort nicht identisch waren. Ob man darauf gehofft habe, dass Kim in der Gasse verbluten oder, umgekehrt, gefunden würde, war unklar. Die Gasse war weder menschenleer noch belebt. Die angrenzenden Gebäude waren durchsucht worden, allerdings ohne Erfolg. Auch in Kims Notizbuch fand sich kein Hinweis. Es gab zwar eine Personenbeschreibung, aber mit der war nicht viel anzufangen. Und da niemand die Pin des Aufnahmegeräts kannte, das Kim umklammert gehalten hatte, konnte es auch nicht abgehört werden.

Gu saß da und starrte vor sich hin. Auf einmal sah er ein bekanntes Gesicht. Wer war das? Gu war immer noch so benommen, dass er die Frau nicht gleich einordnen konnte. Sie lächelte und winkte ihm zu. Es war Soyun. Sie strahlte ihn an.

»Was machen Sie denn hier?« fragte er. Er hatte geglaubt, sie auf dem Weg zum Tennisplatz abgeschüttelt zu haben.

»Ich? Ich sitze hier.«

»Seit wann?«

»Seitdem Sie hier sitzen.«

»Woher wussten Sie, wo Sie mich finden würden?«

»Das sage ich Ihnen nicht.«

»Haben Sie mich abgehört?«

»Wie bitte?«

»Sie haben sich bei Iri ein Abhörgerät besorgt.«

»Woher wissen Sie das?«

»Geraten.«

Gu hatte nicht mehr die Energie, sich aufzuregen.

»Ist er schwer verletzt?«

»Ja.«

»Das ist hart.«

»Für wen?«

»Für alle. Für den Verletzten, für die, die sich um ihn kümmern, für die, die sich um die kümmern, die sich um ihn kümmern.«

»Es tut mir leid.«

»Was?«

»Die Festplatte.«

»Sie haben Sie wirklich entsorgt?«

»Ja.«

»Dann muss ich meine Hoffnungen begraben?«

»Ja.«

»Wissen Sie, ich hab den ganzen Tag darüber nachgedacht, was drauf war, welche Fotos, welche Filme. Und vorhin ist mir was eingefallen, das ich total verdrängt hatte.«

»Nämlich?«

»Einen Ordner mit Fotos, die mich vier Monate Arbeit gekostet haben. Erinnern Sie sich an das Erdbeben letztes Jahr? Da sind unter anderem ganz viele Fotos zu Schaden gekommen. Ungefähr fünfhundert davon habe ich wiederhergestellt, nicht für Geld, sondern ehrenamtlich, die waren auch auf der Festplatte. Und stellen Sie sich vor, ich dumme Nuss hab sie natürlich nicht noch einmal extra gesichert. Schön blöd, was?«

»Aber Sie haben die Originale.«

»Natürlich. Aber die muss ich jetzt noch einmal einscannen und noch einmal bearbeiten. Das kostet mich wieder vier Monate Arbeit. Die armen Leute. Eigentlich hätte ich Ihnen die fertigen Fotos nach und nach zuschicken sollen, aber ich wollte ihnen alles in einer Sammlung präsentieren, na ja, was soll's. Arbeite ich halt nochmal ein paar Nächte durch. Schade, ich hatte mich schon so auf die glücklichen Gesichter gefreut …«

»Sie meinen, die freuen sich?«

»Na, hören Sie mal! Sind Sie immer so kalt?«

»Kalt? Wieso?«

»Bedeuten Ihnen Erinnerungen nichts? Sie können sich gar nicht vorstellen, wie sich die alte Frau, der ich letztens ein Foto aus Kindertagen wiederhergestellt habe, gefreut hat! Sie hat mir gefühlt tausendmal die Hand gedrückt und sich bedankt. Andere Leute brechen in Tränen aus, wenn sie Fotos, die zerrissen, halb verbrannt oder was weiß ich was waren, in schöner Form zurückbekommen.«

»Kann schon sein.«

»Kann schon sein! Ich glaub's nicht. Ist das alles, was Ihnen dazu einfällt?«

»Wieso? Ich gebe zu, dass es so sein kann.«

»Ihre Empathielosigkeit ist wirklich kaum zu überbieten.«

Der Wartesaal hatte sich zusehends geleert. Abgesehen von einem Mann in den Vierzigern, der geistesabwesend auf den Fernseher starrte, und einer Frau in den Fünfzigern, die, ihre Schuhe ordentlich zur Seite gestellt, auf der Bank lag, war nur eine junge Frau da, die in einer Zeitschrift blätterte.

»Wollen Sie nicht nach Hause?« fragte Gu.

»Nein. Ich muss Sie beschatten.«

»Sagten Sie nicht, Sie wollten Ihre Hoffnung begraben?«

»Ja, aber ich habe es mir anders überlegt.«

»Sie können mich doch abhören.«

»Jetzt nicht mehr. Sie brauchen ja nur ein anderes Telefon zu benutzen.«

»Hören Sie, ich werde nur dieses Telefon benutzen, versprochen.«

»Haben Sie eben wirklich nur geraten?«

»Ja. Iri traue ich alles zu.«

»Ich wünschte, ich hätte nichts gesagt«, sagte sie und umschlang ihre Knie.

»Gehen Sie nach Hause.«

»Und was ist mit Ihnen?«

»Ich bleibe.«

»Dann bleibe ich auch.«

»Wie Sie wollen.«

Zu seinem eigenen Erstaunen war Gu froh, dass Soyun nicht ging. Ihm gefiel die ungezwungene Unterhaltung mit ihr. Sie bewahrte ihn davor, sich in Sorge um Kim selbst zu zerfleischen. Außerdem fühlte er sich weniger allein.

»Haben Sie gar kein schlechtes Gewissen?« fragte Soyun, als hätte sie seine Gedanken erraten.

»Wieso sollte ich?« fragte er zurück.

»Weil Sie Dinge vernichten.«

»Ich vernichte nur Dinge, mit deren Vernichtung man mich beauftragt hat.«

»Aber manchmal gehören diese Dinge mehr als nur einer Person. Die Festplatte, die Sie vernichtet haben, gehörte nicht nur meinem Vater. Sie gehörte auch mir.«

»Das geht mich nichts an.«

»Und Sie haben nicht das Gefühl, dass Sie das etwas angehen sollte?«

»Nein.«

»Ganz schön dickfellig.«

»Wenn Sie so wollen.«

»Nun, in Ihrem Beruf muss man wohl dickfellig sein.«

»Es empfiehlt sich.«

»Haben Sie keinen Hunger?«

»Sie?«

»Würde ich sonst fragen?«

»Ich weiß nicht, ob man hier irgendwo etwas zu essen kaufen kann. Schauen Sie doch mal im Souterrain, da gibt es ein paar Restaurants. Mit Glück hat noch eins auf. Da können Sie auf dem Weg etwas essen.«

»Auf dem Weg?«

»Bevor Sie wieder hochkommen oder nach Hause gehen.«

»Und was ist mit Ihnen?«

»Ich habe keinen Hunger.«

»Allein gehe ich nicht. Das ist mir zu blöd.«

Gu warf einen Blick zur Intensivstation. Dort saß Sungja und starrte auf die Tür. Vielleicht war sie auch eingenickt. Dieser Gedanke tröstete ihn.

Gu begleitete Soyun ins Souterrain, wo nur noch ein Suppenrestaurant geöffnet hatte. Am liebsten hätte er seine Brühe hinuntergestürzt, um schnell wieder in den Wartesaal zurückzukehren, für den Fall, dass Sungja ihn suchte, aber Soyun ließ sich nicht aus der Ruhe bringen. Genüsslich löffelte sie ihre Brühe, bevor sie scharfe Kimchi-Lake und drei Löffel Reis in die halbleere Schale gab. Ihre milchig weiße Suppe färbte sich zartrosa, der Lauch und die Reiskörner darin sahen aus wie kleine Inseln.

Sie hatte gerade den nächsten Löffel zum Mund geführt, als sie innehielt und den Kopf senkte. Sie kaute und schluckte, dann fingen ihre Schultern an zu beben. Gu erschrak. Soyun weinte. Tränen tropften in die Suppe. Gu beeilte sich, ihr eine Serviette zu reichen.

»Ich … Tut mir leid … Das passiert in letzter Zeit öfter … ganz plötzlich«, sagte sie und trocknete sich die Augen.

»Besser?«

»Ja … danke … Ich musste plötzlich an meinen Vater denken.«

»Verstehe.«

»Mein Vater hat mir beigebracht, wie man diese Brühe isst.«

»Weinen Sie ruhig weiter.«

»Ich habe genug geweint.«

»Essen Sie.«

»Ja. Keine Sorge. Ich werde alles aufessen.«

Soyun nahm ihren Löffel wieder zur Hand, senkte den Kopf und leerte die Schale.

In den dreißig Minuten, die sie im Restaurant verbracht hatten, war im Warteraum nicht viel passiert. Die Nachrichten waren zu Ende, eine Serie hatte begonnen und statt des Vierzigers saß nun die Fünfzigerin vor dem Fernseher. Gu schaute noch einmal auf der Intensivstation vorbei. Kims Frau saß immer noch da. Ob sie sich zwischendurch wenigstens einmal die Beine vertreten hatte? Es sah nicht so aus.

Zurück im Wartesaal, sah Gu aus dem Fenster. Alles, was er sah, war sein Spiegelbild. Missmutig senkte er den Kopf. Sein Blick fiel auf Kims Notizbuch. Er würde es genau überprüfen, ebenso die Aufnahmen.

»Hier«, sagte Soyun und hielt ihm einen Pappbecher hin. »Zum Dank für die Einladung vorhin.« Ihr Pony war nass.

»Haben Sie sich frischgemacht?« fragte Gu und nahm den Pappbecher entgegen.

»Wenn man durchmachen will, kann ein bisschen Wasser nicht schaden.«

»Sie wollen durchmachen? Warum?«

»Wollen Sie sich das Notizbuch nicht ansehen?«

»Doch, aber allein.«

»Ach kommen Sie. Mir ist langweilig.«

»Tut mir leid.«

»Und was ist mit den Aufnahmen?«

»Wir arbeiten nicht zusammen.«

»Das nicht, aber in schweren Zeiten muss man einander doch beistehen.«

»Wir befinden uns nicht in schweren Zeiten.«

»Sie sehen aber schwer danach aus.«

»Na schön. Hier. Ich halte das Gerät, Sie nehmen den Kopfhörer.«

»Haben Sie Angst, dass ich falsch drücke?«

»Ja.«

»Hallo! Ich arbeite seit zwanzig Jahre mit Computern.«

»Trotzdem.«

»Gut, geben Sie her. Wenn ich das Gefühl habe, dass es wichtig ist, sage ich Bescheid.«

Gu gab die Pin ein und drückte *Start.* Soyun stöpselte sich den Kopfhörer ins Ohr und wartete gespannt. Gu wollte noch etwas sagen, aber sie legte den Zeigefinger an die Lippen und bedeutete ihm, zu schweigen. Gu nickte.

Er schlug die letzte beschriebene Seite des Notizbuchs auf, um sich von hinten nach vorne durch die Aufzeichnungen zu arbeiten. Die Zahlen auf der letzten Seite sahen nach Telefonnummern aus, die offenkundig so eilig und zusammenhangslos hingekritzelt worden waren, dass sie mit dem Fall wahrscheinlich nichts zu tun hatten. Ein Satz sprang ihm ins Auge: »Das Bildnis eines bösen Menschen, in Stein gemeißelt.« Etwas darüber stand: *Haare etwa zehn Zentimeter. Breite Stirn, dichte Augenbrauen. Engstehende Augen, platte Nase, schmale Lippen, schmale Einbuchtung der Oberlippe. Etwa 1,75 groß, 80–85 Kilo schwer.*

Gu setzte die Informationen in Gedanken zu einem Bild zusammen.

Der Satz »Das Bildnis eines bösen Menschen, in Stein gemeißelt« erinnerte ihn an den Packen Papier, den Kim ihm vor ein paar Jahren eines Tages verschämt überreicht hatte. Gu hatte diesen Packen, Kims Roman, zunächst in der Schreibtischschublade verstaut, ihn aber irgendwann, als er alleine Dienst hatte, herausgeholt und angefangen zu lesen. Dass es sich nicht um ein literarisches Meisterwerk handelte, war selbst ihm als nicht-passioniertem Leser sofort klar gewesen. Abgesehen von Rechtschreibfehlern, unbeholfenen Beschreibungen, hölzernen Dialogen und seltsamen Monologen, pathetischen Deklamationen à la *Bereue nichts! Bettle nicht um Verzeihung, indem du bereust!* strotzte der Text vor comicartigen Einsprengseln, und immer, wenn man den Eindruck hatte, die Geschichte geriete ein wenig ins Stocken, wurde ihr mit Ausdrücken wie *wie auch immer*, *jedenfalls* oder *zur selben Zeit an einem anderen Ort* wieder auf die Sprünge geholfen. Binnen einer Stunde hatte Gu den Roman gelesen. Sein Niveau mochte bescheiden sein, aber die Leidenschaft des Autors, und darin lag die Stärke des Romans, peitschte den Leser vorwärts.

Gu wusste, was Kim verarbeitet hatte. Einen ungelösten Fall. Im Gegensatz zu ihm gelang es dem Inspektor im Roman aber ungefähr nach der ersten Hälfte, den Täter zu fassen, so dass die zweite Hälfte mehr oder weniger die Torturen beschrieb, denen der Inspektor den Täter unterzog. Er ging mit ihm zum Beispiel zurück an den Tatort und drosch ihn dort halbtot, er sperrte ihn ein, ließ ihn mehrere Tage hungern und verprügelte ihn erneut. Da die entsprechenden Stellen stark lautmalerisch unterlegt waren – bumm, zack, peng, pardauz – lasen sich diese zugegebenermaßen unschönen Darstellungen immer noch recht entspannt. Am folgenden Tag gab Gu das Manuskript zurück.

»Und? Was sagst du?«

»Was für eine Wohltat, wenn jemand das kriegt, was er verdient.«

»So ging's mir auch. Der Typ hat mich richtig in Stimmung gebracht!«

»Und jetzt gibst du das Ganze an einen Verlag und gehst unter die Schriftsteller?«

»Quatsch. So was druckt doch keiner.«

»Man weiß nie. Es gibt bestimmt Verlage, denen dein Stil gefällt.«

»Ach weißt du, jetzt, wo ich einen Roman geschrieben habe, weiß ich, dass im Grunde nicht viel dazugehört. Ein Roman, das habe ich im Netz gelesen, lebt von drei Dingen. Na? Gut, jemand wie du weiß das vielleicht nicht. Also drei Dinge: Personen, Handlung, Rahmen. Genau darauf sind wir spezialisiert. Personen? Unser täglich Brot. Wer könnte eine Person besser einschätzen als ein Polizist? Handlung? Unser tägliches Geschäft. Und der Rahmen – okay, das ist ein bisschen schwierig. Da bin ich nicht ganz so stark.«

»Um nicht zu sagen: eine Niete.«

»Stimmt.«

»Egal. Mach weiter. Ich glaube, du hast Talent.«

»Findest du?«

»Ich finde es ziemlich romanhaft.«

»Aber erzähl's keinem. Okay?«

»Warum nicht?«

»Weil's total peinlich ist, natürlich, Idiot. Wenn mir was passiert, schmeiß das Ding sofort weg. Ich lege es hier unten in die Schublade.«

»Machst du Witze? Ich gebe es unter meinem Namen raus und verdiene mir ne goldene Nase.«

»Auch gut. Dann erwarte ich aber einen vergoldeten Grabstein.«

»Bei der Gelegenheit lasse ich auch gleich die Inschrift ändern: Hier ruht der große Schriftsteller Inchon Kim, der vor Vollendung seines Meisterwerks verschied.«

Als Gu an das gedehnte *sehr gut* dachte, das Kim erwiderte hatte, musste er schmunzeln. Soyun war mittlerweile eingeschlafen. Ihr Kopf an seiner Schulter drückte, aber Gu versuchte, sich nicht zu bewegen.

Vielleicht war es nicht der Schriftsteller gewesen, der seine Deletingkarriere eingeläutet hatte, sondern dieser Roman. Allein die Vorstellung, dass niemand außer ihm und Kim diese Geschichte kannte, die gewissermaßen passiert und doch nicht passiert war, elektrisierte ihn immer noch. Und vielleicht war es diese Faszination, die ihn dazu bewog, nicht alles zu vernichten, was er eigentlich vernichten sollte.

Soyuns Kopf an seiner Schulter wurde immer schwerer. Vorsichtig zupfte er ihr den Kopfhörer aus dem Ohr. Sie zuckte, wurde aber nicht wach.

Gu stöpselte sich den Hörer ins Ohr. Man hörte Autos vorbeirauschen, eine Baustelle, einen Wasserhahn. Er blickte ins Notizbuch. Kein Wunder, dass Soyun eingeschlafen war. Bei dem Hintergrundrauschen hatte selbst er Probleme, sich zu konzentrieren. Er blätterte weiter. Knapp zehn Minuten später war immer noch nichts passiert. Er wollte gerade vorspulen, als er plötzlich eine Stimme hörte, die geradewegs aus der Hölle zu kommen schien.

»Dongchi …«

Kim. Dann ein Geräusch, als ob jemandem die Eingeweide zusammengepresst würden. Gu stellte den Ton so laut wie möglich. Jemand richtete sich mühsam auf. Eine Weile nichts. Dann ein Husten.

»Dongchi … Es sind nicht … diese Typen … V2U … Der Chef von V2U und …«

Gu schnürte es die Brust zu. Wenn dieses Gerät der Preis für Kims Leben gewesen wäre, er hätte es nur zu gern gegeben. Jetzt war es zu spät. Also konzentrierte er sich auf das Band. Kim erklärte, wo und von wem er angegriffen worden war. Zwischendurch hustete er. *Es ist gut, sprich nicht weiter, ruh dich aus*, hätte Gu ihm am liebsten zugerufen, aber Kim sprach weiter.

Vorsichtig, damit sie nicht aufwachte, schob Gu Soyun zur Seite. Dann ging er zur Intensivstation hinüber. Kims Frau starrte immer noch auf die Tür. Gu stieg ins Auto und fuhr los. Es regnete. In den Pfützen spiegelten sich die Lichter der Stadt. Gu wünschte sich, Kim spräche nicht aus der Vergangenheit, sondern aus der Gegenwart. Nicht vom Band, sondern durchs Telefon. Und dass er sich nur beeilen müsste. Dass Kim aufstehen und sich den Staub aus den Kleidern klopfen würde. Aber er wusste, welches Schicksal den Geräuschen vom Band beschieden war. Dass sie verstummen würden. Dass Kim verstummen würde. Gu gab Gas, wohl wissend, dass die Straßen nass waren.

23

Einen Tag nach dem Angriff auf Kim gab es im Krokodil-Viertel am frühen Morgen zwei Brände. Der erste betraf eine Schneiderwerkstatt hügelaufwärts, die fast völlig ausbrannte. Der zweite, der dank eines aufmerksamen Bewohners sofort entdeckt und gelöscht werden konnte, die erste Etage des Crocodile Buildings.

Cholho Cha war auf dem Weg zum Frühsport gewesen, als er plötzlich Rauch aus dem Fenster seiner Hapkido-Schule kommen sah. Er stürzte sofort die Treppe hinauf. Die Tür zum Dojo stand offen, und das Feuer war kurz davor, vom Schreibtisch auf den Holzfußboden überzugreifen. Cha holte Wasser und kippte es über den Schreibtisch. Ein paar Minuten später, und der Brand wäre nicht mehr zu kontrollieren gewesen.

Dann machte er sich auf die Suche nach der Brandursache. Wie in aller Welt hatte der Schreibtisch in Brand geraten können? Cha schaltete nach der Arbeit stets alle Geräte aus und leerte den Papierkorb. Es musste sich um Brandstiftung handeln. Als er die Fenster aufriss, waren Sirenen zu hören.

So sehr er sich auch den Kopf zerbrach, ihm fiel niemand ein, dem er zutraute, in seinem Dojo Feuer zu legen. Ein Schüler, dem seine Methoden nicht passten? Nein, der müsste nur die Schule wechseln. Der Meister von der Kampfkunstschule hügelabwärts, den er beim letzten Turnier geschlagen hatte? Nein, Brandstiftung verstieß gegen die Ehre. Wie wütend musste man sein, um Feuer zu legen? Wie böse, um Menschenleben zu gefährden? Hätte er das Feuer nicht rechtzeitig entdeckt, hätte es sich in Windeseile über den Fußboden ins Internet-Café im zweiten Stock ausgebreitet. Das war zu dieser Stunde eher spärlich besucht, und wenn die

Computer erst einmal in Brand geraten wären, hätte es wohl nicht lange gedauert, bis das ganze Gebäude in Flammen gestanden hätte. Dieses Szenario mochte Cha sich gar nicht ausmalen. Er sah aus dem Fenster. Die Sirenen waren nähergekommen. Am Haus fuhr ein Feuerwehrwagen vorbei. Offenbar brannte es noch irgendwo. Eilig rannte Cha die Treppe wieder hinunter.

Die Gasse war so eng, dass die Löschfahrzeuge nicht weiterkamen. Die Feuerwehrmänner musste mit ihren Pumpen und Schläuchen zu Fuß weiter. Menschen kamen aus ihren Häusern, um zu sehen, was los war. Die Schneiderei stand in Flammen. Hier und da hörte man es seufzen. Mitleidig, aber auch erleichtert, dass das Feuer ein Stück entfernt war.

Auf dem Weg zur Unglücksstelle kam Cha ein mysteriöser Mann entgegen. Er hatte die Hände in den Taschen und seine Baseballkappe tief in die Stirn gezogen. *Der hat es aber eilig*, dachte Cha. Schon möglich, dass er nur auf dem Weg zur Arbeit war, aber irgendetwas stimmte nicht. Der Mann kam ihm vor wie ein Geisterfahrer, das einzige Licht nach einem Stromausfall. Kein Mal drehte er sich zum Feuer um. Ganz im Gegenteil, man hatte eher den Eindruck, dass er partout nichts damit zu tun haben wollte.

Cha beschloss, dem Mann zu folgen. Da er sich kein einziges Mal umdrehte, war es nicht schwer, ihm unauffällig auf den Fersen zu bleiben. Immer mehr Menschen kamen aus ihren Häusern, um nach dem Brand zu sehen. Niemand hatte auch nur einen Blick für den mysteriösen Mann. Um von niemandem aus der Nachbarschaft erkannt zu werden, hielt Cha die meiste Zeit den Kopf gesenkt.

Vor dem Crocodile Building verlangsamte der Mann plötzlich seinen Schritt. Er sah auf und musterte die Fenster der Hapkido-Schule. Aufmerksam verfolgte Cha jede seiner Bewegungen. Der Mann schien sich zu wundern. Das war mehr als verdächtig.

»Heh, Sie da!« rief er. Der Mann tat, als hätte er nichts gehört.

Cha fasste ihn an der Schulter. Der Mann drehte sich um und schlug die Hand weg.

»Was wollen Sie?« rief er und trat einen Schritt zurück.

»Sie nur etwas fragen«, erwiderte Cha und beugte sich vor, um dem Mann in die Augen sehen zu können. »Sie wohnen in der Gegend?«

»Ja«, gab der Mann zurück, ohne den Blick zu heben. »Wieso?«

»Ich sehe Sie hier zum ersten Mal.«

»Na und?«

»Wann sind Sie denn hergezogen?«

»Ist schon ne Weile her.«

»Dann wohnen Sie wohl neben dem Gebetszentrum, in dem Haus mit dem blauen Tor. Wissen Sie, ich bin Makler. Ich kenne hier praktisch jeden.«

»Genau da wohne ich.«

»Ist es da immer noch so laut? Darüber haben sich viele beschwert. Ihr Tor war doch blau, oder? Nein, Moment, gelb. Kürzlich gestrichen, stimmt's?«

»Das Tor? Ich weiß nicht genau … So lange wohne ich noch nicht da.«

»Aber das Gebetszentrum nebenan, das kennen Sie doch, oder?«

»Entschuldigen Sie mich, ich hab's eilig …«

»Das kennen Sie natürlich nicht. Das gibt's seit zwei Jahren nämlich nicht mehr …«

»Was?«

»Stattdessen steht da doch jetzt ein Tempel.«

»Keine Ahnung …«

»Hast du das Feuer gelegt?«

»Was?«

»Nimm mal die Kappe ab.«

»Was soll das?«

Noch bevor der Mann zuschlagen konnte, hatte Cha ihm den Arm auf den Rücken gedreht und ihn mit einem gezielten Tritt gegen das Schienbein auf den Boden befördert. Er versetzte ihm einen Handkantenschlag in den Nacken. Der Mann stöhnte und verlor das Bewusstsein. Cha lud ihn sich auf die Schulter und trug ihn hinauf ins Dojo.

Mit einem Gürtel fesselte er ihm die Hände, mit einem zweiten band er ihn an einen Stuhl. Es dauerte fünf Minuten, bis der Mann wieder bei Bewusstsein war. Er war vielleicht Anfang Zwanzig. Benommen sah er sich um. Sein Blick blieb kurz am Schreibtisch hängen.

»Schade, dass es hier nicht so richtig gebrannt hat, was?« sagte Cha und schlug ihm mit der flachen Hand auf den Kopf.

»Wovon reden Sie? Warum sollte ich hier Feuer legen?« protestierte der Mann.

»Und warum lügst du dann?«

»Wer sagt, dass ich lüge?«

»Du hast doch eben behauptet, dass du in der Gegend wohnst.«

»Das habe ich nur gesagt, damit Sie mich in Ruhe lassen.«

»Wer's glaubt, wird selig.«

»Binden Sie mich los. Ich bin kein Brandstifter.«

»Und warum wolltest du mich schlagen?«

»Sie haben mich festgehalten. Ich wollte mich nur wehren. Und Feuer gelegt habe ich auch nicht.«

»Das werden wir ja sehen. Weißt du, was das heißt?« fragte Cha und zeigte auf einen Satz an der Wand. *Beharrlichkeit wird mit Glück belohnt.*

»Nee.«

»Dass du es hier ne Weile aushalten musst. Immerhin muss ich wegen dir ein paar Tage zumachen. Dann halt mal schön aus, mein Freund. Ich hab noch was zu erledigen«, sagte Cha und tätschelte dem jungen Mann die Wange. Der warf ihm einen bösen Blick zu, mehr konnte er nicht tun. Cha nahm einen dritten Gürtel und band ihm den jungen Mann so um den Kopf, dass er geknebelt war, nahm vier Blatt Papier, schrieb auf jedes *Aus privaten Gründen heute und morgen kein Unterricht – Cholho Cha* und ging. Den ersten Zettel hängte er an die Tür zum Dojo, den zweiten ins Treppenhaus im ersten Stock, den dritten ins Erdgeschoss und den vierten neben den Hauseingang. Draußen war es hell geworden. Das Feuer in der Schneiderei war so gut wie gelöscht, die meisten Schaulustigen waren wieder zu Hause, erleichtert, dass die Flammen sich nicht ausgebreitet hatten. Bald würden sie zur Arbeit gehen.

Cha ging zur Schneiderei. Überall liefen Feuerwehrmänner herum, um sicherzustellen, dass das Feuer nicht wieder aufflammte. Hier und da lagen verkohlte Gegenstände, dazwischen stieg Rauch auf. Wo gestern noch ein Gebäude gestanden hatte, lag jetzt nur noch Schutt und Asche. Das Feuer hatte alles dem Erdboden gleichgemacht. Man konnte von Glück sagen, dass niemand verletzt worden war.

Mit bloßem Auge war nicht zu erkennen, was den Brand ausgelöst haben könnte. Cha machte einen kleinen Rundgang um die Unglücksstelle und kehrte zum Crocodile Building zurück. Baek war gerade dabei, sein Gatter hochzuschieben.

»Machen Sie schon auf?«

»Du bist ja auch schon auf den Beinen.«

»Haben Sie das Feuer gesehen?«

»Natürlich. Ein Jammer. Alles nur noch Schutt und Asche.«

»Ich muss Ihnen was erzählen, aber Sie müssen mir versprechen, ruhig zu bleiben.«

»Wenn es etwas Schreckliches ist, erzähl's mir lieber nicht. Ich hab ein schwaches Herz.«

»Bei uns hätte es heute auch fast gebrannt.«

»Was? Wo?«

»Bei mir hat jemand Feuer gelegt. Ich hab's aber zum Glück rechtzeitig gesehen, als ich zum Frühsport bin.«

»Was? Ja, und?? Wie groß ist der Schaden?«

»Der Schaden hält sich in Grenzen. Nur der Schreibtisch

und der Fußboden haben ein bisschen was abbekommen, mehr nicht.«

»Gott sei Dank! Komm, dann wollen wir uns den Schaden mal ansehen.«

»Noch etwas.«

»Was? Mein Laden hat was abbekommen?«

»Nein, nein.«

»Aber? Da hast ein Loch im Fußboden?«

»Nein.«

»Ja, was denn dann? Soll ich vor Neugier platzen?«

»Ich habe in der Nähe der Schneiderei heute morgen einen Kerl entdeckt, der ziemlich sicher was mit dem Brand zu tun hat.«

»Dann müssen wir ihn anzeigen!«

»Ich kann ihm aber nichts beweisen. Ich bin ihm erstmal hinterher, und als er auf mich losgehen wollte, habe ich ihm eine kleine Lektion erteilt. Jetzt sitzt er oben im Dojo. Finden Sie es nicht auch merkwürdig, dass es heute morgen gleich an zwei Stellen gebrannt hat? Wenn wir jetzt die Polizei einschalten, passiert gar nichts. Sie nehmen ihn mit, und das war's. Nein, ich knöpf ihn mir erst einmal selber vor. Irgendwas wird er schon sagen.«

»Gut, lass uns erst mal hochgehen.«

Baek ließ das Gatter wieder herunter und begleitete Cha nach oben. Der an den Stuhl gefesselte Mann war schweißgebadet. Er hatte versucht, sich zu befreien. Der Knebel war speichelgetränkt.

»Mein lieber Mann. *Das* hätte ich dir nicht zugetraut!«

»Ich kann ihn doch nicht abhauen lassen.«

»Und jetzt?«

»Ich breche ihm ein paar Knochen, dann wird er schon reden, oder?«

»Wollen wir ihn nicht erst einmal fragen, ob er das Feuer gelegt hat, und wenn ja, warum? Das macht man doch so. Wenigstens im Fernsehen.«

»Ja, im Fernsehen. Da soll's ja auch schön aussehen. Dem hier geben wir lieber gleich was aufs Maul. Der braucht Schmerzen, um zu denken. Sonst lügt er das Blaue vom Himmel herunter.«

»Wenn du meinst …«

»Natürlich.«

»Und wenn er unschuldig ist?«

»Der und unschuldig? Dass ich nicht lache. Und warum ist er dann auf mich losgegangen?«

»Aber wenn er es nicht war, haben wir ein Problem. Lass uns den Rest der Polizei überlassen. Die machen das schon.«

»Ja, ja. Und hinterher heißt es dann, keine Beweise. Nichts da. Ich bring das Vögelchen schon zum Singen!«

Mit weitaufgerissenen Augen hörte der junge Mann ihnen zu. Als er sah, wie Cha die Jacke auszog, versuchte er, etwas sagen.

»Er will anscheinend was sagen«, bemerkte Baek.

»Na und? Was soll er schon sagen wollen, außer ›ich bin unschuldig, lasst mich gehen‹«, entgegnete Cha, ohne den jungen Mann auch nur eines Blickes zu würdigen.

»So habe ich dich noch nie erlebt. Du kannst einem ja richtig Angst machen!«

»Ich hab Ihnen doch gesagt: Wenn's drauf ankommt, bin ich knallhart. So, und jetzt passen Sie gut auf!«

»Moment mal. Du bist der Leiter dieser Schule. Kannst du dir die Anwendung von Gewalt überhaupt leisten?«

»Böses zu bestrafen ist keine Gewalt.«

Der junge Mann versuchte weiter verzweifelt, etwas zu sagen. Der Speichel lief ihm bereits das Kinn hinunter.

»Den wievielten Dan hast du eigentlich?«

»Spielt keine Rolle.«

»Und was spielt dann eine Rolle?«

»Energie. Die Energie des Angreifers umzuleiten. Den Kampf zu kontrollieren. Beherrschung. Wer sich nicht beherrschen kann, hat schon verloren.«

»Ich dachte mir schon, dass es einen guten Grund gibt, warum Verlierer verlieren.«

»Sie haben ja immer an mir gezweifelt. Heute werde ich Ihnen zeigen, was ich kann. Ähm ... also, wenn ich es richtig demonstrieren wollte, müsste ich ihn natürlich losbinden, aber da er dann vielleicht abhaut, werde ich heute mit einem fixierten Objekt vorlieb nehmen«, sagte Cha und löste den Gürtel, mit dem er den Mann an den Stuhl gefesselt hatte. Die Handfessel ließ er unberührt. Der junge Mann stand auf. Cha versetzte ihm einen Stoß, packte ihn an der Hüfte und wirbelte ihn herum. Da der junge Mann seine Hände nicht benutzen konnte, um den Sturz abzufangen, landete er unsanft auf der Schulter. Es krachte. Der junge Mann stöhnte.

»Voilà.«

»Ich bitte dich, der Mann ist gefesselt. Den kann jeder zu Boden werfen.«

»Oh, nein. Diese Technik ist viel schwieriger, als sie aussieht.«

»Wenn du das sagst ...«

Cha stellte den Mann wieder auf die Füße. Der junge Mann kochte. Mit einer Mischung aus Wut und Abscheu sah er Cha an. Cha setzte ihn zurück auf den Stuhl.

»Und jetzt fragen wir.«

»Einverstanden.«

Cha löste den Gürtel, den er dem jungen Mann um den Kopf gebunden hatte. Der junge Mann schnappte nach Luft. Jeder Atemzug wurde von schmerzvollem Stöhnen begleitet.

»Warum ... Warum tun Sie das?« fragte er weinerlich.

»Warum? Hast du eben nicht zugehört?« erwiderte Cha und warf ihm einen schiefen Blick zu.

»Ich habe das Feuer nicht gelegt!«

Cha band ihm den Gürtel wieder um den Kopf. Der junge Mann versuchte, sich mit der ihm verbliebenen Kraft zu wehren, ohne Erfolg.

»Hör mal, Cha, ich glaube, so kommen wir nicht weiter«, sagte Baek.

»Warten Sie ab.«

Cha war zuversichtlich. Er war fest entschlossen, dem jungen Mann ein Geständnis zu entlocken. Baek flüsterte ihm etwas ins Ohr. Cha schürzte die Lippen und nickte. So reagierte er immer, wenn ihm ein Vorschlag brauchbar erschien.

Als Baek fünf Minuten später wieder zurückkam, hatte er seine Werkzeugtasche dabei. In dieser Tasche steckte alles, was er für Kundenbesuche brauchte: Nägel, Schrauben, Schraubenzieher, ein Bohrer, Ketten, Schaber und ein Taschenmesser.

»Ich staune!« sagte Cha nach einem Blick in die Tasche.

»Dann wollen wir mal, oder? Typen wie der hier haben schon so oft eins in die Fresse gekriegt, dass sie gar nicht mehr wissen, was echter Schmerz ist. Für die braucht man Werkzeug. Das erlaubt ganz neue Erfahrungen ...« tönte Baek.

»Womit fangen wir an?«

»Wie wäre es mit diesem Nagel? Wir könnten ihn mit dem Daumen an den Fußboden nageln. Hätte den Vorteil, dass er dann auch nicht mehr weglaufen könnte.«

»Das klingt gut. Haben Sie einen Hammer?«

»Selbstverständlich. Hier, guck. Du musst das hier nur aufklappen, drehen und zack, hast du einen Hammer. Praktisch, oder?«

»Ich bin beeindruckt.«

»In einem Eisenwarengeschäft gibt es die tollsten Sachen.«

»Unglaublich.«

Den Nagel in der linken, den Hammer in der rechten Hand, sah Cha fasziniert in die Werkzeugtasche. Sein Blick glich dem eines Kindes, das im Spielzeugladen steht und sich etwas aussuchen darf.

»Den Gürtel um seinen Kopf nehmen wir ab. Je besser man ihn schreien hört, desto einfacher ist es, einzuschätzen, wie groß die Schmerzen sind.«

»Meinen Sie?«

Cha nahm den Gürtel ab. Der junge Mann war inzwischen leichenblass.

»Ich sage alles! Alles!« rief er.

»Zum Beispiel?« fragte Cha und fixierte ihn.

»Ich habe das Feuer gelegt. Binden Sie mich los, und ich gehe sofort zur Polizei.«

»Zur Polizei?«

»Ich stelle mich.«

»Das hat niemand verlangt.«

»Was wollen Sie dann?«

»Erst mal, dass du alles erzählst«, sagte Cha und legte Hammer und Nagel beiseite. Der junge Mann bat um ein Glas Wasser, wobei seine Worte weniger aus dem Mund, vielmehr aus dem Bauch zu kommen schienen. Das Sprechen bereitete ihm sichtlich Mühe.

Seine Geschichte klang einstudiert und wenig überzeugend. Seine Ex-Freundin, behauptete er, wohne im Viertel und arbeite in der Schneiderei. Eines Tages habe sie ihm den Laufpass gegeben. Als er sie bei ihr zu Hause zur Rede stellen wollte, habe ihn ihr älterer Bruder, ein Hapkidoka aus Chas Schule, krankenhausreif geschlagen. Deshalb habe er bei Cha und in der Schneiderei Feuer gelegt.

»Das glaubst du doch selber nicht!« sagte Cha und verpasste ihm eine Kopfnuss.

»Wieso denn?« entgegnete der junge Mann und blinzelte.

»Ich weiß zwar nicht, wer sich diese Geschichte ausgedacht hat, aber so einen Schwachsinn habe ich schon lange nicht mehr gehört. Das stimmt doch hinten und vorne nicht!«

»Doch! Es stimmt. Glauben Sie mir!«

»Junge, Junge, hast du nichts Besseres auf Lager?«

»Ich habe das wirklich wegen meiner Ex gemacht.«

»Jetzt hör mir mal gut zu, Junge. Erstens ist man hier im Crocodile Building nicht zimperlich. Zweitens haben wir eine Autorin im Haus, die fürs Fernsehen schreibt. Mit Geschichten kennen wir uns also aus!«

»Bitte, glauben Sie mir. Ihr Bruder ist ein ganz mieser Schuft.«

»Spar dir die Schauspielerei! Wer wütend auf seine Ex und deren Bruder ist, legt doch kein Feuer! Diesen Quatsch erzähl wem anders. Ich glaube, wir versuchen es jetzt doch mal mit Hammer und Nagel. Vielleicht hilft das deinem Gedächtnis auf die Sprünge«, sagte Cha, wobei er dem jungen Mann wie einem ungezogenen Bengel immer wieder mit der flachen Hand auf den Kopf schlug. Allein das hätte den jungen Mann unter normalen Umständen sicher zur Weißglut gebracht.

»Vielleicht hängt es mit der anstehenden Neusanierung zusammen«, sagte Baek plötzlich.

»Neusanierung?« fragte Cha. »Was für eine Neusanierung?«

»Erinnerst du dich an die Brände im Nachbarviertel letztes Jahr? Da wurde auch gemunkelt, dass so die Leute, die sich gegen die Neusanierung gewehrt haben, vertrieben werden sollten. Das ist billiger, als sie rauszukaufen, weißt du.«

»Aber das ist doch noch gar nicht beschlossene Sache.«

»Die Neusanierung unseres Viertels? Doch, natürlich! Die haben doch schon angefangen, Gebäude abzureißen.«

»Aber warum soll denn neusaniert werden?«

»Du hast wirklich keine Ahnung.«

»Das glaub ich jetzt nicht. Müsste man nicht erst einmal *sanieren*, bevor man von *neu*sanieren spricht? Was nicht saniert wurde, kann doch nicht neusaniert werden!«

»Wo du recht hast, hast du recht. Saniert wurde bisher nichts.«

»Wofür halten die uns eigentlich?«

»Für dumm, oder?« sagte Baek und sah den jungen Mann an. »So was nennt man Konjunkturprogramm.« Der junge Mann wich seinem Blick aus und sah aus dem Fenster. Die Morgensonne spiegelte sich in seinen Augen.

Gu müsse her, befand Baek. Der würde wissen, wie mit dem

Mann zu verfahren sei. Ob man ihn weiter verhören sollte, der Polizei überantworten oder als Köder für einen noch größeren Fisch benutzen. *Hol Gu,* befahl er Cha. Der sagte nur lakonisch *jawohl!* und verschwand. Baek schloss die Fenster. Der Wind war kalt. Der Winter war nicht mehr fern.

24

Hohlköpfen, die sich ein Urteil anmaßen, sollte man den Kopf abschlagen, damit sie zur Besinnung kommen. Das war die Zeile, die Chon in sein Tagebuch schrieb, und er ließ sie so stehen, obwohl sie ihm, kaum zu Papier gebracht, komisch vorkam: Jemand, dem man den Kopf abgeschlagen hatte, wäre wohl kaum noch in der Lage, sich zu besinnen. Mit den Hohlköpfen meinte Chon die Leute vom Wonsudojang. Als Na ihm im Restaurant berichtete, was vorgefallen war, hätte Chon am liebsten den Tisch umgestoßen, geflucht, getobt und Na mit Füßen traktiert. Nur wegen Gu hatte er sich zurückgehalten. Sobald Gu weg war, hatte er Na befohlen, erstens Lee und das Tablet ausfindig zu machen, zweitens Kims Zustand in Erfahrung zu bringen und drittens im Krokodil-Viertel Störaktionen durchzuführen. Na hatte Chon noch am selben Abend berichtet, was bei den drei Missionen herausgekommen war: Lee sei samt Tablet verschwunden, Kim schwebe in Lebensgefahr, und das jüngste Wonsudojang-Mitglied sei damit beauftragt worden, im Krokodil-Viertel einige Brände zu legen.

»Und was genau ist heute nachmittag passiert?« fragte Chon mit ruhiger Stimme.

»Meine Kameraden haben einen Fehler gemacht«, antwortete Na mit gesenktem Kopf.

»Das kommt in letzter Zeit öfter vor, scheint mir.«

»Es tut mir leid, Herr Generaldirektor.«

»Sparen Sie sich Ihre Entschuldigungen. Sagen Sie mir einfach, was passiert ist.«

»Yongmin Lee verließ plötzlich sein Büro, meine Männer blieben ihm auf den Fersen. Sie merkten nicht, dass sie von der Polizei verfolgt wurden. Als ich die Mitteilung bekam, dass Lee ins V2U gegangen sei, ordnete ich an, nicht länger zu warten, sondern sofort zuzuschlagen. Aber da war der Polizist schon vor Ort. Es tut mir leid.«

»Ich habe gesagt, Sie sollen sich Ihre Entschuldigungen sparen. Keine Entschuldigungen mehr, verstanden?«

»Ich habe schon jemanden bestimmt, der sich bei der Polizei selbst anzeigen wird. Er wird dichthalten. Dafür verbürge ich mich, Herr Generaldirektor.«

»Warum, in Gottes Namen, haben die denn zugestochen? Sie benutzen ihre Messer doch sonst nicht!«

»Der Polizist hat seine Waffe gezogen, glaube ich.«

»Was soll das heißen, glaube ich?«

»Ich weiß es noch nicht. Meine Männer behaupten, sie hätten gar nicht zugestochen. Der Polizist sei schon verletzt gewesen, als sie ankamen. Das alles täte ihnen sehr leid.«

»Was ist mit dem Chef vom V2U?«

»Weg. Scheint sich mit Lee aus dem Staub gemacht zu haben.«

»Verdammt noch mal! Läuft bei Ihnen auch mal was wie geplant?«

»Tut mir wirklich leid ...«

»Haben Sie schon mal Tennis gespielt?«

»Ja.«

»Was ist beim Tennis das Wichtigste?«

»Ich verstehe nicht, was Sie meinen.«

»Muss man clever sein? Fit sein? Kraft haben? Das meine ich.«

»Kraft haben, glaube ich.«

»Da haben Sie's! Genau das ist Ihr Problem. Sie dreschen ohne Sinn und Verstand auf den Ball ein. Hauptsache, er zischt ab. Hauptsache, der Gegner ist beeindruckt. Aber wissen Sie, was passiert, wenn Sie weiter so spielen? Dann sind irgendwann Ihre Schulter und Ihr Ellbogen im Eimer.«

»Tut mir leid ...«

»Also, noch mal. Was ist das Wichtigste?«

»Gutes Urteilsvermögen vielleicht?«

»Meinen Sie?«

»Ja.«

»Wieder falsch! Beim Tennis wird nicht geurteilt. Wer urteilt, verpasst den Ball. Versuchen Sie nie, beim Tennis zu urteilen. Klar?«

»Jawohl.«

»Also noch mal. Was ist das Wichtigste?«

»Ich weiß es nicht, Herr Generaldirektor. Tut mir leid.«

»Keine Entschuldigungen!«

»Jawohl. Ich weiß es nicht.«

»Die Beinarbeit! Wenn der Ball kommt, urteilt man nicht, man rennt! Man rennt so schnell, dass man die Füße nicht mehr sieht, man rennt wie ein Verrückter! Zum Ball! Nur so bekommt man die Gelegenheit, seine Armkraft einzusetzen und sauber zu retournieren. Kapiert?«

»Jawohl. Tut mir leid, Herr Generaldirektor.«

»Also, rennen Sie! Rennen Sie, so schnell Sie können. Weg mit den Entschuldigungen! Was zählt, ist Bewegung! Rennen Sie, schnappen Sie sich Lee und bringen Sie mir das verdammte Tablet!«

Danach war Chon in sein Büro gegangen und hatte am Mobiliar seine Wut ausgelassen, bevor er in sein Notizbuch notierte: *Hohlköpfen, die sich ein Urteil anmaßen, sollte man den Kopf abschlagen, damit sie zur Besinnung kommen.* Danach fühlte er sich etwas wohler.

Mit der Unruhestiftung im Krokodil-Viertel verfolgte Chon zwei Ziele. Zum einen war es langsam an der Zeit, mit den Abrissarbeiten zu beginnen, und jedes Problem, das er den Bewohnern machte, sorgte für eine erhebliche Reduktion der Kosten. Zum anderen ging es ihm darum, Gu abzulenken. Bei dem Tennismatch hatte er sofort gesehen, dass Gu nicht ernsthaft spielte. Er hatte eindeutig nicht hundert Prozent gegeben, war nicht mit letzter Kraft den Bällen hinterhergejagt. Offenbar hatte er geglaubt, das Match mit soliden Grundschlägen für sich entscheiden zu können. Deshalb hatte Chon ihn mit ständigen Stoppbällen zu ärgern versucht. Gu hatte sofort mit langen Passierbällen reagiert. Gu war jemand mit rascher Auffassungsgabe, jemand, der imstande war, sofort zu reagieren, jemand, der zu kontern wusste. Chon glaubte, Menschen allein auf Grundlage eines solchen Tennismatches beurteilen zu können. Gu hielt er für einen gefährlichen Gegner. Den er am besten in Schach hielt, indem er ihn verwirrte, indem er Unruhe und Chaos stiftete, wo er nur konnte. Je mehr, desto besser.

Am nächsten Morgen, als Na wieder bloß mit gesenktem Kopf vor Chon stand und berichten musste, dass der Junge, der die Brände im Krokodil-Viertel hatte legen sollen, nicht zur Gruppe zurückgekehrt war, verlor Chon die Beherrschung: Er schlug wortlos zu. Der Faustschlag mitten ins Gesicht ließ den durchtrainierten Na zwei Schritte zurücktaumeln. Danach trat er wieder vor. Das Blut lief ihm in Strömen aus der Nase. Chon hielt Na sein Taschentuch hin. Na wischte sich mit einem Zipfel das Blut aus dem Gesicht.

»Alles in Ordnung?« erkundigte sich Chon und nahm das Taschentuch wieder an sich.

»Jawohl, alles in Ordnung, Herr Generaldirektor«, erwiderte Na mit gesenktem Kopf.

»Sie bluten aus der Nase, halten Sie den Kopf hoch.«

»Jawohl, Herr Generaldirektor.«

»Ist er geschnappt worden?«

»Das wissen wir noch nicht. Ich versuche gerade, das in Erfahrung zu bringen.«

»Bis wann?«

»So schnell es geht.«

Na kam an dem Abend erst spät zurück. Der Wonsudojang

hatte den ganzen Tag das Krokodil-Viertel durchkämmt. Na hatte befohlen, das Viertel auf den Kopf zu stellen und jedes Haus abzusuchen, um etwas über den Verbleib des Jungen herauszufinden. Allerdings hatte er keine Ahnung, wie es vor Ort aussah. In dem Gewirr aus Häusern und verwinkelten Gassen den Jungen zu finden, war schier aussichtslos. Da man möglichst unauffällig vorgehen musste, konnte man nicht einfach auf offener Straße die Passanten befragen. Wenn der Junge wegen Verdachts auf Brandstiftung geschnappt worden wäre, hätte der Wonsudojang durch seine Verbindungen zur Polizei davon gehört. Doch er blieb einfach verschwunden.

»Er ist noch im Viertel, so viel steht fest«, sagte Na.

»Woher wollen Sie das wissen?« fragte Chon. Er saß auf dem Sofa und rauchte eine Zigarette.

»Wir haben nichts von ihm gehört, und polizeiliche Hinweise gibt es nicht. Er kann sonst nirgendwo sein. Ich vermute, dass er auf dem Rückweg mit irgendwem aneinandergeraten ist. Der Junge verliert schnell die Beherrschung. Vielleicht hat er sich bei einer Schlägerei verletzt und hält sich irgendwo versteckt. Oder er wird von irgendwem festgehalten.«

»Das ist Spekulation.«

»Anders kann ich es mir nicht erklären.«

»Ich will keine Erklärungen, Vermutungen, Spekulationen, ich will Fakten!«

»Ich finde den Jungen. Und wenn ich jeden Stein in dem Viertel einzeln umdrehen muss. In der Nacht wird sich bestimmt etwas tun. Ich schicke all unsere Männer hin.«

»Damit die wieder alles vermasseln? Zum wievielten Mal?«

»Dieses Mal geht alles glatt, das garantiere ich.«

»Das garantieren Sie! Ihr ›das garantiere ich‹ kann ich langsam nicht mehr hören. Ich glaube Ihnen dann nämlich. Aber wenn es am Ende dann doch *garantiert* ein wenig anders läuft, werde ich sauer! Das verstehen Sie doch, oder?«

Als Chon seine Zigarette ausdrückte, kam Miyong Song herein. Sie wirkte verkrampft.

»Herr Generaldirektor, Yongmin Lee hat angerufen. Er will Sie sprechen. Was soll ich tun?«

»Na was schon? Ihn zurückrufen, natürlich!«

Miyong betätigte ihr Mobiltelefon. Ein Klingelton plärrte in den Raum. Lee ließ sie warten. Chon verzog verärgert den Mund. Als Lee schließlich abhob, reichte Miyong das Handy weiter.

»Herr Lee! Sie wollten mich sprechen? Was kann ich für Sie tun?« Chon war gewieft genug, seiner Stimme die notwendige Souveränität zu verleihen.

»Ich dachte, Sie haben vielleicht eine unruhige Nacht und brauchen jemanden zum Reden«, gab Lee in ebenso ungezwungenem Ton zurück.

»Sie sind ja richtig wortgewandt heute abend. Mit einem eloquenten Partner unterhalte ich mich gerne!«

»Wollen wir gleich zur Sache kommen?«

»Wenn es eine Sache gibt, gern. Nur zu.«

»Gut. Ich darf kurz zusammenfassen: Sie wissen, dass ich Donghun Baes Tablet habe, und ich weiß, dass Sie mir einen Haufen Leute und sogar die Polizei auf den Hals gehetzt haben, weil Sie es gerne zurückhätten. Gibt es sonst noch etwas, das ich wissen sollte?«

»Manchmal ist es besser, nicht zu viel zu wissen.«

»Ich weiß leider schon zu viel.«

»Das tut mir leid …«

»Sie wissen, dass das Material auf dem Tablet kopiergeschützt ist. Sie wissen auch, dass, selbst wenn ich es kopieren könnte, ich nicht so dumm wäre, das zu tun. Nicht wahr?«

»Ehrlich gesagt habe ich Sie bislang für ziemlich dumm gehalten.«

»Das war ein Fehler. Wenn's ums Geschäftemachen geht, macht mir keiner was vor.«

»Tatsächlich? An was für ein Geschäft dachten Sie denn?«

»An ein Geldgeschäft, was sonst. Ich gebe Ihnen das Tablet, und Sie verschaffen mir ein Sprungbrett. Und Sie zahlen mir eine Entschädigung für Bae.«

»Sagen Sie, erinnern Sie sich an das, was ich neulich gesagt habe? Beim Tennis?«

»Hm … nein, tut mir leid. Es scheint mich nicht so beeindruckt zu haben, dass ich es mir gemerkt hätte.«

»Ich habe gesagt: Wahre Kraft kommt nicht aus den Muskeln, sondern aus der Beweglichkeit.«

»Ach ja?«

»Zeigen Sie sich also bitte etwas beweglicher in Ihren Überlegungen. Glauben Sie wirklich, Sie können mir das Material verkaufen? Nehmen wir an, Sie könnten. Glauben Sie wirklich, dass Sie hier anschließend ein schönes Leben führen könnten? Mit mir arbeiten, von Angesicht zu Angesicht gewissermaßen?«

»Warum nicht? Wenn wir uns beide ein bisschen Mühe geben?«

»Mühe? Es gibt vieles auf der Welt, bei dem man sich so viel Mühe geben kann, wie man will – und es funktioniert nicht. Wir würden uns ständig über den Weg laufen und hätten jedesmal, wenn wir uns sähen, schlechte Laune. Ich weiß nicht, was Sie für das Tablet und an Entschädigung haben wollen, über den Preis würden wir uns sicher einig, aber einer von uns beiden müsste gehen. Und Sie wissen ja, wie viel ich hier zu tun habe. Sie verstehen, was ich meine? Dumm sind Sie ja nicht.«

»Wie wäre es, wenn wir uns zunächst auf den Preis einigten?«

»Vorher wäre noch eine Sache zu klären.«

»Nämlich.«

»Das Tablet ist zwar kopiergeschützt, aber das bedeutet natürlich nicht, dass es keine Mittel und Wege gäbe, das zu umgehen.«

»Ich werde das Material nicht kopieren. Das versichere ich Ihnen.«

»Das versichern Sie mir? Wie reizend! Wissen Sie, was Ihnen blüht, wenn Sie das Material abfilmen oder irgendwie anders kopieren? Sie werden nie, nie wieder einen Fuß auf dieses Gelände oder auf sonst irgendein Gelände setzen. Haben Sie verstanden? Aber gewiss. So klug wie Sie sind, nicht wahr?«

»Eine abgefilmte Kopie des Materials ist nichts wert, nicht glaubwürdig genug.«

»Nennen Sie mir Ihren Preis.«

Chon bedeutete Na, sich um die Sache mit dem Jungen zu kümmern. Na verbeugte sich und verließ den Raum. Chon gab Miyong zu verstehen, dass er etwas trinken wolle. Sie brachte ihm ein Glas Wasser. Chon trank, während er Lee zuhörte. Lee hörte das Wasser durch Chons trockene Kehle gluckern. Chon sah auf die Uhr. Kurz vor elf. Er überlegte, was er heute in sein Notizbuch schreiben solle. Vielleicht so etwas wie gestern, dachte er. *Hohlköpfen, die einen Handel abschließen wollen, sollte man die Finger abschneiden, damit sie zur Besinnung kommen.* Das ergäbe auch von der Logik her mehr Sinn als der Satz von gestern.

25

Gu saß in seinem Wagen und starrte Löcher in die Nacht. Er hatte noch drei Stunden, war aber zu nervös, um noch ein bisschen zu schlafen. Hinter der Lagerhalle schien sich etwas zu rühren. Er versuchte zu erkennen, was es war, wahrscheinlich ein paar Vögel oder eine Plastiktüte im Wind. Ab und zu fuhr ein Auto vorbei. Das Lager befand sich außerhalb der Stadt, viel passierte also nicht. Ein bisschen Schlaf hätte ihm gutgetan. In den letzten Tagen hatte er so gut wie gar nicht geschlafen, höchstens gedöst.

Die Geschehnisse des vergangenen Tages geisterten ihm durch den Kopf. Je häufiger er sie Revue passieren ließ, desto unwirklicher kamen sie ihm vor. Sanft massierte er mit den Fingerspitzen seine Lider.

Er hatte gerade das Krankenhaus verlassen und war davongerast, als Lee anrief. Als er die Nummer auf dem Display erkannte, hielt er sofort an.

»Herr Gu?« Lee klang entspannt.

Gu hätte ihn am liebsten sofort zusammengebrüllt, wusste aber, dass er dazu kein Recht hatte. Schließlich hatte er ihn als Köder benutzt. Dass Kim in der Folge um sein Leben kämpfte, war mithin auch seine Schuld.

»Was ist passiert?« fragte er.

»Was passiert ist? Das wüsste ich auch gerne! Warum haben Sie die Polizei eingeschaltet?«

»Die Polizei?«

»Wer sonst hätte die Polizei auf meine Spur bringen sollen? Der Inspektor ist mir gefolgt.«

»Die Polizei wird das Tablet geortet haben.«

»Lügen Sie mich nicht an. Die Polizei hat den Fall Bae längst ad acta gelegt.«

»Ich habe doch gesagt, dass das Tablet meine Arbeit nicht beeinträchtigen darf. Das tut es aber. Also, was ist so brisant, dass Leute dafür töten?«

»Ich werde es Ihnen zeigen. Können Sie kommen?«

Gu notierte sich die Adresse. Eine Fabrik außerhalb der Stadt, wie geschaffen für dunkle Geschäfte, wie ihm schien. Vorsichtshalber steckte er seine Gaspistole ein.

Unzählige ausrangierte Computer stapelten sich auf dem Gelände. Gu drehte eine Runde um den Schrott, da er Lee jedoch nirgends entdeckte, rief er ihn noch einmal an und wurde zum Lagerbüro gelotst. Dort saßen Yongmin Lee und Sangbae Jang, der Chef vom V2U, und starrten auf die Bilder der Überwachungskameras, die an verschiedenen Stellen im und außerhalb des Lagers installiert waren.

»Kommen Sie herein«, sagte Lee. »Herrn Jang kennen Sie ja schon.«

Wenn er gewusst hätte, dass Lee mit Jang zu tun hatte, hätte er sich die Fahrt zum V2U sparen können, dachte Gu. Irgendwie konnte er sich des Gedankens nicht erwehren, dass alles, was Jang ihm damals erzählt hatte, wahrscheinlich erstunken und erlogen gewesen war. Lee schob ihm einen Stuhl hin.

»Wie geht es dem Inspektor? Ist er wieder bei Bewusstsein?« fragte er.

»Noch nicht«, erwiderte Gu.

»Chons Schläger haben mich bei Jang überrascht. Jang und ich konnten fliehen, der Inspektor leider nicht … Sehr bedauerlich. Wenn Sie die Polizei nicht eingeschaltet hätten, wäre das nicht passiert.«

»Ich habe die Polizei nicht eingeschaltet.«

»Sondern?«

»Wir arbeiten zusammen, der Inspektor und ich«, stellte Gu klar.

»Ach? Sie hatten also gar nicht vor, mir das Tablet abzunehmen? Sie wollten mich als Köder benutzen? Verstehe ich das richtig?«

»Wenn Sie das Tablet zerstört hätten, wäre nichts passiert.«

»Dann sind wir also quitt.«

»Nein. Wenn Sie das Tablet zerstört hätten, wäre Ihnen die Polizei nicht gefolgt.«

»Seien Sie doch nicht so kleinlich.«

»Ich bin nicht kleinlich, ich bin genau.«

»Gut, Herr Genau. Dann möchte ich Sie jetzt um Ihre Hilfe bitten. Vielmehr, ich möchte Ihnen ein Geschäft vorschlagen.«

Lee steckte sich eine Zigarette an. Als er sie genüsslich aufgeraucht und im Aschenbecher ausgedrückt hatte, sagte er: »Auf diesem Tablet befindet sich Material, mit dem man Chon in den Ruin treiben kann. Bae hatte vor, Chon so lange zu triezen, bis er nur noch ein Schatten seiner selbst ist, das Tablet an die Konkurrenz zu verkaufen und sich ins Ausland abzusetzen. Dafür musste er mit dem Leben bezahlen.«

»Woher hatte Bae das Material? Gestohlen?«

»Nein, nein. So clever war er nicht. Das Material kam von einem gewissen Ganghyok Lee. Intimfeind von Chon. Der hat ihn kontaktiert.«

Der Name Ganghyok Lee kam Gu irgendwie bekannt vor, er wusste nur nicht, wo er ihn verorten sollte. Vor seinem inneren Auge zogen Gesichter und Namen vorbei.

»Wo finde ich diesen Ganghyok Lee?«

»Das weiß ich nicht. Ich habe mir nur seinen Namen gemerkt. Kann ja nicht schaden, dachte ich mir.«

»Und wie ist der an das Material gekommen? Bei so heiklen Daten dürfte das ja nicht so einfach sein«, sagte Gu.

»Soviel ich weiß, gibt es einen Insider bei Noble Entertainment, mehr weiß ich nicht«, antwortete Lee.

»Viel ist das nicht. Und Bae? Der hat auch nicht mehr gesagt, bevor er starb?«

»Bevor er starb, waren wir zusammen bei V2U und haben mit Jang überlegt, wie man die Daten exportieren könnte. Ich nehme an, Chons Leute haben erst da gemerkt, dass das Tablet weg ist. Daraufhin sind sie gleich zu Bae.«

»Daten zu exportieren, kann doch nicht so schwer sein«, sagte Gu barsch.

»Doch. Chon hat das Tablet nach einem Hackerangriff so gesichert, dass es praktisch versiegelt ist, ein digitales Fort Knox. Wir haben alles versucht, ohne Erfolg. Wenigstens hatte Bae das Tablet bei V2U gelassen, so dass ich es an mich nehmen konnte, als ich von seinem Tod erfuhr. Sonst hätte Chon es jetzt schon wieder. Nun, nach reiflicher Überlegung habe ich mich entschlossen, Folgendes zu tun.«

»Nämlich?«

»Chon soll für Baes Tod bezahlen. Es gibt aber nur einen Weg, ihn zu stürzen, ohne selbst zu fallen. Und dazu brauche ich Ihre Hilfe.«

»Ich höre.«

Lee erklärte den Plan Schritt für Schritt. Gu hörte aufmerksam zu. Der Plan war nicht dumm, auch wenn er unverhohlen die Interessen seines Urhebers verriet, aber unsicher und gefährlich. Manche Stellen jagten Gu gar kalte Schauer über den Rücken. Unglaublich, wozu Menschen bereit waren, um selbst nach ihrem Tod als makellos zu gelten.

Als erstes sollte das Material abgelichtet werden. Das würde zwar Zweifel an seiner Authentizität aufkommen lassen, aber wenn sich die Daten nicht exportieren ließen, mussten sie eben abgefilmt werden. Dann würde Lee das Tablet Chon verkaufen. Der würde seinen Sicherheitschef damit beauftragen, festzustellen, ob die Daten geleakt worden seien. Wenn sich herausstellte, dass die Daten nicht weitergegeben worden wären, würde er zahlen. Sobald Lee das Geld hätte, würde er sich ins Ausland absetzen. Die »Sicherheitskopie« sollte Gu behalten und, sobald Lee seine Spuren verwischt hätte, veröffentlichen. Alles Weitere würde man dem Schicksal überlassen.

»Glauben Sie wirklich, dass Chon Sie so einfach davonkommen lässt?«

»Sie meinen, er schickt mir seine Schläger auf den Hals?«

»Die haben immerhin Bae aus dem Weg geräumt. Unterschätzen Sie die nicht.«

»Ich bin vorbereitet. Wer Krieg will, bekommt Krieg.«

»Und was habe ich von Ihrem schönen Plan?«

»Sollte ich Sie falsch eingeschätzt haben? Ihr Kollege wird niedergestochen, wir beide wissen, wer dafür verantwortlich ist, und Sie wollen nichts tun? Wenn Sie mir helfen, sage ich Ihnen alles, was ich über Chon weiß, alles.«

»Damit ich zur Zielscheibe werde, wenn das Material veröffentlicht wird?«

»Was für Sie wesentlich ungefährlicher wäre als für jeden anderen. Wenn Bae und ich das Tablet an die Konkurrenz verkauft hätten, wären wir jetzt vermutlich beide tot. Der einzige Weg, lebend aus dieser Sache wieder herauszukommen, ist, Chon das Ding zu verkaufen.«

Gu wusste, dass er keine andere Wahl hatte, als Lees Angebot anzunehmen, wenn er im Spiel bleiben wollte. Er hatte das Gefühl, auf der Spitze eines Eisbergs zu stehen. Ein falscher Schritt, und er war weg vom Fenster.

Bevor er sich entscheide, sagte er, um Zeit zu gewinnen, müsse er sich das Material ansehen. Das Video war schockierend. Gu hatte Mühe, seinen Brechreiz zu unterdrücken. Die Szenen schienen geradewegs der Hölle zu entstammen. Die Leere in den Gesichtern der Akteure erschütterte ihn. Einige meinte er zu kennen oder im Fernsehen schon einmal gesehen zu haben. Lee und Jang verzogen keine Miene. Vielleicht, weil sie das Video schon kannten. Am unteren Bildrand war die Gesamtlaufzeit eingeblendet: gute zwei Stunden. Aber Gu hatte genug gesehen. Es brauchte nicht viel Phantasie, um sich auszumalen, was noch alles passieren würde. Lee zeigte ihm ein paar weitere Dateien.

Gu zögerte nicht länger. Diese Dateien musste er haben. Lee baute eine Kamera vor dem Tablet auf und begann mit dem Abfilmen. Bis er alle Dateien im Kasten hatte, würde es dauern. In dieser Zeit musste Gu noch etwas anderes erledigen – sich den Ort ansehen, wo Kim niedergestochen worden war: das V2U.

Der Tatort war sorgfältig gereinigt worden. Nichts deutete darauf hin, dass hier ein blutiger Kampf stattgefunden hatte. Das Geschäft war sauber und still. Gu kniete nieder, um nach Spuren zu suchen.

Das V2U befand sich im Souterrain des World Vision Buildings am Ende eines langen Flurs. Früher hatte es hier viele Film- und Fotofachgeschäfte gegeben, jetzt standen die meisten Läden leer. Neben dem V2U gab es eine Brandschutztür, die ins Treppenhaus führte.

Gu versuchte sich vorzustellen, was passiert war. Kims Tonbandaufnahme zufolge hatte Jang sich im Laden befunden. Dann kommt Lee herein. Sie begrüßen sich. Lee vergewissert sich vielleicht, ob er verfolgt wird. Inchon steht wahrscheinlich hinter der Brandschutztür. Oder nein, vielleicht in dem Laden gegenüber. Der steht leer. An der Tür hängt ein Zettel »Zu vermieten« und eine Telefonnummer. Von da hätte er gute Sicht gehabt. Umgekehrt wäre er aber bei dem spärlichen Betrieb, der hier herrschte, aufgefallen.

Nein, da drüben stehen wahrscheinlich Chons Männer parat. Kommen in einem günstigen Moment aus ihrem Versteck, stürmen den Laden, Jang und Lee türmen, Kim springt hervor, und da passiert es. Man greift ihn an. Er weicht zurück, versucht sich zu verteidigen und wird niedergestochen. Gu inspizierte die Stelle, an der Kim zu Boden gegangen sein musste. Nicht das geringste Blut.

Gu meinte, Kim stöhnen zu hören. Das Band musste er im Kofferraum des Autos besprochen haben, mit dem man ihn abtransportierte. Gu versuchte, das schmerzvolle Gestammel aus seinem Kopf zu verbannen, die Informationen, die Kim hinterließ, nicht weil er wollte, dass man ihn rächte, sondern weil es seine Pflicht war, alle Hinweise weiterzugeben. Kims Gestammel wurde von seinem schmerzverzerrten Gesicht verdrängt. Gu konnte die kurzen, heftigen Stiche, die man ihm beibrachte, förmlich spüren.

Er öffnete die Brandschutztür und ging ins Treppenhaus. Auf dem Absatz zwischen Unter- und Erdgeschoss entdeckte er erste Blutspuren. Sie führten nach oben. Wer hier saubergemacht hatte, Chons Männer oder das Reinungspersonal des Gebäudes, wusste er nicht.

Gu sah zur Decke. Dort, wo eigentlich eine Überwachungskamera sein sollte, hing lediglich ein gekapptes Kabel. Wann die Kamera entfernt worden war, ließ sich nicht sagen. Er folgte der Blutspur bis ins Erdgeschoss und von dort auf den Parkplatz, wo sie endete. Hier hatte man Kim also in den Wagen geladen.

Gu stieg ins Auto und blieb einen Moment lang geistesabwesend sitzen. Während er noch versuchte, die Geschehnisse weiter zu rekonstruieren, war er schon eingeschlafen. Es war sein Handy, das ihn eine Stunde später weckte. Gu hätte das Klingeln gerne ignoriert, aber das ging nicht.

»Hast du meine SMS gekriegt?« schallte ihm Iris Stimme entgegen, als er das Gespräch annahm.

»Ja«, erwiderte Gu und streckte sich.

»Hab ich dich geweckt, oder was?«

»Nein. Was gibt's?«

»Na, du hast ja die Ruhe weg … Ich schick dir Nachrichten und du pennst, anstatt dich zu kümmern!«

»Ich kümmer mich sehr wohl. Aber gestern gab es einen Notfall.«

»Einen Notfall?«

»Kennst du Inchon Kim?«

»Klar. Mit dem bin ich schon ein paar Mal aneinandergeraten.«

»Er ist gestern niedergestochen worden.«

»Was? Von wem?«

»Das weiß man noch nicht.«

»Welcher Idiot geht denn mit einem Messer auf einen Bullen los? Das muss ja ein Vollidiot sein.«

»Ja. Also, was gibt's?«

»Warst du schon bei der Adresse, die ich dir gesimst habe?«

»Noch nicht.«

»Aber ich. Nachdem ich dir die Adresse geschickt hatte, bin ich erst nach Hause, aber dann dachte ich, verdammt, vielleicht sollte ich doch mal vorbeifahren und mir ein Bild machen. Du weißt ja, wie gründlich ich bin. Also bin ich heute morgen hin. Und was war? Vor der Tür parken Kleinbusse, und es wimmelt von Leuten. Irgendwas stimmt da nicht, dachte ich mir, und weißt du, wo die hingefahren sind?«

»Wohin?«

»In dein Viertel.«

»Ins Krokodil-Viertel?«

»Ja. Da haben sich auf einem leeren Grundstück an die zwanzig Leute versammelt und irgendetwas beredet.«

»Hast du mitbekommen, um was es ging?«

»Nein. Dafür stand ich zu weit weg. Aber es sah so aus, als würden sie Anweisungen kriegen. Vielleicht suchen sie was.«

»Gut. Ich danke dir.«

»Aber vergiss es nicht. So einen wie mich findest du nie wieder.«

»Stimmt, so einen Gauner wie dich findet man tatsächlich nie wieder.«

»Gauner? Was soll das heißen?«

»Kein anständiger Mensch käme auf die Idee, einen Kollegen abzuhören. Und komm mir jetzt nicht mit irgendwelchen Geschichten. Soyun hat mir alles erzählt.«

»Es ist nicht so, wie du denkst. Es gab einen Grund. Ich erklär's dir, wenn wir uns das nächste Mal sehen, ja?«

»Vergiss es. Ich bin müde.«

Gu legte auf und machte sich auf den Weg zum Crocodile Building. Die Nachmittagssonne, die nach dem Regen herausgekommen war, wärmte ihn. Am liebsten wäre er in sein Büro gesprintet, hätte eine Arie aufgelegt und in der Sonne gedöst, aber Baek fing ihn ab, als er am Crocodile Building ankam.

»Sie sind spät! Es ist was passiert!«

»Ich bin spät? Was meinen Sie?«

»Kommen Sie. Es ist was passiert!«

»Was ist mit dem Laden? Wollen Sie den unbeaufsichtigt lassen?«

»Meine Frau ist da. Los, kommen Sie!« sagte Baek und packte Gu am Arm. In der Abstellkammer im Dachgeschoss saß Cha. Als Gu und Baek hereinkamen, sprang er auf. Er schien nur auf diesen Augenblick gewartet zu haben. In der Ecke saß ein Mann. Er war an einen Stuhl gefesselt. Auf die Hoffnung, die in seinem Gesicht aufflammte, folgte Ernüchterung. Cha erzählte, was passiert war. Baeks Zwischenrufe – *Dummer Junge. Hast dich schnappen lassen. Alles wegen dieser blöden Sanierung! Glauben Sie ihm kein Wort. Der lügt, sobald er nur das Maul aufmacht.* – überhörte er geflissentlich.

»Was sollen wir jetzt mit ihm machen?« beschloss er seine Erzählung.

»Ihn erst einmal losbinden, natürlich«, erwiderte Gu entschieden.

»Losbinden? Aber er hat doch zugegeben, dass er das Feuer gelegt hat!«

»Deswegen können Sie ihn doch nicht fesseln. Wir übergeben ihn der Polizei.«

Betreten bat Cha Gu auf die Dachterrasse. Baek folgte ihnen auf dem Fuße.

»Wissen Sie, ich wusste nicht, was ich tun soll«, flüsterte Cha. »In der Aufregung habe ich ihm ein paar Schläge verabreicht, wissen Sie, und wenn wir ihn jetzt der Polizei übergeben, wer weiß, vielleicht zeigt er mich dann sogar an, und das wäre natürlich tödlich.«

»Ja, du hast ihm ganz schön zugesetzt«, schaltete Baek sich von der Seite ein. »Einem Kampfkunstmeister steht das ganz und gar nicht gut zu Gesicht ...«

»Moment mal! Wer hat denn Nagel und Hammer geholt und sich wie ein Verrückter gebärdet?«

»Ach, jetzt bin ich plötzlich schuld?«

»Langsam!« sagte Gu und hob beschwichtigend die Arme. »Einen Augenblick. Ich spreche mit dem jungen Mann und bin sofort wieder da, ja?«

Cha und Baek nickten und gingen an den Rand der Dachterrasse, wo sie ihren Streit unverdrossen fortsetzten.

»Ich hätte mich wie ein Verrückter gebärdet ... Also, ich muss doch sehr bitten!«

»Haben Sie nicht gesagt, einem Kampfkunstmeister stünde das ganz und gar nicht gut zu Gesicht?«

»Jetzt mäßige dich mal. Kannst du dich nicht ordentlich unterhalten?«

»Ordentlich? Kommen Sie mir nicht mit Ordnung, so wie es in Ihrem Gerümpelladen aussieht!«

»Also jetzt schlägt's dreizehn!«

Auf dem Weg in die Abstellkammer rekapitulierte Gu, was Cha ihm erzählt hatte. Als Kind hatte er mit Vorliebe mit Legoklötzen gespielt. Bevor er etwas baute, hatte er die Steine immer nach Farbe und Größe sortiert. Das machte das Zusammensetzen hinterher viel einfacher. Genau so verfuhr er mit Informationen. Die großen und wichtigen auf die eine, die kleinen und weniger wichtigen auf die andere Seite.

Gu trat in die Abstellkammer und stellte sich vor den Mann, der nach wie vor geknebelt war. Auch so hatte er das Gefühl, zu verstehen, was der Mann ihm sagen wollte.

»Ich werde Ihnen jetzt den Knebel abnehmen. Wenn Sie um Hilfe schreien, erschrecke ich mich, und wenn ich mich erschrecke, garantiere ich für nichts. Haben Sie das verstanden?« fragte Gu laut und deutlich.

Der Mann nickte. Gu entfernte den Gürtel. Der Mann schnappte nach Luft.

»Ich weiß nicht, was die beiden Herren mit Ihnen veranstaltet haben, aber ich werde Sie weder schlagen noch sonst etwas. Wir werden uns ganz zivilisiert miteinander unterhalten. Ich frage, Sie antworten. Machen Sie sich bitte nicht die Mühe, zu lügen. Die Wahrheit genügt. Alles klar?«

»Alles klar.«

»Sehr gut. Möchten Sie einen Schluck Wasser?«

»Bitte.«

»Hier. Trinken Sie, ganz vorsichtig. Langsam. Quälen Sie sich nicht mit Fragen wie: Wie konnte das passieren? Wie komme ich aus der Nummer wieder raus? Entspannen Sie sich. Sie werden sehen, wir sind im Nu fertig.«

»Ich bin entspannt.«

»Okay. Erste Frage: Sind Sie ein Mitglied des Wonsudojang?«

Diese Frage hatte der Mann anscheinend nicht erwartet. Sein Blick flackerte.

»Überlegen Sie nicht, was ich wissen könnte, antworten Sie einfach. Lügen ist zwecklos. Um mich zu belügen, müssten Sie wissen, was ich schon weiß und was ich nicht weiß. Andernfalls ist die Gefahr, sich reinzureiten, einfach zu groß. Also, entspannen Sie sich und antworten Sie einfach. Sind Sie Mitglied des Wonsudojang?«

»Ja«, erwiderte der Mann. Seine Stimme zitterte.

»Gut. Zweite Frage. Hat Ilsu Chon befohlen, Feuer zu legen?«

»Der Generaldirektor hat nichts …«

»Entschuldigen Sie, dass sich Sie unterbreche, aber das war eine Fangfrage. Überlegen Sie sich Ihre Antwort genau.«

»Generaldirektor Chon hat nichts damit zu tun.«

»Aha.«

»Die Brandstiftung geht allein auf mein Konto. Ich kann Ihnen das erklären.«

»Chon ist Generaldirektor? Ich dachte, Direktor.«

»Wie bitte?«

»Egal. Dritte Frage: Mein Name ist Dongchi Gu. Wissen Sie, wer ich bin?«

»Nein.«

»Sie scheinen mich wirklich nicht zu kennen. Wundern Sie sich bitte nicht über meinen komischen Namen. Ich wundere mich manchmal selbst darüber ... Ihren lassen wir auch mal außen vor. Ich werde Sie der Einfachheit halber einfach mal *Jüngster* nennen. Wie viel ist Ihren Kameraden ihr Jüngster wohl wert? Was glauben Sie? Natürlich hat man Sie vergattert. Sie halten den Mund. Aber soll ich Ihnen was sagen? Ich glaube, die lassen Sie fallen.«

»Denken Sie, was Sie wollen.«

»Sie glauben an den Wonsudojang, nicht wahr?«

»Denken Sie, was Sie wollen, hab ich gesagt!«

»Na na, wer wird denn gleich wütend werden. Auf Ihre alten Kameraden ist doch Verlass, oder?«

»Wir denken nicht in Kategorien wie jung und alt. Wir sind eine Familie. Bei uns sind alle gleich.«

»Nun, das ist wohl weniger eine Lüge denn bare Unwissenheit, und dafür habe ich gewisses Verständnis. Sie müssen in der Hierarchie ziemlich weit unten stehen, wenn Sie mich nicht kennen. Die weiter oben kennen mich nämlich. Vor kurzem ist einer von euch bei mir eingebrochen. Aber das hören Sie vermutlich auch zum ersten Mal?«

»Ja.«

»Sehen Sie. Sie stehen ganz unten. Gut. Dass Sie das Feuer gelegt haben, steht außer Frage. Da Sie mir erstens ohnehin nicht die Wahrheit erzählen würden und zweitens wahrscheinlich selber gar nicht genau Bescheid wissen, spare ich mir die Frage, warum. Sie etwas zu fragen, was Sie nicht wissen, macht wenig Sinn. Und Ihre Ansichten als letztes Glied der Kette sind auch völlig unerheblich. Gut. Ein bisschen müssen Sie noch aushalten. Dann können Sie zurück zum Wonsudojang oder zur Polizei oder in die Berge. Was immer Sie wollen«, sagte Gu und nahm den Gürtel wieder zur Hand. Der Mann ließ sich bereitwillig knebeln. Er dachte vielleicht, er habe etwas Falsches gesagt.

Gu rief Cha und Baek herein und bat sie um zwei Dinge. Erstens, niemandem zu erzählen, dass sie einen Mann festhielten, und zweitens, diesen Mann unter keinen Umständen freizulassen, solange er das nicht anordnete. Baek und Cha erstarrten. Dann beratschlagten sie, wer wann Wache schieben würde.

Wenn es draußen kalt war, schwächte sich der eigentümliche Geruch des Gebäudes deutlich ab. Gu stieg in den dritten Stock hinunter. Bald würde es Winter. Dann gefröre auch der seltsame Geruch. Zurück in seinem Büro, riss er als Erstes die Fenster auf. Die kalte Luft von draußen und der Mief, der im Zimmer hing, lieferten sich einen erbitterten Kampf. Gu rief Iri an.

»Und? Schon zu Hause gewesen? Was ist los?« bombardierte Iri ihn mit Fragen, kaum dass er abgehoben hatte.

»Nicht der Rede wert. Hör mal, ich habe noch einen Auftrag für dich«, sagte Gu.

»Nicht der Rede wert?! Ich glaub es nicht. Ich hoffe, du weißt die Zeit, die ich dir opfer, zu schätzen, mein Freund. Irgendwann komme ich darauf zurück. Stell dich drauf ein.«

»Ich stell mich drauf ein. Du schuldest mir ja auch noch was für die Nummer mit dem Abhören. Hör zu, ich will, dass du jemanden für mich findest.«

»Wen?«

»Sein Name ist Ganghyok Lee. Mehr weiß ich leider auch nicht. Du kennst doch Ilsu Chon, Generaldirektor von Noble Entertainment?«

»Klar.«

»Hör zu. Vor kurzem ist ein gewisser Donghun Bae ums Leben gekommen. Inchon hat den Fall übernommen. Ganghyok Lee hatte offenbar Kontakt zu beiden, sowohl zu Donghun Bae als auch zu Chon. Die Vermutung ist, dass er an Bae herangetreten ist, um irgendetwas gegen Chon, den er gehasst haben soll, auszuhecken. Mehr weiß ich nicht.«

»Mann, Mann, Mann, noch härtere Nüsse hast du wohl nicht zu bieten. Willst du mich testen, oder was?«

»Hör auf zu jammern. Du hast doch bisher noch jeden gefunden.«

»Das schon, aber … Gut, ich sehe, was ich tun kann. Mach dich auf eine gesalzene Rechnung gefasst.«

Gu legte auf und sah aus dem Fenster. Die Schatten wurden immer länger. Katzengleich kletterten sie an Hauswänden hoch, überquerten Mauern und spazierten über Straßen. Vor dem Haus schlenderte jemand vorbei, der auf den ersten Blick als Mitglied des Wonsudojang zu identifizieren war. Etwas weiter entfernt entdeckte er noch einen. Gu schnaubte verächtlich durch die Nase. Der Junge hatte in der Hapkido-Schule Feuer gelegt. Seine Kollegen hatten also hundertprozentig das Gebäude durchsucht. Wenn sie ihn dabei nicht gefunden hatten, war ihnen wirklich nicht zu helfen.

Gu schaltete den Zyklopen ein. Er legte die Füße auf den Schreibtisch und lehnte sich zurück. Er musste nachdenken, in Ruhe nachdenken. Sein Blick wanderte zum Aktenschrank. Bisher hatten ihn die Geheimnisse darin immer mit einer gewissen Genugtuung erfüllt, jetzt machten sie ihm Angst. Sie kamen ihm vor wie eine Zeitbombe, von der man nicht wusste, wann und wie sie explodieren würde. Für ihre Vernichtung im Falle seines Todes war gesorgt, aber er selber würde nicht mehr eingreifen können. Und wenn etwas schiefginge und nicht alles vernichtet würde, würde das erheblichen Schaden verursachen.

Zu Beginn seiner Laufbahn als Deleter hatte Gu darüber nachgedacht, was er selbst gerne verschwinden lassen würde. Aber ihm war nichts eingefallen. Er hatte nichts zu verbergen. Sein einziges Geheimnis bestand darin, die Geheimnisse, mit deren Beseitigung man ihn beauftragt hatte, nicht zu beseitigen. Sonst nichts. Dass Leute Geheimnisse mit ins Grab nehmen wollten, um ihren Ruf nicht zu gefährden, konnte er verstehen. Er fand es gleichwohl anmaßend, auf Dinge, die man postum nicht mehr beeinflussen konnte, mit Hilfe von Deleting zu Lebzeiten Einfluss zu nehmen.

Was würde passieren, wenn er den Aktenschrank öffnete und alle Geheimnisse lüftete? Wenn er die Geheimnisse einfach weitergab, an die, die davon wissen sollten? Einige würden leiden. Andere sich freuen. Wieder andere wären vielleicht erleichtert, etwas verloren Geglaubtes wiedergefunden zu haben. Und darüber hinaus? Warum sollte es keine Geheimnisse geben? Dinge, von denen man nichts wusste. Dinge, die einfach verschwanden. In seinem Aktenschrank gab es nichts, das unbedingt aufgehoben werden musste. *Wenn dieser Fall abgeschlossen ist*, beschloss Gu, *werde ich den Schrank vernichten.*

Er hatte die Augen geschlossen. Als die Arie plötzlich vom Schrillen seines Handys zerschnitten wurde, war er sofort wieder hellwach. Yongmin Lee. Das Gespräch war kurz. Das Material sei abgefilmt, und Gu solle kommen, damit Lee bei Chon anrufen könne. Gu versprach, sich auf den Weg zu machen. Dann schloss er noch einmal die Augen. Noch einen Moment lang wollte er die Arie genießen. Aus der Wut, die in ihm hochgekocht war, als er von dem Angriff auf Kim hörte, war Eis geworden. Ein Block, der sich auf sein Herz gelegt hatte. Mit diesem Block auf dem Herzen war er zu allem fähig.

26

Na beschloss, nur zwei Männer mitzunehmen, zwei, denen er voll vertrauen konnte. Die anderen sollten sich auf die Durchsuchung des Krokodil-Viertels konzentrieren. Chons Anweisungen waren kurz und knapp gewesen. Über Lee hatte er kein Wort verloren, sondern nur betont, dass das Tablet *garantiert* sichergestellt werden müsse. Na erinnerte sich an Chons Wutausbruch, als er ihm zum ersten Mal vom Verlust des Tablets berichtete. Seit Beginn seiner Kampfkunstausbildung im Alter von vierzehn Jahren war er noch nie dermaßen verprügelt worden. Er hatte überall am Kopf geblutet, nicht nur aus der Nase, und eine angebrochene Rippe davongetragen. Chon hatte mit allem um sich geworfen, was ihm in die Finger gekommen war, hatte getreten und geschlagen. Und er, Na, hatte bereitwillig alles eingesteckt.

An Chons Gewaltausbruch hatte sich ermessen lassen, was der Verlust des Tablets für ihn bedeutete. Er zeigte keinerlei Erbarmen, die Folgen schienen ihm egal. Womöglich befeuerte ihn zusätzlich der Gedanke, dass es ein ausgebildeter Kampfkunstmeister war, den er da zusammenschlug.

Na hatte immer noch nicht klären können, wie das Tablet hatte verschwinden können. Es musste jemand aus der Firma gewesen sein. Aber die vierunddreißig Mitarbeiter, die an dem betreffenden Abend im Gebäude gewesen waren, waren allesamt absolut vertrauenswürdig. Wie die Überwachungskamera hatte deaktiviert und das hochbrisante Material, von dem überhaupt nur wenige wussten, aus dem Tresor im Untergeschoss hatte entwendet werden können, war ein Rätsel. Man konnte nur vermuten, dass die Konkurrenz jemanden aus dem Haus mit einem Haufen Geld bestochen hatte. Nach dem Diebstahl des Tablets änderte sich Chons Haltung schlagartig. Vom Wonsudojang, der immerhin eine wichtige Rolle gespielt hatte, als es darum gegangen war, den Grund und Boden für die Errichtung des Noble Club zu ebnen, sprach er nur noch schlecht und behandelte die Leute wie Dreck. Na blieb trotzdem treu an seiner Seite. Es schien ihm der einzige Weg, den Fortbestand des Wonsudojang zu sichern.

Na war mit seinen Begleitern auf dem Weg zu dem eine halbe Autostunde entfernten Lagergelände, das Lee ihm bezeichnet hatte. Die Stimmung im Wagen war gedrückt. Kein Wunder: Das jüngste Wonsudojang-Mitglied war verschwunden, ein anderes hatte unnötigerweise jemanden schwer verletzt, und der Patron kochte vor Wut.

»Wir hätten den Jungen nicht alleine losschicken dürfen«, murmelte Anker, der mit Na im Fond saß. Na erwiderte nichts.

»Wir müssen ihn finden!« sagte Anker diesmal direkt an Na gewendet.

»Es geben doch alle ihr Bestes«, entgegnete der, den Blick stur geradeaus.

»Wir müssen die Suche offensiver gestalten.«

»Wie denn? Indem wir jedes einzelne Haus durchsuchen? Was wir brauchen, ist Geduld. Konzentriert euch lieber auf die Sache hier. Das darf auf keinen Fall schiefgehen.«

Im Auto wurde es wieder still. Niemand machte mehr den Mund auf, bis sie ihr Ziel erreicht hatten. Der Morgen graute. Jeder der drei steckte sich ein Messer in seine Schienbeinscheide. Die typische Waffe, das Markenzeichen des Wonsudojang.

Gu parkte in einer Ecke des Lagergeländes und beobachtete das Trio. Über Funk informierte er Lee, dass die Männer angekommen und bewaffnet waren. Gus Aufgabe war nicht allzu kompliziert. Er hatte die »Sicherheitskopie« in Empfang genommen und sollte vom Auto aus nur noch die Verhandlungen mitverfolgen. Lee hatte ein knappes Dutzend Leute auf dem Gelände. Gu hatte er geraten, im Falle des Falles sofort zu verschwinden: »Sie verstehen, was ich damit sagen will, nicht wahr?«

Gu erkannte Na und Anker. Auch der Fahrer des Wagens kam ihm irgendwie bekannt vor. Er vermutete, dass es sich um den Eindringling in seinem Büro handelte. Sicher war er nicht, aber der Mann hatte denselben merkwürdig schaukelnden Gang wie der Typ, der auf Baeks Überwachungskamera zu sehen gewesen war. Na nannte den Schaukler einfach nur »P«.

Da P den Koffer tragen musste, in dem sich vermutlich das Geld befand, war er offenbar der Rangniedrigste. Gu sah ihn sich genau an. Wenn er die Bilder der Überwachungskamera noch einmal durchging, würde er ihn fraglos wiedererkennen. Die drei Männer verschwanden in der Lagerhalle. Gu steckte sich einen Kopfhörer ins Ohr.

In der Halle warteten Lee und Jang, flankiert von zwei bulligen Typen. In einem Hinterzimmer verfolgte Lees Notfalltrupp die Situation.

»Yong'uk Na vom Sicherheitsdienst, richtig? Lange nicht gesehen!« Lee trat vor und streckte seine Hand aus. Na ergriff und schüttelte sie.

»Seltsames Gebäude«, sagte Na und blickte sich um.

»Ein ehemaliges Lager für Computer, musste zumachen. Sie wissen ja, wie schlecht die wirtschaftliche Lage derzeit ist.«

»Wo ist das Tablet?«

»Nicht so eilig. Ich möchte Sie vorher noch um einen Gefallen bitten.«

»Ich höre.«

»Der Herr hinter Ihnen kommt mir bekannt vor. Er hat mich einmal geschlagen. Und ich bin ein wenig nachtragend, wissen Sie. Ich würde mich gerne revanchieren. Darf ich?«

»Nein.«

»Warum nicht?«

»Das hat mit unserer Transaktion nichts zu tun.«

»Oh doch. Der Herr macht mich nämlich wütend, und wenn ich wütend bin, vergesse ich mich. Womöglich sogar die ganze Transaktion.«

»Ich sage es Ihnen noch einmal. Das geht nicht.«

Noch während des Wortwechsels trat Anker vor. Reglos stand er neben Na und biss die Zähne zusammen. Lee schlug ihm mit der Faust ins Gesicht. Nicht allzu hart, doch dem Mann lief immerhin das Blut aus der Nase. Er wischte es sich mit dem Ärmel ab und trat wieder einen Schritt zurück.

»Zufrieden?« fragte Na gereizt.

»Ja. Ich fühle mich gleich viel besser!« erwiderte Lee und gab Jang ein Zeichen. Der brachte das Tablet. Na winkte P heran, der das Gerät übernahm und einschaltete. Er aktivierte einen Unterordner und prüfte alle Verläufe: Wann der Computer eingeschaltet, wann welches Programm aufgerufen und ob möglicherweise versucht worden war, Dateien zu exportieren.

»Sauber«, stellte P mit gedämpfter Stimme fest.

»Es wurde also nichts heruntergeladen?« fragte Na zur Sicherheit noch einmal. P bestätigte es.

»Haben Sie das Geld?« erkundigte sich Lee in öligem Ton.

»Bevor wir dazu kommen, nur eines, Herr Lee.«

»Bitte sehr.«

»Wir wissen nicht, ob Sie das Material abgefilmt oder sonstwie eine Kopie gezogen haben, und können das auch nicht überprüfen. Wenn wir Ihre Räume hier durchsuchten, würden wir möglicherweise fündig. Sie würden es natürlich nie zugeben, aber ich persönlich tendiere zu der Annahme, dass Sie eine Kopie gemacht haben. Eine Kopie für alle Fälle, zur Sicherheit, zum Spaß, wofür auch immer, daran können wir nichts ändern. Aber in dem Moment, in dem diese Kopie auftaucht, sind Sie ein toter Mann. Wir verstehen uns, ja?«

»Soll das eine Drohung sein?«

»Nein. Wenn Sie keine Kopie haben, ist, was ich eben gesagt

habe, nicht von Bedeutung. Betrachten Sie es als unverbindlichen Hinweis.«

»Verstehe ich das richtig? Ich darf also damit rechnen, am Leben zu bleiben, solange nichts von diesen Daten an die Öffentlichkeit gelangt?«

»Das verstehen Sie richtig.«

»Und warum musste Donghun Bae dann sterben?«

»Das war ein Unfall.«

»Ein Unfall? Und so ein Unfall könnte mir dann unter Umständen auch zustoßen, oder wie?«

»Bae sollte nur eingeschüchtert werden. Es war ein Unfall.«

»Aha. Nun gut. Ich glaube Ihnen.«

»Für Sie war der Unfall doch nur von Vorteil. Jetzt müssen Sie schließlich nicht mehr teilen.«

»Neiden Sie mir das Geld? Ich bringe die Sache nur zu Ende. Ich helfe meinem Freund, sein letztes Vorhaben zu vollenden. Mehr nicht.«

»Ich neide Ihnen das Geld nicht.«

»Damit lässt sich aber eine Menge anfangen.«

»Es gibt wichtigere Dinge als Geld.«

»Ach ja? Da bin ich aber neugierig. Was denn zum Beispiel?«

»Sie haben es eben selbst gesagt. Gemeinschaftsgeist, Loyalität. Solche Dinge.«

»Natürlich, Loyalität, wie konnte ich das vergessen! Sie meinen bestimmt die Art Loyalität, die Sie und Ihre Kameraden pflegen.«

»So ist es.«

»Wie auch anders. Aber genug der Worte. Sie haben alles geprüft? Dann bin ich jetzt an der Reihe, nicht wahr?« Lee gab den beiden Typen ein Zeichen. Sie gingen zum Koffer, öffneten ihn und zählten das darin befindliche Geld. Als sie fertig waren, nickten sie einmal kurz. Lee bedeutete ihnen, den Koffer wegzubringen.

»Das wäre dann alles, nicht wahr?« sagte Na, die Hände vor dem Bauch verschränkt.

»Ja, das wäre dann alles. Herr Na, ich habe Sie immer gemocht«, sagte Lee und kratzte sich am Nacken. »Was für ein Jammer, dachte ich immer, dass jemand wie Sie für Chon arbeitet.«

»Vielen Dank. Wie schön, dass es jemanden gibt, der mich mag.«

»Und deshalb gebe ich Ihnen noch eine interessante kleine Information. Als Bonus sozusagen, zur Feier unserer so reibungslos verlaufenen Transaktion.«

»Was für eine Information?«

»Nun, vielleicht interessiert es Sie, wie und von wem das Tablet entwendet wurde. Vielleicht spielt es keine Rolle mehr, und vielleicht kratzt es auch an Ihrer Vorstellung von Loyalität. Schließlich handelt es sich um jemanden aus Ihrem Kreis.«

»Sie wissen etwas darüber?«

»Nein, aber Bae hat mir einen Hinweis gegeben. Interesse?«

»Sagen Sie es.«

»Hier, bitte schön. Es ist ein Codewort für eine Mail-Adresse oder eine firmeninterne ID, ich weiß es nicht. Bae hat mir jedenfalls gesagt, er habe diesen Nutzernamen gehört. Ich musste im Wörterbuch nachschlagen, um zu verstehen, was er bedeutet. Nur deshalb erinnere ich mich noch daran. Ich hoffe, er ist Ihnen ein wenig von Nutzen.«

Lee hielt Na einen Zettel hin. Na nahm ihn, warf einen Blick darauf, steckte ihn in den Mund, zerkaute und verschluckte ihn.

»Kennen Sie diese ID?« fragte Lee.

»Das nicht. Aber außer mir braucht sie auch niemand zu kennen«, antwortete Na.

Die beiden gaben einander die Hand.

In dem Augenblick, als Na, der Anker und P die Lagerhalle verlassen wollten, rief Lee plötzlich mit lauter Stimme: »Da fällt mir übrigens noch etwas ein. Wenn ich Sie schon in Kenntnis setze, dann doch lieber ganz, nicht wahr? Die Person, die sich mit Ihrem Mitarbeiter in Verbindung gesetzt und Kontakt mit Bae aufgenommen hat, heißt Ganghyok Lee, habe ich gehört.«

»Wie?«

»Ganghyok Lee! Kennen Sie ihn?«

Na und seine Begleiter standen für einen Augenblick wie versteinert. Ihre Mienen verrieten, dass ihnen eine Person dieses Namens sehr wohl bekannt war. Na rang sichtlich um Fassung.

Als die drei Männer aus der Lagerhalle kamen, hatte Gu nicht mehr nur Ton, sondern auch Bild. Aus Radio wurde quasi Fernsehen. »Ganghyok Lee! Kennen Sie ihn?« Das war der letzte Satz, den Gu über Kopfhörer gehört hatte, und nun kamen drei konsterniert blickende Männer ins Bild. Sie stiegen in ihr Auto, fuhren aber nicht los. Von weit her waren leise die Geräusche des frühen Morgens zu hören. Auf dem Parkplatz selbst herrschte Stille. Dann sprang der Motor an, und der Wagen fuhr los.

Gu reagierte instinktiv. Zeit zum Überlegen gab es nicht. Er sprang in seinen Wagen und nahm die Verfolgung auf. Kaum hatte er den Parkplatz verlassen, erreichte ihn ein Anruf von Lee.

»Wo fahren Sie hin?«

»Ich muss ihnen hinterher.«

»Weshalb?«

»Ich weiß es nicht. Ich muss.«

»Ich darf Sie daran erinnern, dass die Sicherheitskopie noch nicht an die Öffentlichkeit gelangen darf. Ich brauche Zeit.«

»Keine Sorge.«

Gu legte auf. Er folgte dem Wagen der drei Männer in gebührendem Abstand. Die Rücklichter leuchteten in kräftigem Rot. Die Straßen waren in der Frühe so ruhig und kalt wie eine noch nicht warmgelaufene Maschine. Gu nahm die Hände vom Lenkrad, öffnete und schloss sie wieder. Seine Fingerspitzen brannten. Der Wagen rollte wie von selbst. Und würde so weiterrollen, selbst wenn er einschliefe. Gus Beine und sein Fuß auf dem Gaspedal schienen weit weg, sein Kopf, die Arme und die Beine schienen nichts miteinander zu tun zu haben. Es kam ihm so vor, als wäre es gar nicht er, der den Wagen lenkte. So überließ sich Gu dem Wagen, die Hände am Steuer, in der Hoffnung, dass er ihn irgendwohin bringen möge, an einen fernen Ort, wo alles seine Auflösung finden würde und er ausruhen könnte.

27

Forty – love.

Keine zwei Worte liebte Gu so sehr wie diese. Er liebte die Situation, die sie bezeichneten, und er genoss den Augenblick, in dem der Schiedsrichter sie aussprach.

Forty – love.

Diese Worte kündeten von Ausweglosigkeit. Bei vierzig – null stand jemand mit dem Rücken zur Wand, vielmehr zum Abgrund. Warum wohl hatte man der Zahl Null den süßen Klang des Wortes *love* verliehen? Gu wusste, dass das Wort in dieser Bedeutung auf das französische *l'œuf* zurückging, fasste es aber lieber anders auf: als Trost für den Unterlegenen, der noch keinen Punkt hatte erzielen können. *Forty – love* deutete natürlich ebenso auf den Überlegenen, auf den Führenden hin, aber für Gu hatte der Ausdruck stets etwas Tröstliches.

Bei der Verfolgung von Na und dessen Begleitern sprach Gu diese Worte immer wieder vor sich hin. *Forty – love* schien ihm die gegenwärtige Lage treffend zu beschreiben. Zwar wusste er nicht, wer vierzig hatte und wer null. Aber dass man sich auf einen Abgrund zubewegte, stand fest.

Die Fahrt endete in einem Viertel, das trotz seiner steilen Anhöhen für einen auffällig hohen Anteil alter Bewohner bekannt war. Nas Wagen hielt auf einer dieser Anhöhen. Die drei Männer stiegen aus und betraten ein Gebäude, das noch heruntergekommener wirkte als das Crocodile Building. Gu sah es sich genau an. Nichts wies darauf hin, dass es eine Kampfkunst- oder Sporteinrichtung beherbergte. Das Gebäude hieß *Ineui Building.*

Plötzlich stockte Gu der Atem. Aus dem Nichts tauchte ein riesiges Gesicht vor ihm auf. Nach einer Schrecksekunde erkannte er Iri. Iri klopfte an die Seitenscheibe.

»Warum erschrickst du denn so?«

»Blöde Frage«, gab Gu zurück, während er die Scheibe herunterließ.

»Ich hab dich kommen sehen«, meinte Iri.

»Was machst du hier? Noch dazu in dieser Herrgottsfrühe?« fragte Gu.

»Was schon? Ich hab was zu erledigen!«

»Nämlich?«

»Du bist gut! Das, was du mir aufgetragen hast, natürlich!«

»Ich? Ach so … Ganghyok Lee?«

»Exakt. Zwischen dem und dem Wonsudojang gibt es eine Verbindung.«

»Deshalb bin ich auch hier.«

Gu ließ Iri einsteigen und berichtete, was in der Zwischenzeit passiert war. Er hatte das Gefühl, Iri vertrauen zu können. Beziehungsweise, ihm vertrauen zu müssen. Er brauchte Hilfe. Kim wäre der richtige Partner gewesen, aber wer wusste, ob der ihm jemals wieder zur Seite stehen könnte. Nach seinem lückenlosen Bericht fühlte Gu sich ein wenig erleichtert.

»Ganz schön kompliziert, die Sache.«

»Kann man wohl sagen.«

»Ganghyok Lee ist ehemaliges Mitglied des Wonsudojang.«

»Was?«

»Er hat den Verein vor fünf Jahren verlassen. Im Streit. Was genau passiert ist, weiß ich nicht. Eine Weile machte er dies und jenes, bevor er schließlich vor einem Jahr bei einem Unternehmen anfing, das Mobiltelefone importiert. Und dieses Unternehmen befindet sich …«

»… in dem Gebäude, in dem Bae ums Leben kam.«

»Genau.«

»Dann setzen wir das Puzzle mal zusammen. Ganghyok Lee verkracht sich mit dem Wonsudojang und steigt aus. Er ist frustriert. Er erfährt, dass Donghun Bae, der im selben Bürogebäude arbeitet wie er, mit Ilsu Chon zu tun hat und beschließt, sich an Na und Chon zu rächen. Er findet in Chons Unternehmen einen Komplizen und kommt so an das Tablet, das er an Bae weiterverkauft. Bis hierhin passt alles, oder?«

»Laut Polizeiprotokoll wurde Ganghyok Lee am Tag von Baes Tod am Tatort festgenommen.«

»Stimmt. Kim sagte, dass jemand festgenommen worden sei.«

»Lee ist unmittelbar nach Baes Sturz auf der Treppe nach unten von einer Überwachungskamera gefilmt worden.«

»Aha. Das heißt, er ist vermutlich Zeuge geworden, wie seine ehemaligen Kumpel auf dem Dach Bae Angst machen wollten und dann, damit sie ihn nicht entdecken, schnell die Treppe runter.«

»Das ergibt Sinn.«

»Wir brauchen Ganghyok Lee. So schnell wie möglich. Hast du eine Ahnung, wo wir ihn finden?«

»Klar.«

»Wo?«

Iri zeigte auf das Ineui Building, das Hauptquartier des Wonsudojang.

»Was?«

»Ja, er ist vor einer Stunde reingegangen.«

»Und das erzählst du mir erst jetzt?«

»Du hast mich nicht gefragt.«

»Los, komm. Mit Glück ist noch nichts passiert.«

»Ich habe gesehen, wie er in den zweiten Stock gegangen ist.«

Gu und Iri stiegen aus und liefen möglichst unauffällig zum Gebäude. Normalerweise hätte der Wonsudojang eine Wache abgestellt, doch offenbar war niemand mehr verfügbar: Alle suchten im Krokodil-Viertel nach dem Jüngsten. Gu ging sofort hoch; Iri ließ er im Erdgeschoss Schmiere stehen. Der Gestank im Ineui war noch erbärmlicher als im Crocodile Building. Es stank aber nicht *nach* etwas: Das Gebäude selbst war der Gestank. Gu schlich die Treppe hoch. Am Ende des Flurs lag ein Büro, an dessen Tür ein Schild mit der Aufschrift *Sinyo Products* angebracht war. Von dort waren Stimmen zu hören.

Unmittelbar neben dem Büro gab es eine Toilette. Von dort ließ sich vielleicht verfolgen, was im Büro vor sich ging.

»Was soll der Scheiß!«

Gu zuckte zusammen. Obwohl er wusste, dass nicht er gemeint war, blieb er wie angewurzelt stehen. Das Handy gezückt, ein Ohr an der Wand, blieb er, wo er war. Falls von unten jemand käme, würde Iri ihm Bescheid geben.

»Sie können abtreten. Wir gründen einen neuen Wonsudojang.«

»Ist euch eigentlich klar, was ihr angerichtet habt?«

»Wir haben gar nichts angerichtet. Wir haben die Dinge zurechtgerückt.«

»Und dabei jede Menge Menschen verletzt!«

»Sagen ausgerechnet Sie? Sie haben einen umgebracht!«

»Das war ein Unfall. Wenn du das Tablet nicht hättest klauen lassen, wäre das nicht passiert.«

»Wenn Sie von vornherein die richtige Entscheidung getroffen hätten, hätte ich mir das Klauen sparen können.«

»Schön. Und was willst du nun tun?«

»Wir gehen zurück in die Berge. Der Kontakt zu Chon wird abgebrochen.«

»Nach allem, was er für uns getan hat?«

»Für uns hat er überhaupt nichts getan. Für Sie vielleicht. Und wenn Sie ihm das danken wollen, bitte sehr.«

Gu hatte das Gefühl, dass die Situation jeden Moment eskalieren konnte. Er musste sich schleunigst verstecken. Noch schien niemand im Büro ihn bemerkt zu haben.

»Wir können nicht zurück. An unseren Messern klebt Blut.«

»Noch ist es nicht zu spät.«

»Ihr habt den Inspektor niedergestochen!«

»Wir waren das nicht!«

»Was sagst du da?«

»Ich habe mir die Aufzeichnung der Überwachungskamera angesehen. Die meisten Geschäfte im World Vision Building sind zu oder stehen kurz davor zuzumachen, die Kameras sind also außer Betrieb. Alle – bis auf eine. Das Video darauf ist nicht besonders gut, aber gut genug, uns zu entlasten!«

»Was?? Und wer hat den Inspektor niedergestochen?«

»Ich werde Ihnen das Video nachher zeigen.«

Gu schoss das Blut in die Augen. Am liebsten wäre er sofort ins Büro gestürmt, um herauszufinden, wo sich diese Aufzeichnungen befanden, riss sich aber zusammen. Von einem Fensterchen der Toilette konnte man einen Teil des Büros einsehen.

Der Wonsudojang war offensichtlich in zwei Gruppen gespalten. Gu sah Na, der mit dem Rücken zur Tür stand, P, der die Tasche mit dem Tablet trug, und einen weiteren Mann, den er nicht kannte. Wahrscheinlich Ganghyok Lee. Zwischen dem und Na spielte sich der Streit ab. P war vermutlich Lees Helfershelfer. Er und Lee machten Anstalten, mit dem Tablet zu verschwinden, Na verstellte ihnen den Weg.

»Was hast du mit dem Tablet vor?« brüllte Na.

»Ich werde das Material nicht veröffentlichen. Ich behalte es nur, zur Sicherheit«, antwortete Lee.

»Weißt du, in welche Lage du mich damit bringst?«

»Ich habe keine Wahl. Tut mir leid. Wir werden jetzt den Kleinen finden und verschwinden.«

»Und du meinst, die anderen folgen dir?«

»Das lassen Sie mal meine Sorge sein.«

»Ich jedenfalls bin auf seiner Seite!« sagte ein Mann aus dem Hintergrund und trat vor. Es war Anker. Er stellte sich hinter P und Lee.

Gu überlegte, ob er eingreifen solle, um eventuell Beweise für den Angriff auf Kim sicherzustellen, oder ob es nicht klüger wäre, noch ein wenig abzuwarten. Ihm kam eine Idee. Er verkroch sich in eine der Kabinen und schickte Iri eine SMS.

»Sie können uns nicht aufhalten. Geben Sie den Weg frei!« Das war Lee.

»Willst du wirklich so weit gehen?« Na.

Minutenlang schien sich niemand zu bewegen. Dann wurde plötzlich die Tür zugeschlagen. Von seinem Versteck aus beobachtete Gu, was vor sich ging. Ganghyok Lee, Anker und P traten in den Flur. Na blieb im Büro. Gu atmete einmal tief durch. Sobald er die drei die Treppe hinuntergehen hörte, folgte er ihnen. Na war nirgends zu sehen. Er konnte nur hoffen, dass Iri die notwendigen Vorkehrungen getroffen hatte.

Gu zog die Gaspistole heraus. Die drei Männer schienen nichts zu ahnen. »Was ist das denn?« »Zieht hier jemand um?« hörte er sie auf dem letzten Treppenabsatz reden: Ein Sofa blockierte die Treppe. Gu sprang nach unten und feuerte die Gaspistole ab. Sechs Mal. Die Männer konnten sich nur noch die Hände vors Gesicht schlagen. Gu entriss P die Tasche mit dem Tablet und sprang über das Sofa. Draußen wartete Iri mit laufendem Motor. Gu sprang ins Auto. Erst nachdem sie die Anhöhe weit hinter sich gelassen hatten, drosselte Iri das Tempo.

»Gute Arbeit, Iri!«

»Hast du eine Ahnung, wie ich mich abrackern musste? Und was, bitteschön, sollte die zweite SMS?«

»Die war nur für den Fall, dass was schiefgeht. Wo hast du denn so schnell das Sofa aufgetrieben?«

»Das Zeug liegt da haufenweise rum. Schränke, Stühle, Sofas, gute Sachen eigentlich noch.«

»Saubere Arbeit!« meinte Gu. Iri nahm die rechte Hand vom Lenkrad und hielt sie ihm hin. Gu reagierte nicht.

»High five?«

»Guck lieber auf die Straße«, gab Gu zurück und zeigte nach vorn. Jetzt mussten nur noch zwei Geschäfte eingefädelt werden.

28

Gu hatte Ganghyok Lees Telefonnummer mit Hilfe eines ehemaligen Kollegen im Handumdrehen in Erfahrung gebracht, rief jedoch nicht gleich an. Erst erkundigte er sich bei Cha, wie die Lage im Crocodile Building sei. Alles ruhig, versicherte ihm der. Der Junge vom Wonsudojang habe sich in sein Schicksal gefügt. Habe brav geschluckt, was man ihm zu essen gegeben habe, und mache kein Theater.

Gegen zwölf rief Gu Lee an. Mitten am Tag, wenn einem die Sonne auf den Scheitel schien, traf man die vernünftigsten Entscheidungen. Ganghyok Lee hob sofort ab.

»Entschuldigen Sie bitte, dass ich vorhin so in Ihr Gespräch geplatzt bin«, sagte Gu höflich.

»Spreche ich mit Dongchi Gu?« fragte Lee nüchtern zurück.

»Ja. Die üblichen Floskeln können wir uns sparen.«

»Was wollen Sie?«

»Ich habe Ihr Gespräch mit Na angehört. Ich will die Aufzeichnung der Überwachungskamera.«

»Die wollen Sie gegen das Tablet tauschen?«

»Sie können mit der Aufnahme doch sowieso nichts anfangen.«

»Doch. Nur mit der Aufnahme können wir beweisen, dass der Wonsudojang an dem Angriff auf den Inspektor unschuldig ist.«

»Ich weiß, dass Sie unschuldig sind. Yongmin Lee hat ihn niedergestochen. Das hat Kim auf Band gesprochen. Mit diesem Band und den Aufzeichnungen der Videokamera kann man es ihm nachweisen.«

»Schön. Dann tauschen wir Aufnahme gegen Tablet.«

»Nein, das Tablet werde ich behalten.«

»Was schlagen Sie dann vor?«

»Ich gebe Ihnen den Jungen zurück.«

»Den Jungen?«

»Ihren Jüngsten, der im Moment irgendwo im Krokodil-Viertel sitzt und gequält wird.«

Ganghyok Lee zögerte. Er schien sich mit jemandem zu beraten. Einen Moment später knackte es wieder in der Leitung, dann sagte er: »Gut. Eine Bedingung.«

»Ich höre.«

»So viel ich weiß, waren Sie früher bei der Polizei.«

»Das ist kein Geheimnis.«

»Sorgen Sie bitte dafür, dass Yongmin Lee festgenommen wird. Und helfen Sie uns, den Schaden für den Wonsudojang zu begrenzen. Ich weiß, wenn wir den Inspektor früher ins Krankenhaus gebracht hätten, stünde es jetzt besser um ihn, wir sind also mitschuldig, trotzdem.«

»Versprechen kann ich nichts, aber ich werde mein Bestes tun.«

»Und noch etwas. Auch die Brandstiftung geht auf das Konto des Wonsudojang. Es war Generaldirektor Chon, der sie angeordnet hat, aber die Feuer gelegt haben wir. Das war ein Fehler, aber auch hier würden wir gerne um Stillschweigen bitten.«

»Auch was das angeht, werde ich tun, was ich kann.«

»Danke. Ich vertraue Ihnen. Wo soll die Übergabe stattfinden?«

»Wir treffen uns in einer Stunde in dem großen Café am Eingang des Krokodil-Viertels. Ich schicke einen Kollegen. Er ist sehr behaart. Sie werden ihn sofort erkennen, wenn Sie ihn sehen. Er wird die Aufnahme prüfen, und wenn alles okay ist, lassen wir den Jungen frei.«

»In einer Stunde, okay. Und was machen Sie mit dem Tablet?«

»Das überlege ich mir noch.«

»Wenn das Material publik würde, könnte das auch für den Wonsudojang unangenehme Folgen haben.«

»Das tut mir leid. Was das Tablet angeht, kann ich Ihnen nichts versprechen.«

Gu legte auf. Je weniger Gefeilsche, desto besser. Er erklärte Iri die Situation und benachrichtigte Cha, dass jemand in anderthalb Stunden vorbeikäme und den Jungen abholte.

»Und was machst du in der Zeit?« fragte Iri, während er auf einem Croissant herumkaute, das er gerade in einem Supermarkt gekauft hatte.

»Ich habe was zu erledigen«, antwortete Gu und nahm einen Schluck von seinem Energy-Drink.

»Die schwierigen Sachen überlässt du immer mir. Ich schwöre, das setze ich alles auf die Rechnung. Nicht, dass du mir nachher kommst und sagst, du wüsstest von nichts. Weißt du eigentlich, was ich pro Stunde nehme? Wenn du meinst, ich sei so billig wie früher, hast du dich getäuscht! Die Preise sind gestiegen, mein Freund!«

»Ich werde Chon einen Besuch abstatten.«

»Was willst du denn von dem?«

»Kümmer du dich darum, dass im Krokodil-Viertel alles glattgeht.«

»Keine Sorge. Kümmer du dich darum, dass ich anständig bezahlt werde. Also, was willst du von Chon?«

»Überlege ich mir auf der Fahrt.«

»Okay, ruf an, falls was ist.«

»Tu deine Bedenken in den Safe.«

»Muss ich das verstehen?«

»Nein. Ich leih mir deinen Wagen.«

»Wenn du ihn zu Schrott fährst, kannst du gleich einen neuen kaufen.«

Gu erwiderte nichts. Iri versuchte, in seiner Miene zu lesen, aber Gu sah stur geradeaus. Iri stieg aus, setzte sich in ein Taxi und fuhr ins Krokodil-Viertel. Ihm blieben noch gute zehn Minuten bis zum vereinbarten Termin. Er bestellte einen Eiskaffee und setzte sich.

»Entschuldigen Sie, aber sind Sie der Kollege von Dongchi Gu?«

Vor ihm standen Ganghyok Lee und P.

»Sie sind früh dran. Aber bitte, nehmen Sie doch Platz«, sagte Iri und begann, an seinem Strohhalm zu saugen. Bevor die beiden sich gesetzt hatten und anfingen zu sprechen, war sein Glas leer. Ganghyok Lee holte ein Notebook und einen USB-Stick aus seiner Tasche.

»Hier ist die Aufnahme drauf.«

»Ihnen kann's nicht schnell genug gehen, was?« sagte Iri, zog das Notebook zu sich und klickte den entsprechenden Ordner an. Die Aufnahme war nicht besonders scharf. Man sah einen Flur mit Geschäften zu beiden Seiten.

»Achten Sie darauf, was am Ende des Flurs passiert, ganz oben im Bild«, sagte Lee.

Iri sah genau hin. Am Ende des Flurs verschwanden zwei Männer in ein Geschäft nach links. Dann passierte eine Weile nichts. Plötzlich stürmten die Männer über den Flur und verschwanden in dem Geschäft auf der rechten Seite. Kurz darauf erschienen von dort drei Gestalten. Die eine hatte ein Messer in der Hand, die andere schob die dritte wie eine Geisel im Würgegriff vor sich her. Am unteren Bildschirmrand tauchten zwei andere mit Messern bewaffnete Personen auf und rannten den Flur hinauf. Die drei am Ende des Flurs verschwanden durch den Notausgang.

»Das ist alles?« fragte Iri schroff.

»Sie müssen das Bild nur vergrößern.«

»Dann wird's schärfer, oder was?«

»Sie brauchen unsere Messer nur mit den Verletzungen des Inspektors abzugleichen. Dann ist die Sache klar«, versicherte Lee.

»Noch besser wäre, man fände das Messer, mit dem die Tat begangen wurde …«

»Sehen Sie sich an, wie Lee den Inspektor hält. Er hat ihn nicht im Affekt niedergestochen. Er wusste ganz genau, dass der Inspektor kommen würde, und er wusste, dass wir kommen würden. Es sollte so aussehen, als ob wir ihn niedergestochen hätten. Lee hat es inszeniert.«

»Gut. Kommen Sie mit.«

Iri verstaute den Stick und stand auf. Die beiden Männer erhoben sich ebenfalls. Auf dem Weg zum Crocodile Building kamen sie am Parkplatz vorbei. Dort hatte sich ein knappes Dutzend junge Männer versammelt. Sie grüßten. Lee gab ihnen zu verstehen, dass es keinen Grund zur Sorge gab.

Iri betrat das Crocodile Building und ging die Treppe hinauf. Ganghyok Lee und P folgten ihm wortlos. Auf der Dachterrasse erwartete sie Cholho Cha.

»Sind Sie Iri?« fragte Cha und streckte ihm die Hand entgegen.

»Richtig«, sagte Iri und schüttelte ihm die Hand. »Wir haben telefoniert.«

Cha warf einen Blick auf die beiden Männer in Iris Schlepptau. Er wusste sofort, dass sie die »Ware« in Empfang nehmen sollten.

»Sie werden sehen, abgesehen von einer kleinen Rangelei haben wir uns gut um ihn gekümmert«, sagte Cha und öffnete die Tür zur Abstellkammer. Der Junge war immer noch an den Stuhl gefesselt, sah aber verhältnismäßig sauber und ordentlich aus. Nachdem Gu ihn angerufen hatte, hatte Cha sich sofort ein feuchtes Tuch geschnappt und den jungen Mann hergerichtet. Auch den Knebel hatte er beseitigt. Er löste dem jungen Mann die Fesseln. Der stand erschöpft auf und ging zu Lee.

»Ich bitte um Verzeihung«, sagte er.

»Ist ja noch mal gutgegangen. Bist du verletzt?«

»Nur ein bisschen an der Schulter, nichts Schlimmes.«

»Na dann. Lass uns gehen.«

Ganghyok Lee und P warfen Cha und Iri einen letzten Blick zu und verschwanden mit dem Jungen nach unten. Cha hatte seinen Blick über die Dächer schweifen lassen, um den jungen Mann nicht noch einmal ansehen zu müssen. Am liebsten hätte er ihm noch ein aufmunterndes Wort mit auf den Weg gegeben, aber das erschien ihm wenig angemessen, nachdem er dafür gesorgt hatte, dass der Junge so lange festgehalten worden war. Das Geschäft war erledigt. Iri wusste, dass der Wonsudojang keinen Ärger mehr machen würde.

Im Treppenhaus waren Schritte zu hören. Baek kam herauf.

»Was denn, schon vorbei?« fragte er.

»Was meinen Sie?«

»Haben sie ihn mitgenommen?«

»Ja … Ich wüsste zu gerne, gegen was Gu den Jungen eingetauscht hat …«

»Gu ist Profi! Er würde niemals etwas tun, was uns schaden könnte. Niemals. Darauf kannst du wetten. Wir sollten ihm vertrauen. Ich hoffe nur, dass der Bengel nicht der Polizei erzählt, was du ihm angetan hast.«

»Was habe ich ihm denn angetan?«

»Nun, wenn er schweigt – dein Glück!«

»Was soll das heißen? Ich habe ihm überhaupt nichts angetan, rein gar nichts!«

»Ach Cha … Sag mal, hast du heute morgen Fernsehen geguckt?«

»Fernsehen?«

»Die Dame aus dem dritten Stock hat doch gesagt, dass sie fürs Fernsehen schreibt. Ich habe mir ihre Sonntagsserie heute einmal angesehen. Und was soll ich sagen, hochinteressant. Wirklich, hochinteressant!«

Iri schmunzelte. Wenn er demnächst sein Büro räumen müsste, sollte er sich vielleicht hier ein provisorisches Büro einrichten. Die Aussicht von der Terrasse war grandios, und Platz für seine Tiere war auch. Sogar der Parkplatz war zu sehen. Dort umarmte der Junge gerade jedes einzelne Mitglied des Wonsudojang. Einige der Männer klopften ihm auf die Schulter, andere schüttelten ihm die Hand, einer zerzauste ihm liebevoll die Haare.

Iri rief Gu an. Von hier oben sah das Viertel wunderschön aus. Jeder Teil erzählte etwas. Wenn man unten stand, konnte man es nicht hören, aber hier oben verband sich alles zu einer wunderbaren Geschichte.

»Iri?«

»Alles erledigt.«

»Hast du die Aufzeichnung gesehen?«

»Ja. Nicht sehr scharf, aber brauchbar.«

»Und der Junge?«

»Sie haben ihn gerade abgeholt. Ich glaube nicht, dass wir von denen noch was zu befürchten haben. Die verschwinden.«

»Umso besser.«

»Wo bist du?«

»Vor Chons Büro. Ich muss Schluss machen. Ich melde mich nachher noch mal.«

»Alles klar.«

Gu legte auf und ließ sich von Miyong Song in Chons Büro führen. Chon erwartete ihn bereits. Das große Zimmer ließ ihn klein und grau wirken. Von der Frische und Spannkraft, die er sonst verströmte, war nichts zu sehen.

»Was führt Sie zu mir?« fragte Chon, die Hände vor dem Bauch verschränkt.

»Es ist einiges passiert«, sagte Gu und nahm Chon gegenüber Platz.

»Darf ich Ihnen eine Tasse Tee anbieten?«

»Nein, danke. Das würde mich zu sehr entspannen.«

»Entspannung tut immer gut. Ganz gleich, was passiert.«

»Ist Ihr Sicherheitschef nicht im Haus?«

»Nein. Warum? Wollten Sie ihn sprechen?«

»Er ist doch sonst immer da.«

»Nicht unbedingt. Er hatte etwas zu erledigen.«

»Wenn Sie dafür eigens Ihren Sicherheitschef losschicken, muss es ja dringend gewesen sein.«

»Sie haben Humor!«

»Nun, offensichtlich hat er Sie noch nicht auf den neusten Stand gebracht.«

»Was wollen Sie damit sagen?«

»Soviel ich weiß, wollte er Yongmin Lee treffen. Allerdings sollte er schon längst wieder hier sein.«

»Yongmin Lee?«

»Ja. Den kennen wir ja beide.«

»Sie scheinen recht zügig an Informationen zu gelangen.«

»Zügiger, als Sie denken.«

»Wer es zu eilig hat, läuft Gefahr, Dinge zu übersehen.«

»Warum Na Lee aufsuchen wollte, weiß ich übrigens auch.«

»Das war zu erwarten.«

»Was glauben Sie? Warum bin ich hier?«

»Nun, Ihr Besuch kann nur zwei Gründe haben: Entweder wollen Sie etwas wissen, das Sie noch nicht wissen, oder Sie wollen mir ein Geschäft vorschlagen.«

»Ihre Auffassungsgabe, Herr Generaldirektor, ist bemerkenswert.«

»Sind Sie sicher, dass ich mit Ihnen Geschäfte mache?«

»Der Ball da«, sagte Gu und zeigte auf einen Schläger, an dessen Griff mit einer Schnur ein Ball befestigt war, »kommt immer wieder.«

»Natürlich. Er ist ja am Schläger befestigt«, entgegnete Chon gereizt.

»Sehen Sie?«

»Nein. Drücken Sie sich klarer aus.«

»Manchmal ist die Metapher exakter.«

»Ein Geschäftsmann wie ich versteht nur Zahlen. Etwas Greifbares.«

»Metaphern sind auch greifbar. Auch wenn sie nicht so aussehen.«

»Sie mögen es kompliziert.«

»Gut. Ich gebe Ihnen zehn.«

»Zehn … aha. Warum?«

»Damit Sie mir zwanzig geben.«

»Sie geben mir zehn und wollen dafür zwanzig?«

»Vielleicht zwanzig, vielleicht zehn, vielleicht null.«

»Gut. Sie sprechen jetzt in Zahlen, aber ich nehme an, das sind wieder Metaphern. Was heißt also zehn?«

»Was glauben Sie?«

»Nun … zehn ist keine kleine Zahl … Sie könnte alles Mögliche sein.«

»Auch klein?«

»Auch klein, ja.«

»Zehn heißt Tablet.«

»Tablet? Wollen Sie damit sagen, dass Sie das Tablet haben?«

»So ist es.«

»Gut, ich weiß zwar nicht, wie das Ding in Ihre Hände gelangt ist, aber wenn Sie es tatsächlich haben sollten, ist zehn eine angemessene Zahl.«

»Würden Sie die Zehn nehmen?«

»Hängt davon ab, was Sie dafür haben wollen.«

»Es gibt fünf Dinge, die Sie wissen sollten. Nummer eins. Der Junge vom Wonsudojang, der die Feuer im Krokodil-Viertel gelegt hat, befindet sich in Sicherheit. Nicht uninteressant, würde ich meinen, angesichts der Tatsache, dass Sie ihn dazu angestiftet haben.«

»Ich weiß nicht, wovon Sie sprechen.«

»Nummer zwei. Der Wonsudojang hat sich von Na getrennt und wird in Zukunft seinen eigenen Weg gehen. Mit Ihnen will man nichts mehr zu tun haben. Kluge Entscheidung, wenn Sie mich fragen. Wollen Sie wissen, wer die ›Meuterei‹ angezettelt hat? Ganghyok Lee. Das war Nummer drei. Ach, wissen Sie was, daraus machen wir eine Zugabe. Jetzt also Nummer drei: Na hat das Geschäft mit Yongmin Lee erledigt. Er hat das Geld überbracht und das Tablet entgegengenommen. Zu Ihrem Pech hat es Ganghyok Lee erst ihm abgenommen und ich anschließend Ganghyok Lee. Nur damit es keine Missverständnisse zwischen Ihnen und Herrn Na gibt. Und, last but not least, den Angriff auf Kim hat nicht der Wonsudojang zu verantworten. Das dürfte Sie erleichtern.«

»Wieso erleichtern?«

»Weil man Ihnen sonst versuchten Totschlag vorwerfen würde. Wobei, für den Mord an Donghun Bae werden Sie sich sowieso verantworten müssen.«

»Wer hat den Inspektor niedergestochen?«

»Yongmin Lee.«

»Das war Nummer fünf?«

»Nein, das verbuche ich unter vier. Nummer fünf ist eine etwas andere Sache. Sie wissen, welcher Tätigkeit ich nachgehe?«

»Ich habe gehört, Sie sind ein sogenannter ›Deleter‹.«

»Exakt. Yumi Han und Yongmin Lee gehören zu meinen Klienten.«

»Yumi Han hat mir einmal nahegelegt, auch eine Deleting-Versicherung abzuschließen. Das würde einen dazu zwingen, darüber nachzudenken, was einem wichtig sei.«

»Sie dürfen gerne eine abschließen.«

»Nummer fünf ist das Angebot?«

»Ich bitte Sie!«

»Ich weiß bereits, was mir wichtig ist. Deleting ist eine faszinierende Idee. Ich bin sicher, Sie haben damit eine Marktlücke entdeckt. Jeder hat bestimmt irgendetwas, das er gerne verschwinden lassen würde.«

»Es ist allerdings manchmal nicht ganz legal.«

»Das kann ich mir vorstellen. Bestimmt müssen Sie manchmal irgendwo einbrechen oder polizeiliche Informationen missbrauchen …«

»Bei Ihnen läuft ja auch nicht alles legal.«

»Da ich juristisch nicht so beschlagen bin wie Sie, laufe ich womöglich manchmal Gefahr, die Grenze zwischen legal und illegal zu überschreiten, aber im Gegensatz zu Ihnen tue ich das nicht bewusst.«

»Sagen wir mal so: Die Grenze zwischen legal und illegal ist dehnbar.«

»Wissen Sie, was ich vernichten lassen würde, wenn ich einen Deleting-Vertrag unterschreiben müsste?«

»Das Drachentattoo auf Ihrem Rücken?«

»Sie haben wirklich Humor. Nein, ich bin nicht tätowiert. Aber ich führe Tagebuch. Das würde ich vernichten lassen. Nicht, dass das da besondere Dinge drinstünden. Sie werden sicher häufig beauftragt, private Aufzeichnungen zu beseitigen. Aufzeichnungen, die zwar niemandem schaden, die man aber auch nicht unbedingt hinterlassen möchte.«

»Wissen Sie, was Yongmin Lee vernichtet haben wollte?«

»Woher soll ich das wissen?«

»Die Festplatte seines Computers.«

»Ja, und?«

»Interessiert es Sie, was drauf ist?«

»Müssen Sie das nicht für sich behalten?«

»Doch.«

»Warum fragen Sie mich dann?«

»Weil ich das Deleting an den Nagel hängen werde.«

»Warum?«

»Es benebelt.«

»Was meinen Sie damit?«

»Früher konnte ich klar denken, jetzt nicht mehr.«

»Ich fürchte, ich kann Ihnen nicht folgen.«

»Stellen Sie sich einen Brunnen vor. Einen Brunnen, der so tief ist, dass Sie nicht bis auf den Grund sehen können. In diesen Brunnen warf ich einen Stein. Einfach so, ohne Hintergedanken. Was passierte? Nichts. Also ging ich weg. Als ich ein paar Tage später wieder am Brunnen war, hörte ich einen Stein aufplatschen. Ob das der war, den ich Tage zuvor hineingeworfen hatte, oder ein anderer – ich war nicht der Einzige, der Steine in diesen Brunnen warf – weiß ich nicht, aber irgendwie hatte ich das Gefühl, dass ich für dieses Platschen verantwortlich war.«

»Ja, und?«

»Der Gedanke an meinen Kollegen Kim zerreißt mir das Herz. Und das ist diesmal keine Metapher. Liegt er noch im Koma? An was denkt er? Ich weiß nicht, wie tief der Brunnen ist, in dem er sitzt, aber ich würde alles dafür tun, ihn dort wieder herauszuholen, wenn es möglich wäre. Aber es ist nicht möglich. Nichts lässt sich ungeschehen machen. Es ist im wahrsten Sinne des Wortes in den Brunnen gefallen.«

»Wahrscheinlich.«

»Was haben Sie mit Yongmin Lee vor?«

»Nun. Wenn ich das Tablet zurückbekomme, gibt es eigentlich keinen Grund, mich weiter mit ihm zu beschäftigen. Er ist ein widerlicher Kerl, aber das lässt sich ja leider nicht ändern.«

»Ich mache Ihnen einen Vorschlag«, sagte Gu und legte das Tablet auf den Tisch.

»Ich höre.«

Chon lehnte sich zurück, als wollte er auf Abstand gehen.

»Ich gebe Ihnen zehn«, sagte Gu und schob Chon das Tablet hin.

»Und?« sagte Chon.

»Was würden Sie mir dafür bieten?«

»Wollen Sie Geld?«

»Nein.«

»Was soll ich Ihnen bieten?«

»Wie könnte man Yongmin Lee zur Rechenschaft ziehen?«

»Ich soll mir die Hände schmutzig machen?«

»Nein, Sie sollen sich die Hände nicht schmutzig machen, Sie sollen nur tun, was in Ihrer Macht steht.«

»Wenn Sie wollten, würde ich mir auch die Hände schmutzig machen. Dreck lässt sich abwaschen.«

»Ich könnte der Polizei Beweise liefern.«

»Das würde die Sache für uns beide kompliziert machen.«

»Genau. Deshalb unterhalten wir uns ja.«

»Warum kommen Sie zu mir? Warum gehen Sie mit dem Tablet und Ihren Beweisen nicht direkt zur Polizei?«

»Manche Mühlen mahlen langsam.«

»Aha ...«

»Gefällt Ihnen mein Vorschlag nicht?«

»Ob er mir gefällt oder nicht, spielt wohl keine Rolle. Ich muss ihn wohl oder übel annehmen. Lassen Sie mich wissen, wenn ich noch etwas für Sie tun kann.«

»Ich werde darüber nachdenken.«

»Ist die Sache damit erledigt?«

»Ja und nein.«

»Man hätte die Feuer nicht legen sollen.«

»Soll das eine Entschuldigung sein?«

»Vielleicht.«

Gu spürte sein Handy vibrieren. Auch diesmal hatte er kein gutes Gefühl, als er es aus der Hosentasche zog. Es war eine SMS. Auch ohne die Nachricht, die aus dem Namen Inchon Kim und ein paar Zahlen bestand, zu lesen, wusste er, was passiert war. Am liebsten hätte er sich weggebeamt. Mit zitternden Fingern schob er das Handy zurück in seine Hosentasche. *Nicht mehr da* – schoss es ihm durch den Kopf. *Nicht mehr da. Nicht mehr da. Nicht mehr da. Nicht mehr irgendwo. Der Brunnen hat ihn geschluckt. Er ist weg.* Nur mit Mühe konnte Gu sich beherrschen. Er biss die Zähne zusammen, versuchte, sich den Schmerz nicht anmerken zu lassen.

»Was ist passiert?« fragte Chon nach einer langen Pause.

»Er ist tot«, sagte Gu möglichst nüchtern, konnte ein leises Zittern der Stimme aber nicht verhindern.

»Mein aufrichtiges Beileid«, sagte Chon. Durch den Schleier von Erinnerungen, Stimmen und Bildern hörte Gu ihn nicht.

Gu nickte Chon zu und erhob sich. Mit einem Mal fühlte er

sich in dem riesigem Büro verloren. Der Boden unter seinen Füßen schien sich in Sand zu verwandeln.

»Sagen Sie«, rief Chon ihm hinterher, »das Material ist hoffentlich nicht kopiert worden?«

Gu drehte sich nicht um, er schüttelte nur den Kopf. Beim Hinausgehen vergewisserte er sich des Sticks in seiner Hosentasche. Die Sicherheitskopie. Er setzte sich in den Wagen. Es war Zeit, zu Kim zu fahren.

29

Die unterste Schublade von Kims Schreibtisch war abgeschlossen. Gu brach sie auf. Keiner der umstehenden Beamten wagte, Einspruch zu erheben. Stumm sahen sie ihm zu. Gu nahm den Roman und ein Notizbuch mit dem Titel *Mord aus anderer Perspektive* an sich und verließ das Revier. Niemand stellte eine Frage. Niemand hielt ihn auf.

Zurück im Wagen, blätterte er in *Mord aus anderer Perspektive*, Kims zweitem Roman, wie es schien. Auch hier war die Hauptfigur ein Inspektor, und auch hier bestand mindestens die Hälfte des Textes aus unflätigen Beschimpfungen und Flüchen. Kaum hatte Gu begonnen, den ersten Dialog zu lesen, kamen ihm die Tränen.

»Wenn's brenzlig wird, ruf an«, hatte Kim zu ihm gesagt, als sie sich das letzte Mal trafen. Aber er hatte nicht gelächelt, sondern erwidert: »Wie soll ich das machen? Hallo, Herr Inspektor, ich kriege gerade was aufs Dach?« »Pass auf dich auf!« hatte Kim ihm hinterhergerufen. Aber er hatte sich nicht einmal mehr umgedreht. Das würde er sich nicht verzeihen. Er hätte sich umdrehen und sagen können, *du auch*. Nichts leichter als das. Und alles wäre gut gewesen. Aber er hatte kein freundliches Wort für Kim gehabt. Auch ihr letztes Telefonat hatte er schroff beendet. Er hatte nicht gesagt: *Pass auf dich auf – ich danke dir für alles – ich habe größten Respekt vor dir und dem, was du tust.* Nein. Aber wer konnte schon ahnen, dass das seine letzten Worte sein würden. Letzte Worte kann man nicht »sprechen«. Sie bleiben »unausgesprochen«. Genau das quälte ihn. Gu hatte Kim gehen lassen, ohne noch etwas zu sagen. Er schlug das Buch zu. Es war ihm unmöglich, weiter darin zu lesen. Aus jedem Satz hörte er Kim.

Gu machte sich auf den Weg zum Krankenhaus. Noch wusste er nicht, was er mit den Romanen machen sollte. Wegwerfen oder aufbewahren. Das Einzige, was er wusste, war, dass Kim sein letzter Klient sein würde. Er würde seinen Job als Deleter an den Nagel hängen. Der Wind, der durchs heruntergelassene Fenster hereinzog, trocknete seine Tränen. Die Schatten auf der Straße wurden länger. Die Zeit raste, hatte Gu den Eindruck. Die Schatten dieses Sonntags schienen schon die des kommenden Montags zu berühren. Sein Wagen glitt darüber hinweg.

30

Es schneite leise. Wie auf Zehenspitzen rieselten Tausende, Abertausende von Schneeflocken herab. Gu sah aus dem Fenster und lauschte einer Arie. Bild und Klang ergänzten sich.

Auf der verschneiten Straße war kaum jemand zu sehen. Diejenigen, die den letzten Tag des Jahres hatten feierlich ausklingen lassen, lagen natürlich noch im Bett, aber selbst für die, die den Neujahrsmorgen begrüßen wollten, war es noch zu früh.

Gu hatte die ganze Nacht damit verbracht, Geheimnisse zu vernichten. Er schredderte Akten und zerhackte CDs und DVDs. Der Müll lag sauber zusammengekehrt in einer Ecke des Büros wie kleine Haufen von Schnee. Gu saß an seinem Schreibtisch und schlug seinen neuen Kalender auf. Montag, 1. Januar. Kims Tod lag exakt einen Monat zurück.

Nachdem Kim gestorben war, suchte Gu seine Klienten auf und eröffnete ihnen, dass er nichts mehr beseitigen würde. Seine Klienten waren alle so entsetzt, als hätte man ihre Geheimnisse publik gemacht – Gu wusste nicht mehr, wie oft er sich verbeugt und entschuldigt hatte, manchen hatte er sogar Kollegen empfohlen –, trotzdem mussten sie die Vertragsauflösung akzeptieren.

Nach zwei Wochen hatte er alle bis auf einen Vertrag erfolgreich aufgelöst. Seiner Zukunft sah er allerdings mit gemischten Gefühlen entgegen. Aber irgendetwas würde sich schon ergeben, dessen war er sicher.

Gu stellte seinen Schreibtisch um. Er wollte die Fenster nicht mehr im Rücken, sondern vor sich haben. Er setzte sich in seinen Sessel und legte die Füße auf den Tisch. Jetzt konnte er die Schneeflocken beobachten.

Der Schneefall hatte ihn bald so eingelullt, dass er in eine Art Halbschlaf versank. Nur sein Mund ragte gerade so über die Oberfläche des Schlummers hinaus. Es klopfte. Gu stellte den Zyklopen leiser. Es klopfte erneut. Hatte er das *Bitte-klopfen*-Schild etwa abgehängt? Er wusste es nicht mehr. Er öffnete die Tür.

»Ich wusste, dass Sie nicht schlafen«, sagte Soyun, Schneeflocken auf Kopf und Schultern.

»Was führt Sie zu dieser frühen Stunde zu mir?« fragte Gu. Um ein Haar hätte er ihr den Schnee abgeklopft.

»Wollen Sie mich nicht hereinbitten?«

»Ich habe nicht aufgeräumt.«

»Heißt das, ich soll wieder gehen?«

»Nein. Einen Moment bitte«, sagte Gu und schloss die Tür. Er verteilte die geschredderten Geheimnisse, CD- und DVD-Scherben auf drei Müllsäcke, presste sie so gut es ging zusammen und machte die Tür wieder auf. Der Schnee auf Soyuns Kopf und Schultern war geschmolzen.

»Bitte. Treten Sie ein.«

»Danke.«

Da der Schreibtisch nun unter den Fenstern stand, konnte man sich nicht mehr gegenübersitzen. Gu überließ Soyun seinen Sessel und nahm neben ihr auf dem Klappstuhl Platz. Sie sahen nach draußen. Der Schnee schien dichter geworden zu sein.

»Unglaublich. Ihre Fußabdrücke sind wahrscheinlich schon zugeschneit.«

»Das käme mir entgegen.«

»Wieso?«

»Weil mir dann niemand nachweisen könnte, dass ich Sie umgebracht habe.«

»Sie sind zu naiv.«

»Ach ja?«

»Was machen Sie mit Ihren Fingerabdrücken? Wie beseitigen Sie die Leiche?«

»Danke für die Fotos.«

»Nichts zu danken.«

»Was haben Sie mit der Festplatte gemacht?«

»Sehen Sie die drei Müllsäcke da? Alles geschreddert und da reingetan«

»Glaub ich nicht.«

»Aber diesmal stimmt es.«

»Sie haben nur die Fotos exportiert?«

»Ja. Die habe ich Ihnen zurückgegeben, weil sie weder ausschließlich Ihnen noch Ihrem Vater gehören. Den Rest habe ich vernichtet.«

»Warum wollte mein Vater, dass Sie die Festplatte beseitigen? Was war da drauf? Sie haben sich doch alles angesehen.«

»Nein. Ich habe nur die Fotos heruntergeladen. Mehr nicht.«

»Sie lügen!«

»Nein.«

»Sie haben mich vorher auch belogen.«

»Diesmal nicht.«

»Okay.«

»Vergessen Sie die Festplatte.«

»Das werde ich tun. Danke noch mal für die Fotos.«

»Die Galapagos-Inseln sind wirklich schön.«

»Haben Sie sich die Bilder angesehen?«

»Ein paar. Man hat wirklich das Gefühl, in eine andere Welt einzutauchen.«

»Das stimmt. Man kommt sich vor wie auf einer Zeitreise. Damals hat mein Vater noch gelebt. Jetzt ist er selbst Vergangenheit.«

Gu betrachtete Soyun von der Seite. Ihr Mund war leicht geöffnet. Ihr Blick war auf den Schnee gerichtet.

»Ich muss los«, sagte sie unvermittelt, »bevor wir hier einschneien.«

»Bringen Sie mich doch nicht um?«

»Nein, dann könnte ich Sie in Zukunft ja nicht mehr quälen. Hier, das ist für Sie«, sagte sie und überreichte ihm ein dickes Buch mit unzähligen Fotos.

»Was ist das?«

»Die Fotos der Erdbebenopfer, die ich wiederhergestellt habe. Zur Erinnerung.«

Gu blätterte in dem Buch. Die Fotos waren klein, aber scharf. Verschiedene Menschen an verschiedenen Orten schauten ihn an. Manche lächelten, andere grimassierten und wieder andere zeigten gar keine Regung.

»Das ist schön.«

»Was?«

»Diese Bilder sind eine schöne Erinnerung.«

»So viel Rührung hätte ich Ihnen gar nicht zugetraut«, sagte Soyun und klopfte ihm lachend auf den Rücken. Sie war erstaunt, wie aufmerksam er die Bilder betrachtete. Draußen schneite es weiter. Erst als Soyun Anstalten machte, zu gehen, hob Gu den Kopf.

»Sie wollen gehen?«

»Ich muss«, erwiderte sie und hielt ihm die Hand hin. Gu ergriff sie.

»Sind Sie nur gekommen, um mir die Fotos zu geben?«

»Ja. Ist ja in gewisser Weise ein nicht ganz legales Werk, das Buch. Die Fotos gehören mir schließlich nicht.«

»Ich weiß. Mit illegalen Werken kenne ich mich aus.«

»Das ist gut. Ich habe Sie übrigens in der Zeitung gesehen. Sie sind fotogener, als ich dachte.«

»Ich nehme das als Kompliment.«

»Mit dem pathetischen Gesichtsausdruck, den Sie aufgesetzt hatten, sahen Sie aus wie ein anderer Mensch.«

»Große Enthüllungen verlangen einen gewissen Ernst.«

»Und? Läuft die Sache?«

»Ich weiß es noch nicht. Ist ja gerade erst losgegangen.«

»Passen Sie auf sich auf«, sagte Soyun und umarmte ihn.

»Mach ich«, sagte er und erwiderte die Umarmung.

»Ich muss jetzt wirklich los.«

Sie öffnete die Tür und ging. Die schmale Treppe war nass. Das Internet-Café im zweiten Stock hatte zu. Ebenso die Hapkido-Schule im Stock darunter und der Eisenwarenladen im Erdgeschoss. Soyun zog den Reißverschluss ihrer Jacke zu und stapfte los. Der Schnee ließ nicht nach. Sie sah auf. Ob Gu aus dem Fenster schaute, konnte sie nicht sehen. Sie setzte sich wieder in Bewegung. Unter ihren Sohlen knirschte der Schnee. Das Schild vor der Eisenwarenhandlung – *Stadtteilsanierung – nicht mit uns!* – war fast eingeschneit. Hier und da kamen Leute heraus, um Schnee zu schippen. Soyun bekam auf einmal Lust, sich irgendwo in die weiße Pracht fallen zu lassen. Es täte bestimmt nicht weh. Ein Stück weiter breitete sie die Arme aus und ließ sich nach hinten fallen. Es tat nicht weh. Sie sah in den Himmel. Sah die Flocken auf sich zufallen. Am Rücken wurde es kalt. Sie stand auf, klopfte sich den Schnee ab und ging weiter. Wo sie gelegen hatte, war ganz deutlich ihr Umriss zu sehen. Darauf bedacht, nicht zu stürzen, ging sie vorsichtig weiter.

Epilog

Zerstreut sah Gu in den Koffer, der vor ihm auf dem Schreibtisch stand. Fünf Paar Socken, fünf Unterhosen, zwei schwarze T-Shirts und eine Ersatzjeans hatte er eingepackt, mehr nicht. Der Koffer war nicht einmal ein Viertel voll. Gu nahm die Sachen wieder heraus und packte sie in einen Rucksack. Auch der wurde nicht voll. Er sah sich um. Gab es noch etwas, das er brauchte? Nein. Und wenn doch, würde er es vor Ort einfach kaufen. Jetzt musste er sich am Flughafen nur noch eine Zeitschrift oder einen Krimi besorgen.

Gu nahm den blauen Anorak aus dem Schrank und breitete ihn aus. Er erinnerte sich noch genau, wie er ihn damals gekauft hatte. Er hatte ihn in einem Schaufenster entdeckt, war in das Geschäft marschiert und hatte ihn sofort erstanden, ohne ihn anzuprobieren. Er war nämlich praktisch identisch mit dem, den sein Vater immer getragen hatte, bis hin zu den Taschen und der Kapuze.

Die Jacken seines Vaters hatten immer ramponiert ausgesehen. Jede Tasche war ausgebeult. Sein Vater liebte Jacken mit vielen Taschen und stopfte alles Mögliche hinein, manchmal sogar eine Wasserflasche oder Werkzeug. In der linken Ärmeltasche verstaute er Kugelschreiber, in der Brusttasche sein Notizbuch. Aus den größeren förderte er ab und zu sogar etwas zu essen zutage, eine Tafel Schokolade oder Kekse. Dongchi hatte seinen Vater immer beneidet. Seine Jacken schienen voller Geheimnisse zu stecken. Als er den blauen Anorak anzog, hatte er das Gefühl, erwachsen geworden zu sein und auch Geheimnisse haben zu können.

Ausgebeulte Taschen gefielen ihm allerdings nicht. Er kaufte also Jacken mit vielen Taschen, benutzte sie aber nur, um im Winter seine Hände darin zu vergraben. Die Hände in den Taschen zu vergraben, war wie ein leeres Zimmer zu betreten: kalt und unbehaglich. Erst nach und nach wurde es gemütlich.

Gu gefiel, dass seine letzte Mission ihn nach Norwegen führen würde. Er hatte Lust, an einen kalten und möglichst weit entfernten Ort zu reisen. Als der Bus sich dem Flughafen näherte, umklammerten die Passagiere die Griffe ihrer Koffer, als würden sie niemals wiederkommen. Am Himmel sah man Flugzeuge.

*

Gu stand in der Flughafenbuchhandlung und sah sich in der Krimiecke um. Krimis waren für ihn eine Art Weiterbildung. Da ihn kein Titel besonders ansprach, zog er bei den Neuerscheinungen einfach das dickste Buch heraus und kaufte es, in der Hoffnung, dass der Fall den Preis schon rechtfertigen würde.

Mit dem Lesen begann er noch nicht. Wenn die ersten Seiten langweilig wären, müsste er zurück zur Buchhandlung und sich etwas Spannenderes suchen. Deshalb hob er sich das Buch für den Flieger auf. Dann konnte es so langweilig sein, wie es wollte, es gab kein Zurück. Und wenn es kein Zurück gab, rannte man umso atemloser. Damit eine Geschichte Atemlosigkeit entwickelt, muss sie unumkehrbar sein.

In der Abfertigungshalle dachte er an seine Aufgabe in Norwegen. Seine letzte Mission als Deleter. Das Objekt, das er vernichten musste, war ein Foto. Der Klient, ein Mann in den Vierzigern, hatte sich sehr wortkarg gegeben. Gu hatte in sein faltiges, regloses Gesicht geblickt und versucht, sich eine Vorstellung von der Vergangenheit des Mannes zu machen.

»Ich möchte, dass Sie ein Foto für mich vernichten«, hatte der Mann das Gespräch begonnen, als er zwei Tage vor Weihnachten in Gus Büro gekommen war.

»Um was für ein Foto geht es?« fragte Gu.

»Dieses hier«, sagte der Mann und übergab ihm ein Familienfoto. Vater, Mutter, Sohn und Tochter. Die Eltern standen, die Kinder – der etwa sechzehnjährige Sohn und seine Schwester – saßen.

»Wo ist das Foto?«

»In Norwegen.«

»Sie meinen, das Original ist in Norwegen. Dieses Bild hier ist nur ein Abzug.«

»Ja.«

»Warum soll es vernichtet werden?«

»Das brauchen Sie nicht zu wissen.«

»Doch. Sonst nehme ich den Auftrag nicht an.«

»Ich habe gehört, dass Sie Dinge auch ohne Erklärung vernichten.«

»Diese Zeiten sind vorbei.«

»Und nun?«

Gu betrachtete das Foto. Es war ein typisches, in einem Studio aufgenommenes Familienporträt. Die Eltern und die Kinder sahen so ausdruckslos in die Kamera, dass man das Bild ohne weiteres zerschneiden und die einzelnen Teile als Passbilder verwenden könnte, dachte er. Wie war ihr Verhältnis zueinander? Was war ihnen bei der Aufnahme wohl durch den Kopf gegangen?

»Eine Reise nach Norwegen ist nicht billig«, sagte Gu und legte das Bild auf den Schreibtisch.

»Geld spielt keine Rolle«, erwiderte der Mann und trommelte mit den Fingern der einen Hand auf den Rücken der anderen. Er klang, als wäre er bereit, jeden Preis zu bezahlen, solange man ihn nur auf seine Hand trommeln ließ.

»Ich nehme an, Sie haben gute Gründe, nicht selbst zu fahren?« erkundigte sich Gu und warf ihm einen flüchtigen Blick zu.

»Ja«, antwortete der Mann gereizt.

»Gut. Dann schließen wir jetzt den Vertrag. Sie machen eine Anzahlung für die Reisekosten, den Rest stelle ich Ihnen in Rechnung, sobald ich wieder da bin.«

»Das hier sollte Ihre Kosten decken. Wenn nicht, geben Sie Bescheid«, sagte der Mann und hielt ihm einen dünnen Umschlag hin. Der Umschlag enthielt einen Scheck und einen Zettel mit einer Adresse in Norwegen. Außerdem ein weiteres Foto.

»Und wer ist das?« fragte Gu.

»Der Mann, der das Foto hat.«

Gu verglich die Bilder. Es handelte sich ohne Zweifel um den Familienvater. Weitere Fragen hatte er nicht gehabt.

Gu sah sich eine Landkarte von Norwegen an. So sah das Land, in das er reisen würde, also aus. Oslo, Bergen, Stavanger, Ålesund ... Laute fremde Namen. Er verstaute die Karte wieder in seinem Rucksack und vergrub die Hände in den Taschen seines Anoraks. Leer und kalt. Niemand kannte leere und kalte Räume besser als er. Räume, die man verlassen hatte, Räume, in denen niemand wartete, Räume, in denen man alleine war. Einsamkeit war ihm vertraut. Draußen rollten Flugzeuge über das Feld.

Gu flog nicht besonders gerne, aber er mochte den Moment, in dem das Flugzeug abhob. Er genoss die Grenzenlosigkeit und die damit verbundene Angst. Er war müde. Noch während er aus dem kleinen, runden Fenster beobachtete, wie der Horizont sich verschob, fielen ihm die Augen zu.

Flog das Flugzeug mit oder gegen die Drehrichtung der Erde? fragte er sich, während er einnickte. Und: Wer war die Person neben ihm? Als er wieder wach wurde, klebte am Sitz vor ihm ein Zettel mit dem Hinweis, dass er sich bitte beim Bordpersonal melden möge, wenn er etwas essen wolle. Merkwürdigerweise hatte er keinen Hunger. Den Zettel in der Hand, schlief er wieder ein. So tief hatte er schon lange nicht mehr geschlafen.

*

In Norwegen war es nicht so kalt, wie er angenommen hatte. Mit T-Shirt, Pullover und Anorak ließ es sich gut aushalten. Da er keinen Vergleich hatte, konnte er die Temperaturen nicht einschätzen. Er konnte nicht beurteilen, ob es nur ihm so warm vorkam, ob es heute vielleicht besonders warm war, oder ob es, bedingt durch den Klimawandel vielleicht, immer so warm war.

Er beschloss, sich unverzüglich auf den Weg zu machen. Wenn er die Sache schnell erledigte, könnte er anschließend vielleicht noch einen Fjord besuchen. Die Fjorde, hatte er gehört, seien überwältigend. Man fühle sich geradewegs in die Eiszeit versetzt. Er gab dem Taxifahrer die Adresse.

Wenn Gu eines konnte, dann war es warten. Die Zeit, die Gu damit verbracht hatte, auf Häuser oder Türen zu starren, ergäbe, ließe sie sich stapeln, einen schwindelerregend hohen Turm. Warten war nicht uninteressant. Schatten wurden länger und wieder kürzer. Eine Katze tauchte auf und verschwand wieder. Eine Plastiktüte wirbelte durch die Luft. Eine Person ging von links nach rechts, kurz darauf wieder von rechts nach links. Das war spannend. Auch in Norwegen. Am Ziel angekommen, suchte er sich einen Platz in einem Café. Er schlug das Buch, das er am Flughafen gekauft hatte, auf und behielt das braune Haus gegenüber im Blick.

Ein neues Jahr hatte begonnen, und die Gesichter der Menschen, die vorübergingen, spiegelten erwartungsvolle Erregung und gute Vorsätze. Die Zeit stand nicht still. Sie ging vorbei. Wie die Menschen, die das zu versinnbildlichen schienen. Ihr Anblick hatte etwas Beruhigendes. Die Enttäuschung, dass die Zeit verging, dass sie irgendwann zu Ende ging, dass man sie nicht umkehren konnte, verwandelte sich in Sicherheit. Sobald man einsieht, dass kein Weg zurückführt, stellt sich eine Art Glück ein.

Der Abend kam so unvermutet, als hätte er nur darauf gewartet. Schlagartig wurde es dunkel. Um acht würde das Café schließen. Gu bestellte noch einen Kaffee und erfragte ein nicht zu teures Hotel in der Nähe. Er hatte gerade die Tasse angesetzt, als der Mann, den er suchte, auf der Bildfläche erschien. Zwischen all den hochgewachsenen Europäern fiel er auf wie Blut auf Schnee. Der Mann war nicht allein. Zusammen mit einer Frau betrat er das Haus. Die Frau war wesentlich jünger als er. Gu überlegte, in welchem Verhältnis die beiden zueinander stehen mochten. Sein Auftraggeber hatte nichts von einer Frau gesagt. Gu trank einen Schluck Kaffee und klappte das Buch zu. Er war nicht über die erste Seite hinausgekommen.

Im Hotel bat er um das billigste Zimmer. Die Rezeptionistin murmelte etwas, breitete die Arme aus und führte ihn zu einem Eckzimmer. Das Zimmer war nicht schlecht. Es hatte alles, was man brauchte. Eine Badewanne, einen Schreibtisch, ein Bett, einen Schrank und einen Safe. Gu wusch sich, legte sich bäuchlings aufs Bett und schlug das Buch auf. Seite eins. Nachdem er zwei Zeilen gelesen hatte – *Ich öffnete die Tür. Übler Geruch stieg mir in die Nase, und ein großer roter Fleck sprang mich an. Obwohl das Fenster offenstand, hing der Geruch von Blut in der Luft* – wusste er, was diesem Hotelzimmer fehlte. Ein Fenster. Das erklärte natürlich den Preis. Gu klappte das Buch zu und blieb liegen. Als er die Lampe am Kopfende ausknipste, war es stockdunkel. Von irgendwoher waren Stimmen zu hören. Gu fühlte sich wie in einem Sarg. Er lauschte, aber die Stimmen waren zu gedämpft. Doch selbst wenn er sie deutlich gehört hätte, hätte er nicht verstanden, was sie sagten. Kurz darauf schlief er ein.

*

Am nächsten Tag ging Gu wieder in das Café. Er setzte sich an denselben Tisch, schlug sein Buch auf und bestellte wieder Kaffee. Diesmal musste er nicht lange warten. Der Mann verließ das Haus, sah sich um und schlug den Weg zum Meer ein. Gu klappte sein Buch zu. Er musste eine schnelle Entscheidung treffen. Dem Mann folgen oder seine Wohnung durchsuchen. Wenn ihm das Foto wichtig war, und davon ging Gu aus, war es nicht ausgeschlossen, dass er es bei sich trug. In der Wohnung hielt sich außerdem womöglich die Frau auf, die ihn gestern begleitet hatte. Gu entschied sich, dem Mann zu folgen.

Gu hielt gebührenden Abstand. Der Mann ging langsam, die Hände in den Manteltaschen. Er hinkte. Der Schal um seinen Hals flatterte. Gu vergrub die Hände in den Taschen seines Anoraks und folgte ihm. Ihr Weg führte zur Anlegestelle der Ausflugsdampfer. Gegenüber befand sich die Station der Bergbahn.

Die Landungsbrücke war relativ leer. Inmitten der gut fünfzig Touristen, die in der Halle saßen und auf das Schiff warteten, wirkte der Mann in seinem Mantel wie ein Fremdkörper. Gu mit Anorak und Rucksack hingegen fügte sich harmonisch ins Bild. Verstohlen beobachtete er den Mann. Der hatte sich ans Fenster gesetzt und schaute hinaus. Vielleicht betrachtete er die verschneiten Berge. Vielleicht sah er aber auch nur aufs Wasser hinaus. Kurz darauf kam das Schiff, und Gu folgte dem Mann an Bord.

Angesichts der majestätischen Landschaft wirkte das Schiff winzig. Es war, als würde man von einem riesigen Ungeheuer verschluckt. Die Touristen staunten. Auch Gu staunte. Selbst der Ausdruck »gigantisch« wurde dem Anblick nicht gerecht.

Als er wieder zu dem Platz sah, wo der Mann gesessen hatte, war der Mann weg. Unter Deck war er auch nicht. Gu lief zum Heck. Dort fand er ihn, an die Reling gelehnt, den Blick aufs Kielwasser gerichtet. Er wollte sich gerade erleichtert wieder zurückziehen, als der Mann sich zu ihm umdrehte und ihn ansah. Gu deutete einen Gruß an und wollte verschwinden, doch der Mann winkte ihn zu sich. Tausende von Gedanken rasten Gu durch den Kopf. Ihm blieb nichts anderes übrig, als sich zu stellen. Er ging zu dem Mann ans Heck, sein Gehirn nach einer überzeugenden Lüge durchforstend. Ein paar Dialogfetzen kamen ihm in den Sinn. *Ar – ju – Koriän? Ach, Sie kommen auch aus Korea? Schön hier, was? Dschäpänies? Hello?*

»Von hier hat man den besten Blick«, sagte der Mann.

Gu erwiderte nichts. Sein Blick wanderte zum Kielwasser und wieder zurück zu dem Mann. Der Mann sah erheblich älter aus als auf dem Foto und hatte wesentlich mehr Falten.

»Die Leute stehen am liebsten am Bug, aber ich finde, von hier sieht man den Fjord viel besser. Wenn er sich entfernt, ist er viel schöner, als wenn er sich nähert. Finden Sie nicht? Herrlich!«

»In der Tat.«

»Mein Sohn schickt Sie, stimmt's?«

»Wie bitte?«

»Ich habe Sie im Café gesehen. Sie folgen mir.«

»Ach ja?«

»Wissen Sie, hier trifft man selten Koreaner. Da kann man sich nicht verstecken. Wie lautet denn Ihr Auftrag?«

»Ich verstehe nicht.«

»Sie haben doch bestimmt einen Auftrag. Was will mein Sohn? Dass Sie mich umbringen?«

»Sie umbringen? Um Gottes willen, nein.«

»Was dann?«

»Ich soll Ihnen einen schönen Gruß bestellen.«

»Einen Gruß? Von meinem Sohn? Guter Scherz. Kommen Sie. Lassen Sie uns nicht drumherumreden.«

Gu zog den Abzug aus der Tasche.

»Dieses Foto kennen Sie, nehme ich an?«

»Selbstverständlich.«

»Ihr Sohn hat mich gebeten, es zu vernichten.«

»Was? Sie haben den weiten Weg gemacht, nur um das Foto zu vernichten?«

»So ist es. Das ist mein Beruf.«

»Dann sind Sie so etwas wie ein Detektiv?«

»Genau.«

»Und warum soll das Foto vernichtet werden?«

»Das hat mir Ihr Sohn nicht gesagt.«

»Naja, müssen Sie auch nicht wissen.«

»Haben Sie das Foto bei sich?«

»Sagen Sie, wissen Sie, wie tief so ein Fjord ist?«

»Hundert Meter vielleicht?«

»Eintausenddreihundert Meter an der tiefsten Stelle. Können Sie sich das vorstellen? Eintausenddreihundert Meter!«

»Das ist tief.«

»In der Tat! Bis da was den Grund erreicht, das dauert. Ist es nicht faszinierend, dass wir so tiefe Gewässer haben? Stellen Sie sich das einmal bildlich vor. Wie sind diese Löcher entstanden? Wissen Sie das?«

»Haben Sie das Foto?«

»Natürlich. Ich trage es bei mir.«

»Dann lassen Sie mich bitte meinen Auftrag erfüllen.«

»Gut, wenn mein Sohn es wünscht. Wenn er das Foto dermaßen hasst, muss es wohl weg.«

»Danke.«

Der Mann zog sein Portemonnaie aus dem Mantel und klappte es auf. Das Foto steckte in einem Fach mit Sichtfenster.

»So leicht will ich es Ihnen eigentlich nicht machen«, sagte er und zog es heraus.

»Sie dürfen es gerne falten, wenn das hilft«, erwiderte Gu lächelnd.

»Sie machen mir Spaß. Lassen sich fürstlich entlohnen und erfüllen Ihre Mission nur halb?«

»Sie machen sich Sorgen um Ihren Sohn?«

»Nein, ich hasse Geldgier.«

»Meine Mission ist doch erfüllt.«

»Und wenn ich Ihnen das Foto nicht gebe? Werden Sie dann nicht zurückfliegen und meinem Sohn irgendwelche Lügen auftischen? Ihm weismachen, Sie hätten das Foto vernichtet, und dann kassieren?«

»Nein. Erstens gehöre ich nicht zu den Detektiven, die Lügen erzählen, und zweitens fliege ich erst zurück, wenn das Foto vernichtet ist.«

»Warum fliegen Sie nicht einfach zurück und erzählen ihm, Sie hätten es vernichtet? Für meinen Sohn macht es keinen Unterschied. Und Sie haben auch nichts zu verlieren.«

»Doch. Meine Glaubwürdigkeit.«

»Ihre Glaubwürdigkeit, aha. Nun gut. Dann müssen Sie im Gegenzug aber auch etwas abgeben.«

»Etwas abgeben?«

»Sie müssen auch etwas verlieren. Ich verzichte auf das Foto, und Sie verzichten auch auf etwas, das Ihnen lieb ist.«

»Ich besitze nichts Besonderes.«

»Umso leichter wird sich etwas finden lassen, das Ihnen etwas bedeutet.«

»Wie wäre es damit?« sagte Gu und zog den Krimi aus dem Rucksack. »Ein Roman, den ich noch nicht gelesen habe.«

»Ist es ein wichtiger Roman?«

»Das weiß ich nicht. Ich habe ihn noch nicht gelesen.«

»Dann wissen Sie auch nicht, ob er Ihnen etwas bedeutet, nicht wahr?«

»Nun, ich habe die erste Seite gelesen und denke, dass er ganz interessant sein könnte.«

»Hören Sie auf mit dem Quatsch. Überlegen Sie lieber.«

»Ich habe nichts, was mir lieb ist.«

»Das glaube ich Ihnen nicht.«

Gu dachte nach. Er schaute zu den Bergen hinüber, um sich nichts anmerken zu lassen.

»Es gibt etwas, stimmt's?« sagte der Mann.

»Nein«, antwortete Gu.

»Doch, doch, ich sehe es an Ihrem Blick, den Sie so eifrig über die Berge schweifen lassen.«

»Fahren Sie oft hier raus?«

»Ja.«

»Es ist schön. Man hat das Gefühl, die Zeit stromauf zu schwimmen.«

»Es heißt, wenn man das, was einem am wichtigsten ist, in den Fjord wirft, verschwindet es nicht. Es bleibt ewig.«

»Wirklich?«

»Um Gottes willen, nein, sonst wäre der Fjord ja in kürzester Zeit zugemüllt.«

»Es klingt aber einleuchtend.«

»Einleuchtend? Nein, nein, das, was einem am wichtigsten ist, muss man sorgsam hüten. Am besten immer bei sich tragen, so dass es nicht abhanden kommt.«

Gu zog den Reißverschluss seines Anoraks auf, verstaute Handy und Notizbuch in seiner Hosentasche und zog den Anorak aus.

»Ich werde auf meine Jacke verzichten.«

»Auf Ihre Jacke? Wieso?«

»Weil sie mir wichtig ist.«

»Frieren Sie dann nicht?«

»Nein, kein Problem.«

»Gut. Werfen Sie Ihre Jacke über Bord«, sagte der Mann und gab ihm das Foto. Gu nahm es, steckte es mit den beiden Fotos, die er selbst mitgebracht hatte, in den Anorak und warf den Anorak über die Reling. Es kam ihm vor wie ein Ritual. Das Kielwasser schäumte. Die Ärmel des Anoraks flatterten einen Moment im Wind, bevor das Wasser sie verschlang. Das Schiff fuhr weiter. Der Mann nahm seinen Schal und band ihn Gu um den Hals.